GEORGES DOR

Georges Dor est né à Drummondville en 1931. Il étudie le théâtre à
l'Atelier du Théâtre du Nouveau-Monde, devient annonceur de radio
puis, de 1957 à 1967, rédacteur et réalisateur au *Téléjournal* de Radio-
Canada. Il s'adonne avec succès à la chanson durant quelques années,
avant d'ouvrir une galerie d'art à Longueuil, en 1972. En 1976, il crée un
théâtre d'été à Saint-Germain-de-Grantham, le théâtre Les Ancêtres,
pour lequel il écrit plusieurs pièces. Il pratique l'écriture télévisuelle,
signant notamment le populaire téléroman *Les Moineau et les Pinson*.
Les Éditions Québec/Amérique ont publié de lui quatre romans:
Je vous salue, Marcel-Marie, *Il neige, amour...*, *Dolorès* et *Le fils de
l'Irlandais*. Georges Dor a également fait paraître chez Lanctôt Éditeur
plusieurs essais sur la langue parlée des Québécois.

LE FILS DE L'IRLANDAIS

En 1840, le jeune Patrick Lavelle arrive d'Irlande avec sa famille pour
s'établir au Québec, alors le Bas-Canada. Accueilli par des compatriotes dans le canton de Grantham, il adopte sans réserve ce pays où les
Frenchies partagent avec lui sa méfiance envers les Anglais. Il aura
bientôt son coin de terre à défricher et à faire prospérer, près de ce qui
deviendra Drummondville, ville au confluent des cultures amérin-
dienne, britannique, irlandaise et française. Bravant les préjugés pour
n'écouter que la voix de son cœur, ce solide gaillard aura deux épouses
et vingt et un enfants. À travers la vie de Patrick et de sa famille, le
lecteur revit l'histoire d'un pays qui se fait et d'un peuple qui cherche
son identité.

LE FILS DE L'IRLANDAIS

GEORGES DOR

Le fils de l'Irlandais

Nouvelle édition

BIBLIOTHÈQUE QUÉBÉCOISE

BQ BIBLIOTHÈQUE QUÉBÉCOISE est une société d'édition admi-
nistrée conjointement par les Éditions Fides, les Éditions
Hurtubise HMH et Leméac Éditeur. Bibliothèque québécoise remercie le ministère du Patrimoine canadien du soutien qui lui
est accordé dans le cadre du Programme d'aide au développement de
l'industrie de l'édition. BQ remercie également le Conseil des Arts du
Canada et la Société de développement des entreprises culturelles du
Québec (SODEC).

BIBLIOTHÈQUE QUÉBÉCOISE bénéficie du Programme de crédit d'im-
pôt pour l'édition de livres du Gouvernement du Québec, géré par la
SODEC.

Conception graphique : Gianni Caccia
Typographie et montage : Dürer *et al.* (MONTRÉAL)

Données de catalogage avant publication (CANADA)
Dor, Georges, 1931-
Le fils de l'Irlandais
Éd. originale: Montréal: Québec/Amérique, 1995.
Publ. à l'origine dans la coll.: Collection 2 continents. Série Best-sellers.

ISBN 2-89406-189-7

I. Titre
PS8557. O7F55 2000   C8'.54   C00-941704-4
PS9557. O7F55 2000
PQ3919.2.D67F55 2000

Dépôt légal : 4ᵉ trimestre 2000
Bibliothèque nationale du Québec

IMPRIMÉ AU CANADA

1

Sud de l'Irlande. Printemps 1840

Par une fin d'après-midi pluvieuse du mois de mai, deux hommes et un adolescent entrèrent dans un pub enfumé et bruyant du port de la ville de Cork. Le garçon, Patrick Lavelle, portait des knickerbockers rapiécés et flottait dans son pull-over aux couleurs pâlies ; ses bas ravalés tombaient sur des bottines boueuses dont les lacets, maintes fois cassés, ne reliaient plus que quelques œillets. Il ôta sa casquette trempée et la secoua sur ses genoux. « Va te sécher devant le feu », lui dit son père, Terence, en suivant son compagnon, Thomas Fitzgibbon. Habitué des lieux, ce dernier se fraya un chemin jusqu'au comptoir en saluant familièrement les clients à la ronde.

Point de bronze ni de faïence ni de laque dans le décor de ce pub rustique aux allures de taverne moyen-âgeuse ; on y voyait des suintements sur le bois des lambris souillés par la suie ; les tables et les bancs luisaient d'usure comme des vieilles pièces de monnaie ;

l'horloge à balancier, au fond de la salle, ne marquait plus le temps. Il est vrai que les heures avaient bien peu d'importance en ce lieu où l'on se réunissait pour les transfigurer dans l'ivresse en une sorte d'éternité.

Le jeune Lavelle s'approcha timidement de la cheminée où brûlait un feu de tourbe. Des hommes jouaient aux cartes dans un coin de la taverne, d'autres levaient leur verre en chantant à tue-tête, mais plusieurs, perdus dans des pensées vagues et vastes comme la mer devant eux, fixaient la grande fenêtre à carreaux qui donnait sur le port. Assis près de l'âtre, un violoneux à la barbe blanche s'acharnait à tirer d'un instrument désaccordé des sons grinçants qui émergeaient de façon intermittente du tintamarre des rires et des éclats de voix.

Parvenus au comptoir, Fitzgibbon et Terence commandèrent une bière. «*Slaine!*», dirent les deux hommes en soulevant les pintes de Guinness qu'une serveuse à la chevelure rousse avait remplies à ras bord. Ils trempèrent les lèvres dans l'écume crémeuse qui couronnait les verres, avant de les reposer sur le zinc. Alors seulement après avoir passé le revers de la main droite sur sa bouche, Terence Lavelle demanda à son ami :

— *So, what is the answer?*

Fitzgibbon but lentement une autre gorgée de Guinness, puis il sourit avant de dire :

— J'ai parlé au capitaine Clark. Ça n'a pas été facile, mais il a finalement accepté de vous embarquer. On lève l'ancre pour le Canada la semaine prochaine.

Terence Lavelle lança un cri de joie qui se perdit dans le tumulte. Puis il demanda :

— Quel jour on part ?

— On lève l'ancre à Cobh mardi prochain, à midi.

Enfin, à quarante ans, l'Irlandais pourrait fuir cette terre de malheur. Il abandonnerait pour un monde meilleur le lopin qui lui restait dans les environs de Blarney, peau de chagrin résultant des divisions et subdivisions des propriétés que l'on imposait depuis longtemps aux familles catholiques, c'est-à-dire du subtil génocide imaginé par les élégants *gentlemen* anglais. Terence et sa femme, Honora Moynohan, se seraient accommodés des lois iniques qui les condamnaient à la misère, mais ils rêvaient pour leurs trois enfants du bien le plus précieux, la liberté. Patrick, l'aîné, avait douze ans, Mary en avait dix et Brigit, huit.

Encore une fois, Terence remercia chaudement son copain, puis il fit signe à son fils de venir le rejoindre.

— Tiens, dit-il joyeusement en lui tendant son verre, je veux que tu goûtes à la bière irlandaise avant qu'on quitte le pays!

— Ah! comme ça, on va émigrer?

— *Ya, next week!*

L'adolescent avala en grimaçant une gorgée de bière et rendit le verre à son père. Celui-ci le vida d'un trait, salua Fitzgibbon et quitta les lieux, le sourire aux lèvres. Le père et le fils allèrent passer la nuit chez Pat O'Leary, un ami de la famille qui les hébergeait depuis quelques jours. Terence avait milité avec ce dernier dans l'Association catholique fondée par Daniel O'Connell, mais il ne partageait pas sa passion pour l'action politique. Il l'avait tout de même accompagné, l'année précédente, à une manifestation à Cork pour y entendre le discours de l'homme d'État qui lança l'Irlande sur la voie héroïque et ardue de l'indépendance. Contrairement à Terence, O'Leary ne désespérait pas de voir un jour la situation politique et sociale s'améliorer, et il ne songeait pas à s'exiler.

* * *

Tôt le lendemain matin, impatient d'annoncer la bonne nouvelle à sa femme, Terence attela son cheval et prit la route pour rentrer chez lui. Honora approuvait entièrement la décision de son mari d'émigrer en Amérique. Elle aussi rêvait d'échapper à une vie d'autant plus désespérante qu'elle allait s'amenuisant. Une sœur de Terence, Mary, et un jeune frère, Andrew, avaient quitté l'Irlande l'année précédente. Le garçon s'était établi dans la région de Boston, où vivaient déjà un grand nombre d'Irlandais. Mary et son mari, Dennis O'Sullivan, eux, avaient choisi de s'installer dans le Bas-Canada, non loin de la colonie de Drummond, à une cinquantaine de kilomètres au sud du fleuve Saint-Laurent. Dans les lettres que Mary avait adressées à son frère, elle l'avait convaincu de venir la rejoindre dans le *township* de Grantham. « Ici, la vie est dure, mais on est libres », avait-elle précisé. Elle lui avait décrit le paysage en ces termes : « Au bout d'une plaine couverte de forêts se dessinent les premiers plis des Appalaches, et l'on peut apercevoir au sud-ouest, par beau temps, des montagnes bleues dans le lointain horizon. »

Dès que leur masure fut en vue, le fils de Terence sauta en bas de la charrette et courut à travers champs jusque chez lui, enjambant les murets de pierres sèches et dévalant les coteaux. Il faisait beau ce jour-là et la tendre verdure du mois de mai resplendissait sous un soleil éclatant. Des amis de Patrick, l'ayant vu passer en coup de vent, se mirent à sa poursuite en l'interpellant, mais il n'arrêta sa course qu'au moment où il aperçut sa mère sur le pas de la porte. «*We are leaving next week!*», s'écria-t-il à plusieurs reprises. Puis il se laissa choir sur le sol et il s'y roula comme un animal enjoué.

Ses deux jeunes sœurs, alertées par les cris inhabituels, sortirent de la maison au moment où leur père mettait pied à terre. Honora vit dans le visage rayonnant de son mari que leur fils avait dit vrai. Terence s'empressa de confirmer :

— J'ai vu Fitzgibbon. Leur bateau va lever l'ancre mardi prochain, à Cobh.

— *Are we going to Canada?* demanda Honora.

— *Indeed!* s'exclama Terence en soulevant sa femme pour la faire tournoyer.

Les Lavelle se savaient privilégiés de pouvoir s'embarquer sur un bateau où ils seraient les seuls passagers ; la plupart des émigrants devaient faire la traversée entassés par centaines dans les cales infectes des navires anglais qui se rendaient prendre à Québec des cargaisons de bois ou de potasse. Le mari et la femme restèrent longuement enlacés, remerciant le ciel d'avoir exaucé leurs vœux. Leurs deux fillettes, Mary et Brigit, tournaient joyeusement autour d'eux en essayant de rompre leur étreinte.

Quand Patrick se releva, il se vit entouré de copains, parmi lesquels se trouvait une fillette de onze ans, Maud O'Brien. L'ayant entendu dire : «On s'en va la semaine prochaine au Canada», elle s'enfuit pour cacher ses larmes. Les autres adolescents, tout excités, le pressèrent alors de questions et bientôt il eut l'âme troublée : il ne savait rien ni du Canada ni de l'Amérique, sinon que, pour s'y rendre, il fallait traverser les mers et qu'on y partait pour toujours. Ses jeunes sœurs n'étaient pas encore sorties de l'enfance, mais lui, à douze ans, commençait à s'imprégner de l'Irlande et ses yeux étaient pleins des paysages de sa campagne natale, dans l'arrière-pays du *County Cork*. À l'âge où se forge l'unité de l'être, il restait partagé entre la langue gaélique de ses grands-parents et l'anglais qu'on lui apprenait à l'école et qu'il employait avec ses père et mère. À la veille de quitter son pays natal, il oscillait soudain entre la joie et la tristesse.

Durant les jours suivants, Terence s'occupa de vendre le peu de biens qu'il possédait : mobilier rustique, poêle à charbon, outils et petits instruments aratoires. Honora plia soigneusement dans une grosse malle au couvercle bombé les vêtements qu'ils emporteraient avec eux. Elle y plaça aussi quelques objets et souvenirs précieux, du genre de ceux dont le poète se demande s'ils «ont une âme qui s'attache à notre âme et la force d'aimer».

À l'école, le maître renseigna Patrick sur le Canada et l'Amérique. Le dernier jour, il donna des manuels scolaires au jeune Lavelle et lui conseilla de continuer à lire et à s'instruire. «Surtout, lui dit-il enfin d'une voix émue, n'oublie jamais l'Irlande!»

La veille du départ, l'adolescent voulut revoir une dernière fois la tour fortifiée du château de Blarney. Avec des camarades, il grimpa jusqu'au sommet du mur d'enceinte, déjà à moitié en ruine; de là-haut, tandis que ses amis chantaient un air de folklore appris à l'école, son regard parcourut les vallons, les prés et les bosquets témoins de ses jeux d'enfant.

* * *

Le lundi matin, après avoir dit adieu aux parents et aux amis, la famille Lavelle prit la direction de Cobh. Les camarades de Patrick, venus assister au départ, suivirent longtemps l'attelage sur la route sinueuse et caillouteuse. Quand la charrette passa devant la maison de Maud O'brien, la fillette sanglota derrière la fenêtre où elle s'était dissimulée.

À Cobh, Terence vendit son cheval et la voiture à un commerçant du lieu et l'on partit à pied vers le quartier du port — qui allait être connu à partir de 1845 sous le nom de *the harbor of tears*, le port des larmes, dernière image qu'emporteraient dans leur souvenir des dizaines de milliers d'Irlandais, victimes de la famine quasi planifiée par les *landlords* anglais qui les avaient chassés sans vergogne de leur terre ancestrale après leur avoir tout enlevé, en commençant par leur dignité ; car tandis que les Irlandais crevaient de faim, des troupeaux entiers de moutons, de porcs et de bêtes à cornes emplissaient des navires en partance pour l'Angleterre, qui dépouillait aussi l'Irlande de ses récoltes de blé et d'orge.

Pat O'Leary avait rejoint son ami Terence dans la ville portuaire. Il l'aida à transporter la malle dans des rues étroites et tortueuses qui semblaient toutes aboutir sur les quais. Honora et les trois enfants, portant chacun un baluchon, marchaient derrière. Au détour d'une rue, ils aperçurent la voilure de leur navire, le *Derry*, un brigantin qui faisait le transport des marchandises entre l'Angleterre, l'Irlande et l'Amérique. Les fillettes, effrayées par ce décor impressionnant, se collèrent contre leur mère, mais leur grand frère, lui, fasciné par le spectacle qui s'offrait à sa vue, s'élança vers les quais encombrés de tonneaux et autres marchandises. Un trois-mâts venait de lever l'ancre et voguait majestueusement, toutes voiles dehors. Patrick vit des matelots qui, se tenant en équilibre sur les plus hautes vergues, obéissaient aux ordres que lançait le capitaine depuis la dunette.

Il regarda le vaisseau s'éloigner vers le large et il s'approcha du *Derry*, dont il admira d'abord la figure de proue, un buste polychrome d'une nymphe aux cheveux d'or; puis il leva la tête vers le mât de misaine s'élançant dans le ciel bleu; des mouettes et des goélands virevoltaient parmi les hautes voiles tandis qu'au loin de grands oiseaux de mer plongeaient dans les flots.

Béat d'admiration, ouvrant ses bras au vent de la mer et humant l'air salin, l'adolescent resta planté là jusqu'à ce que son père vienne le rejoindre.

Thomas Fitzgibbon dirigeait les manœuvres d'appareillage. Il invita Terence et son ami, Pat O'Leary, à embarquer la malle. Les deux hommes soulevèrent le lourd coffre sanglé de lanières de cuir et le transportèrent sur le navire.

Fitzgibbon aida Honora et les enfants à monter à bord et ordonna à un marin de les conduire au quartier aménagé pour eux dans la cale. Terence lui demanda s'il avait le temps d'aller enfiler une dernière Guinness avec O'Leary au pub, juste en face.

— Oui, mais dépêchez-vous, on lève l'ancre dans une demi-heure!

— Si vite que ça? s'étonna Terence.

— Oui, mon ami, tu vas vivre tes trente dernières minutes en Irlande! déclama Fitzgibbon sur un ton à la fois emphatique et moqueur. Puis il ajouta: Oublie pas que tu dois donner un coup de main durant la traversée!

— Mon garçon aussi peut aider, si tu veux.

— Laisse faire, on n'a pas besoin de moussaillon.

Honora et les enfants remontèrent sur le pont. Autour d'eux, des marins hâbleurs s'interpellaient et éclataient de rire en roulant des barils, tandis que d'autres lançaient de grands cris en manœuvrant dans les cordages.

Patrick observait toute cette agitation avec curiosité, quand un homme grand et droit se présenta à sa mère. C'était le capitaine Clark, un Anglais à l'allure aristocratique et d'une grand civilité, mais absolument convaincu de l'infériorité des Irlandais en toutes choses. Il s'excusa tout d'abord auprès d'Honora du peu de confort qu'il pouvait lui offrir pendant la traversée. Elle le remercia vivement d'avoir bien voulu accepter de les prendre à son bord. «*It is my pleasure*», dit le capitaine avant de tourner les talons et d'aller vaquer à ses occupations. Honora entraîna ses fillettes vers le bastingage qui surplombait le quai. Elle vit bientôt sortir d'un pub son mari et O'Leary. Les deux hommes avaient chacun à la main une chope en étain remplie de bière. Ils étaient convenus de les boire simultanément et de les échanger ensuite, au moment où on larguerait les amarres. Quand le capitaine donna l'ordre de lever l'ancre, Terence s'empressa de monter sur la passerelle, qu'on retira dès qu'il fut à bord. Ayant vidé sa chope d'un trait, il la lança à son ami qui fit de même avec la sienne. *Goodbye, farewell...*

Des craquements inquiétants se firent entendre dans la carcasse du *Derry*. On eût dit que le navire s'arrachait non seulement au quai, mais à l'Irlande même. Patrick Lavelle admira les gestes sûrs et rapides des matelots hissant les voiles. Le brigantin quitta le port et s'éloigna lentement, révélant progressivement aux passagers le panorama de la petite ville de Cobh, à flanc de colline. Les émigrants éprouvèrent alors une vive émotion. Patrick cessa de s'intéresser aux manœuvres de l'équipage. Ayant remarqué l'air grave et triste de son père, il s'approcha de lui.

Comme deux mourants jetant un dernier regard sur les choses qui les entourent, Terence et son fils ne quittèrent plus des yeux les hautes maisons de pierres grises entassées face à la baie de Cork, dans l'estuaire de la rivière Lee. Le long des rives s'étalaient de très beaux paysages de l'Irlande bien-aimée : des chemins bordés de murets de pierres serpentaient dans les prés aux différents tons de vert, des fuchsias en fleurs déployaient leurs corolles rouges parmi les haies et les buissons, le long des chemins qu'empruntaient dans leur jeunesse Honora et Terence pour venir admirer, à Cork, la tour carrée de *Red Abbey* ou se promener, le dimanche, dans la rue *Grand Parade*, aux belles façades en arcs de cercle.

La mère et ses deux filles restèrent elles aussi sur le pont du voilier jusqu'à ce que disparût dans le lointain le clocher d'une église dominant la ville. Bientôt, on ne vit plus l'île de Fota, au milieu de l'estuaire, puis le brigantin du capitaine Clark, vaisseau d'or de l'immigrant, prit la mer. *Il était un petit navire...*

* * *

Les vents n'ayant pas été favorables, la traversée dura quatre semaines. Les Lavelle occupaient dans la cale un espace restreint, près du mât de misaine, emboîté dans la charpente de la quille. Autour d'eux s'entassaient des barils et des ballots de tissu ; plus loin étaient empilés les voiles de rechange et des rouleaux de cordage. Il y eut quelques jours de mauvais temps où le roulis et le tangage balancèrent le navire de façon inquiétante.

On pouvait alors craindre que les câbles d'amarrage retenant les marchandises ne se rompissent. Les voyageurs s'habituèrent progressivement à ce danger, ainsi qu'aux grincements qu'on entendait dans la coque du navire, même quand les flots restaient calmes. Honora veilla chaque jour à l'hygiène des enfants ; son mari, guidé par Fitzgibbon, prit part à diverses opérations de manœuvre ou se vit confier d'autres corvées. Il aida à amener les voiles, apprit à les enverguer, à les carguer et à les déferler. Mais il dut surtout éplucher des pommes de terre, curer des chaudrons et astiquer divers instruments en cuivre du bateau. Le capitaine Clark lui ordonna même à quelques reprises de laver le plancher de sa cabine. Terence accomplissait ces tâches avec plaisir, car elles l'empêchaient de sombrer dans la mélancolie. Patrick, lui, allégea la besogne de sa mère en s'occupant de divertir ses jeunes sœurs. Il aurait bien aimé aider à la manœuvre, mais on le lui interdit. Le capitaine Clark l'autorisa toutefois à puiser l'eau potable et à en faire la distribution aux marins, dans une écuelle de bois. Un soir que l'adolescent n'arrivait pas à s'endormir, il monta sur le pont du navire ; ébloui par l'infinie beauté d'un ciel étoilé, il ne se lassa pas de contempler l'immensité des flots où baignait une clarté sidérale. Le marin qui tenait la barre lui montra la Voie lactée et lui apprit à reconnaître les constellations de la Petite et de la Grande Ourse. Mais c'est par un matin de grisaille que le jeune Irlandais aperçut les côtes de Terre-Neuve émergeant du brouillard. Il s'empressa d'aller prévenir sa mère et ses sœurs. Fitzgibbon annonça aux Lavelle qu'ils seraient à Québec dans deux jours. Les émigrants se réjouirent de voir approcher la fin de leur voyage. Au milieu de l'avant-midi, le soleil chassa la brume. Une lumière éclatante fit miroiter la crête des vagues et se répandit sur les escarpements du littoral alors que le *Derry* entrait dans le golfe du Saint-Laurent.

Le lendemain, les Irlandais purent voir, quoique fort éloignées, les deux rives du fleuve. Ici, ce n'était plus la mer. Ça n'était pas non plus l'estuaire de la rivière Lee, ni la baie de Cork; on s'enfonçait dans un pays vaste comme un continent où tout n'était que montagnes et forêts. Des villages apparurent çà et là le long des côtes. «*Look!*», s'exclama Patrick en montrant à ses sœurs, là-bas, sur une falaise, le clocher d'une église.

Puis, ce fut l'embouchure majestueuse du Saguenay, à Tadoussac. Le navire passa ensuite devant Rivière-du-Loup, La Malbaie, La Pocatière. Les villages se faisaient plus nombreux et plus rapprochés sur les deux rives : Saint-Jean-Port-Joli, Trois-Saumons, L'Islet-sur-Mer.

À la hauteur de Montmagny, le capitaine ordonna qu'on jetât l'ancre devant la plus grosse des îles d'un archipel. Une chaloupe vint vers le voilier; deux hommes, un militaire et un médecin, montèrent à bord. Thomas Fitzgibbon expliqua à Terence qu'il fallait se soumettre à l'inspection médicale des autorités de l'île de la Quarantaine, avant d'obtenir l'autorisation d'entrer dans le port de Québec. Le tout se fit rapidement, et le *Derry* put reprendre sa route.

Après avoir admiré les hauteurs du cap Tourmente, les émigrants virent surgir dans l'estuaire l'île d'Orléans, dont ils découvrirent bientôt les pentes douces et les bords enchanteurs. Dans cette partie rétrécie du fleuve, ils s'étonnèrent du paysage grandiose qui se déployait autour d'eux : à gauche s'étendaient les campagnes verdoyantes de la côte sud, tandis qu'au nord de l'île se dressait le panorama dentelé des Laurentides.

Quand le bateau contourna la pointe de Lévis, les Lavelle s'exclamèrent devant l'apparition au loin de la ville de Québec. Un soleil resplendissant inondait le cap Diamant et faisait rutiler l'enchevêtrement des toitures de fer-blanc des maisons, les dômes verdâtres des monastères et les clochers des églises de la ville. L'ardoise même des falaises semblait vibrer dans l'air chaud de ce début du mois de juin et, sur le fleuve, barques et voiliers surgissaient dans la lumière diffuse, comme sous le pinceau génial d'un peintre impressionniste.

Le brigantin du capitaine Clark céda le passage à un trois-mâts derrière lequel il fit route jusqu'au pied de la Citadelle. Terence Lavelle et sa femme se tenaient à l'arrière, sur la dunette, quand le navire entra dans le port. Le relief des maisons sous le cap et la beauté de certains édifices publics se révélèrent progressivement à eux. Intimidées par le gigantisme des lieux, Mary et Brigit se pressaient contre leurs parents. Patrick, au comble de l'excitation, courut d'un bord à l'autre du bateau jusqu'à ce que celui-ci s'immobilisât le long d'un quai de bois, devant le *Market Hall*, un bâtiment imposant surmonté d'un clocheton et orné d'un fronton soutenu par quatre colonnes cannelées. Des enfants s'amusaient sur les marches de l'édifice, qui descendaient jusqu'au niveau de l'eau et servaient de débarcadère aux passagers d'embarcations de toutes sortes se croisant dans la rade parmi les petits voiliers, les péniches et les goélettes. Débardeurs, tonneliers, artisans et commerçants se pressaient sur les quais sous le regard indifférent de quelques soldats de la garnison anglaise. Le jeune Lavelle découvrit avec intérêt l'animation du port de Québec.

En levant les yeux vers la Citadelle, il remarqua qu'un drapeau britannique flottait à son sommet, sur le bastion du Roi. Pourtant, la langue dans laquelle les gens s'interpellaient joyeusement aux alentours n'était pas l'anglais. Pour la première fois, l'adolescent irlandais entendit les accents frustes et chantants du parler canadien-français. Quand il descendit du bateau, son baluchon sur l'épaule, un garçon de son âge et une fillette lui adressèrent la parole, mais il ne comprit pas leur langage. Il éprouva alors le sentiment d'être perdu dans un pays étranger.

Terence et Honora remercièrent une dernière fois le capitaine Clark d'avoir bien voulu les prendre à son bord. Ce dernier semblait préoccupé et pressé de débarquer ; une jeune femme l'attendait sur le quai. Quand elle l'aperçut, elle s'élança vers lui. «Enfin, te voilà!», s'écria-t-elle en se jetant dans ses bras. «Moi aussi, j'étais impatient de te revoir!», dit-il en un français impeccable, teinté de cet accent charmant qu'ont les Anglais quand ils parlent notre langue. Le couple disparut dans la foule.

Les membres d'équipage firent leurs adieux à la famille Lavelle, aux enfants surtout, auxquels ils s'étaient attachés durant le voyage. Certains avaient les larmes aux yeux en embrassant les fillettes, Mary et Brigit, tandis que d'autres taquinaient Patrick en lui conseillant de se méfier des *Sauvages* dans les bois du Canada. Deux marins portèrent la grosse malle des émigrants jusqu'au *Market Hall*. Ils durent se frayer un chemin dans la cohue, car c'était jour de marché. Terence et Honora ne furent pas sans remarquer l'abondance des produits de la ferme dans les éventaires. Des cochons entiers pendaient au-dessus des étals où les bouchers débitaient des quartiers de bœuf; ailleurs, on voyait des volailles en grand nombre; plus loin, on vendait du beurre, du pain et des œufs. Certains habitants offraient aussi des produits de l'érable et étalaient les vêtements et lainages que leurs femmes avaient tissés ou tricotés au cours du long hiver.

Fitzgibbon entraîna les Lavelle jusqu'au centre du *Market Hall*. Là, il les confia à des représentants de la *Quebec Public Baking Society*, organisme qu'on venait de fonder pour venir en aide aux nouveaux arrivants et aux pauvres de langue anglaise de la ville. On les fit entrer dans une petite pièce encombrée de caisses et de coffres, remplis de vêtements usagés ou d'objets hétéroclites : lampes à l'huile, pièces de vaisselle, jouets, etc. Jack Armstrong, un Anglais rigoureusement loyaliste, fit la moue quand Terence se présenta avec sa famille. « Encore des Irlandais! », marmonna-t-il entre les dents, tout en mâchouillant sa pipe de porcelaine. Il se radoucit quand Terence lui expliqua qu'il souhaitait rejoindre sa sœur Mary et son beau-frère O'Sullivan dans le *township* de Grantham. Armstrong était de ceux qui souhaitaient voir tous les Irlandais catholiques envoyés au fond des bois; « avec les Sauvages », ajoutait-il sur un ton méprisant. Soulagé d'apprendre que Terence ne désirait pas s'installer à Québec, il lui dit : « Je vous attendrai demain matin, à la première heure, au bureau de l'immigration. J'essaierai de vous trouver un bateau en partance pour William Henry. Rendus là, vous devrez vous débrouiller pour le reste du voyage. »

Miss Taylor, une vieille dame à l'air digne et à l'allure compassée, offrit le gîte aux Lavelle pour la nuit. Elle trouva les deux fillettes *very charming* et Patrick un peu turbulent. Le lendemain, elle accompagna les immigrants à leur lieu de rendez-vous.

On expédia les formalités pour permettre à la famille de s'embarquer sur la goélette du capitaine Albert Simard, la *Maris Stella*.

Le bâtiment partait l'avant-midi même pour Montréal et devait faire escale à William Henry pour y livrer des marchandises aux soldats de la garnison anglaise. La petite ville, devenue plus tard Sorel, occupait un endroit stratégique le long du fleuve, devant les îles bloquant l'extrémité ouest du lac Saint-Pierre. « *Have a good trip!* », leur lança Miss Taylor, quand le petit bateau quitta le quai.

* * *

La goélette s'éloignant, la ville de Québec apparaissait aux enfants Lavelle comme un décor de conte de fées avec sa Citadelle, ses remparts crénelés, ses tourelles, ses dômes et ses clochers. Terence et Honora, eux, s'inquiétaient : ils ignoraient tout du pays dont ils mesuraient maintenant l'étendue, sans avoir encore atteint leur destination. On leur avait simplement dit que la colonie de Drummond se trouvait à l'intérieur des terres, à une cinquantaine de kilomètres de William Henry. Mais comment s'y rendraient-ils ?

Le capitaine Simard, parce qu'il assurait le transport de marchandises entre Québec et Montréal, avait appris suffisamment d'anglais pour se débrouiller dans cette langue. Il rassura ses passagers et leur enseigna quelques notions de géographie locale: la distance entre Québec et Montréal, le chemin du Roy, le bas du fleuve où il était né, les villages le long de la rive et ceux que l'on fondait plus loin, dans les nouvelles concessions.

C'est de lui aussi que les Irlandais reçurent leur première leçon d'histoire du Canada: la découverte du pays par Jacques Cartier, en 1534; la fondation de la ville de Québec par Samuel de Champlain, en 1608; les généraux Montcalm et Wolfe, morts tous deux au champ d'honneur lors de la conquête anglaise en 1760; la déportation des Acadiens; enfin, les troubles de 1837 matés par l'armée anglaise, aidée de mercenaires allemands. «*But everything is quiet around here now!*», conclut Albert Simard. Terence vit dans les événements relatés par le capitaine des similitudes avec la situation des Irlandais, même si la misère des siens était incomparable. Les deux hommes eurent tôt fait de fraterniser. «On n'est pas riches, mais on survit toujours!», dit le vieux marin en montrant à Terence les clochers des villages qui bordaient le fleuve. Au-delà de ces endroits radieux et des champs qui les entouraient, on ne voyait que forêts à perte de vue. L'Irlandais fut déçu d'apprendre qu'il n'existait que des sentiers dans les bois, depuis le fleuve jusqu'à Drummond. «Ah! qu'osse tu veux, le pays est loin d'être fini icitte!», lui fit remarquer le père Simard.

À sept heures du soir, la goélette fit halte à Trois-Rivières. On devait y débarquer des ballots de tissu importé d'Angleterre. «*We will spend the night here*», annonça le capitaine. La cité de Laviolette n'était à l'époque qu'une toute petite municipalité autour de laquelle commençait à s'articuler l'exploitation forestière, ajoutée à celle des vieilles forges de la rivière Saint-Maurice; située à la rencontre de ce cours d'eau et du fleuve Saint-Laurent, la ville naissante accueillait une part importante du trafic fluvial.

L'architecture des maisons, groupées autour de l'église paroissiale, près du fleuve, s'inspirait de l'habitation rurale et les lieux avaient encore une allure champêtre. Le dôme du couvent des Ursulines dominait le paysage et servait de point de repère aux marins. L'arrière-pays agricole s'étendait progressivement vers le socle laurentien et ces vastes forêts où les bûcherons chantaient leur complainte de l'ennui amoureux, au cours des longs hivers:

Ah! ce que le papier coûte cher
Dans le Bas-Canada
Surtout à Trois-Rivières
Que ma blonde a m'écrit pas...

Terence et son fils aidèrent le capitaine et ses hommes à décharger les paquets de tissu anglais. Albert Simard installa Honora et les enfants dans sa cabine pour la nuit, puis il invita Terence à l'accompagner dans une taverne voisine. Ce dernier hésita d'abord, prétextant qu'il ne parlait pas la langue des gens du pays. Le capitaine lui dit: «Inquiète-toé pas. Si t'étais anglais, je dis pas, mais irlandais, y a pas de problème.»

Les deux hommes se retrouvèrent dans une maison de pierre au plafond bas, le *Gîte du Fleuve*, où se réunissaient de solides buveurs, bûcherons, coureurs des bois et autres travailleurs. Sans être sordides, les lieux empestaient les odeurs âcres de la bière en fût et du gros tabac à pipe que les fumeurs puisaient dans des blagues faites de vessie de taureau. Un nuage de fumée flottait dans la pièce, et il fallait être vigilant pour ne pas mettre le pied dans l'un des nombreux crachoirs en étain ou en fer-blanc qui encombraient le plancher.

Le capitaine Simard, un habitué de la place, s'écria en entrant : « Les gars, je vous présente un Irlandais, un vrai ! Y est arrivé y a deux jours à Québec avec sa femme pis leurs trois enfants ! » On se pressa autour de l'étranger, à qui l'on offrit de goûter à la bière canadienne. Plusieurs l'interrogèrent sur son pays. Le capitaine servit d'interprète.

— Où c'est que ça se trouve, l'Irlande ? demanda un jeune bûcheron.

Terence parla lentement, s'arrêtant entre chaque phrase pour laisser au capitaine le temps de traduire ses propos. Sans remonter à l'ère mégalithique, il rappela tout de même l'arrivée des Gaëls dans l'île, au IVe siècle, évoqua les figures légendaires de saint Patrick et de saint Colomban, cita les noms d'anciens monastères, parla des Vikings, des Normands et enfin des Anglais. La bière aidant, il s'abandonna à cette sorte de rêverie douloureuse propre aux Irlandais et décrivit son pays sur un ton si chaleureux et avec une telle ferveur que ses auditeurs crurent comprendre ses paroles. À certains moments, sa voix avait des modulations telles qu'on eût dit qu'il chantait : « *C'est une belle grande île dans l'Atlantique, en face de l'Angleterre... Une île qui a été pillée en tous sens depuis le XIe siècle, par les Anglais surtout... Une île où les paysages varient sans cesse, passant d'une extrême douceur à une aridité sauvage... On y voit des champs de cailloux, mais il y a aussi des prés d'une verdure incomparable, où les*

25

chevaux courent avec une telle aisance qu'ils semblent avoir des ailes...»

L'Irlandais brossa ensuite un tableau des misères infligées à son peuple. Tous furent unanimes à maudire les Anglais, mais nul ne le fit avec autant de rage que Pierre Levasseur, un Patriote qui avait combattu trois ans plus tôt à Saint-Denis-sur-Richelieu, avant de se faire bûcheron en Mauricie.

«Eh! batèche de batèche, si seulement on avait eu un peu plus de fusils!», répétait-il en hochant la tête et en serrant la mâchoire, entre chaque rasade de bière.

De retour à la goélette, Terence voulut raconter sa soirée à sa femme. Honora remarqua un léger relâchement de son articulation. «Je pense que t'as bu un peu trop», se contenta-t-elle de dire. «C'était pas de la Guinness, mais leur bière est pas mal», marmonna Terence avant de s'endormir.

* * *

Tôt le lendemain, la *Maris Stella* quitta Trois-Rivières. Le long du fleuve, la nature déployait sa verdure sous un soleil radieux. La forêt était trouée çà et là de grands rectangles de culture et l'on voyait des habitants s'affairer dans leurs champs. Les Irlandais se tenaient sur le pont de la goélette, que suivait une volée de mouettes. Pour la première fois depuis leur départ de Cobh, Honora et Terence purent se détendre; ils approchaient du but. Du moins, le croyaient-ils. Ils découvrirent bientôt l'élargissement du fleuve, dénommé lac Saint-Pierre. Enivrés de vent et de lumière, ils eurent le sentiment qu'ils sauraient être heureux dans ce vaste pays.

Tout le long du parcours, Terence s'informa auprès du capitaine des conditions de vie des colons. «Ah! c'est pas facile, lui dit ce dernier. Moé, j'étais pas fait pour cette vie-là. J'aime mieux labourer les eaux du fleuve avec mon bateau que la terre avec une charrue.»

La goélette rallia William Henry au milieu de l'après-midi. Le capitaine manœuvra habilement entre des îles avant d'atteindre le port de la petite ville, où venait d'accoster un vaisseau de la marine anglaise. Une petite foule de curieux arpentait le quai. Le capitaine Simard présenta les Irlandais à un commerçant du lieu, Pierre Collard, venu chercher les marchandises que lui apportait la *Maris Stella*.

— Ces gens-là arrivent d'Irlande, pis y doivent se rendre à Drummond. Connais-tu quelqu'un qui partirait bientôt dans ce coin-là? demanda le capitaine.

— Y me vient personne à l'idée, dit le marchand. Seulement...

— Seulement quoi?

— Ben, si ça peut les arranger, faut que j'aille à Pierreville demain. Je pourrais les emmener; y se passe pas une semaine sans que des Indiens remontent la rivière Saint-François.

* * *

Le lendemain, les Lavelle grimpèrent dans la voiture du commerçant, un chariot recouvert d'une bâche jaune, semblable à ceux des pionniers de l'Ouest américain. La voiture s'engagea dans une étroite route de gravier qui longeait le fleuve devant les îles de Sorel, avant de bifurquer et de s'enfoncer dans les terres. Le ciel était couvert de nuages bas et gris. De temps à autre, on voyait de grands hérons cendrés, des canards ou des sarcelles s'envoler des joncs le long des berges. Parvenu de l'autre côté de la rivière Yamaska, l'équipage se dirigea vers Saint-François-du-Lac. En fin d'après-midi, des fumées s'élevant tout proche signalèrent qu'on arrivait à la bourgade indienne d'Odanak.

Le jeune Patrick poussa un grand cri d'étonnement joyeux en apercevant les tentes du campement des Abénaquis. Ses petites sœurs s'effrayèrent un peu, mais Collard, dans son anglais approximatif, les rassura : « *No, no, do not worry. The Abenaquis, they are friends, good Indians.* » Il confia les Irlandais à Francis O'Bomsawin, un Indien dont il achetait les fourrures de rat musqué et de castor. Les immigrants eurent droit, le soir même, à un feu de joie autour duquel les enfants Lavelle dansèrent avec les petits Indiens, au rythme du tam-tam. Patrick se lia d'amitié avec le fils de l'Abénaquis, Nicolas, âgé de quinze ans.

O'Bomsawin annonça deux jours plus tard à Terence qu'il accompagnerait une bande d'Indiens en partance pour Sherbrooke, où ils allaient vendre des fourrures. On chargea le coffre des Irlandais dans le plus grand des huit canots qui formaient le convoi. Le groupe remonta lentement la rivière Saint-François. On fit du portage à trois reprises et l'on coucha deux nuits dans des campements le long du cours d'eau, avant d'atteindre la colonie de Drummond. Le voyage parut interminable à Honora et à ses deux fillettes, mais il combla l'esprit d'aventure de Patrick. Nicolas O'bomsawin lui montra la manière de s'orienter dans la forêt et comment reconnaître les pistes d'animaux sauvages. L'adolescent irlandais apprit aussi quelques mots abénaquis : *sangbak* et *phanem*, qui veulent dire homme et femme, *wskinnossis* et *ngksquassis*, qui signifient garçon et fille, *sibo* et *odana*, pour arbre et rivière, ou encore *pakwaw*, pour désigner un canot d'écorce.

Enfin, par un bel après-midi de juin, les Indiens avironnèrent entre des îles au-delà desquelles on entendait le grondement de cascades, puis ils amenèrent les canots près d'un quai sommaire où se distrayaient des pêcheurs à la ligne.

Sur les hauteurs dominant la berge, les immigrants aperçurent le clocher d'une chapelle catholique et la silhouette, plus imposante, d'une église protestante. Le drapeau britannique flottait au mât d'une petite bâtisse en briques. Les Abénaquis s'apprêtèrent à faire un nouveau portage. «*Here... Drummond...*», dit O'Bomsawin. Terence le remercia vivement et voulut lui offrir un cadeau, mais l'Indien refusa. Patrick était triste de devoir quitter Nicolas. Ce dernier lui donna en souvenir une flèche de son carquois.

* * *

Les pionniers de Drummond et des *townships* environnants avaient été, en 1815, des soldats anglais et des membres du régiment des Meurons, mercenaires des troupes vaincues de Napoléon, que l'Angleterre avait réquisitionnés pour qu'ils se joignent à son armée au Canada. Les canons de la guerre anglo-américaine s'étant tus cette année-là, ces hommes n'eurent toutefois pas à se battre. De retour des champs de bataille, leur commandant, le major général George Frederick Heriot, promu au rang de surintendant de la colonisation dans le Bas-Canada, avait reçu comme récompense de ses loyaux services l'instruction d'aller fonder, sur les bords de la rivière Saint-François, un établissement militaire et agricole, auquel il donna le nom du gouverneur d'alors, Sir Gordon Drummond. Les soldats anglais démobilisés, comme les étrangers, suisses et allemands surtout, devinrent défricheurs et agriculteurs. Ainsi se mêlèrent dans cette région des loyalistes ayant fui la révolution américaine, des fils de colons abandonnés par l'armée française vaincue sur les plaines d'Abraham et des soldats de l'armée napoléonienne décimée en 1814.

C'est au milieu de tous ces gens que venait s'installer la famille Lavelle.

La venue d'étrangers constituait un événement dans la petite colonie. Aussitôt débarqués, les nouveaux arrivants furent entourés par des gens du lieu. Quand on apprit qu'ils venaient d'Irlande pour s'établir dans le *township* de Grantham, on devint pour eux plein d'attentions. Des hommes transportèrent le coffre et on les conduisit au *Town Hall*, où les accueillit James Watkins. Homme d'une cinquantaine d'années, capitaine du 7e Bataillon de la milice de Sa Majesté, Watkins avait servi sous les ordres du major Abercromby, lors des troubles de 1837. S'il n'avait pas montré la hargne vindicative de certains soldats anglais, il avait tout de même aidé à écraser les Patriotes à Saint-Denis et à Saint-Charles. Revenu à Drummond, il y seconda les efforts déployés par le major Heriot pour établir des militaires anglais démobilisés sur les rives du bassin inférieur de la rivière Saint-François. L'officier de milice dut pourtant admettre que son rêve de voir progresser dans la région une colonie majoritairement anglo-saxonne et protestante ne se réaliserait pas, les colons loyalistes préférant se regrouper à proximité de la frontière américaine ou s'installer dans le Haut-Canada.

Le *Town Hall* de la colonie de Drummond était un édifice bas, formé de deux ailes qui encadraient un corps central surmonté d'un fronton supporté par six colonnes. Des cheminées s'élevaient au centre et aux extrémités du bâtiment. La présence à tous égards anachronique de ce petit édifice aux lignes classiques dans un lieu sauvage n'était pas sans surprendre et impressionner les colons français, ainsi que le souhaitait l'occupant anglais.

C'est là que siégeaient le conseil municipal et le conseil de comté, mais on y tenait aussi des réunions sociales et mondaines. James Watkins, chargé de l'établissement des colons, y avait son bureau. Le capitaine de milice prenait ses fonctions très au sérieux.

— *What's your name?* demanda-t-il cérémonieusement à Terence Lavelle.

L'Irlandais présenta les papiers qu'on lui avait remis au bureau de l'Immigration, à Québec. Watkins examina les documents. Il fronça les sourcils en apprenant qu'il avait affaire à un Irlandais catholique. Le loyaliste avait hérité de son père un mépris irraisonné pour tout ce qui était papiste. Déjà, en 1840, des «habitants» venus des paroisses seigneuriales de Nicolet, de Saint-Grégoire, de la Baie-du-Febvre et de Saint-François-du-Lac formaient la majorité de la population dans les *townships* de Grantham et de Wickham. Watkins s'en désolait d'autant plus qu'une de ses sœurs, Annie, avait abjuré son protestantisme pour épouser un Canadien français, Jean-Baptiste Paul. L'événement avait bouleversé le milicien. «*Shame on you!*», avait-il lancé à sa sœur, infidèle à sa foi protestante, en la chassant de chez lui après avoir refusé de servir de témoin à son mariage.

Terence expliqua au capitaine qu'il aimerait bien s'établir à proximité de son beau-frère, Dennis O'Sullivan, dans le *township* de Grantham. James Watkins sursauta en entendant cela.

— *Did you say Dennis O'Sullivan?* demanda l'officier de milice.

— *Yes, indeed.*

Terence précisa qu'il avait décidé d'émigrer au Canada sur les instances de sa sœur Mary, qui vivait avec O'Sullivan à Headville.

Watkins se leva alors d'un bond derrière son bureau :

— J'ai vu O'Sullivan y a pas dix minutes au magasin de James Anderson.

— Quoi! s'exclama l'Irlandais, rempli d'une joie incrédule. As-tu entendu ça, Honora?

— Oui, oui, dit sa femme, le visage rayonnant.

Installé sur un lot non loin de la rivière Noire, O'Sullivan devait venir s'approvisionner de temps à autre à Drummond, car il n'y avait encore aucun magasin général dans le *township* de Grantham.

— Suis-moi, dit le capitaine à Terence, on va aller voir si ton beau-frère est encore chez Anderson.

Honora resta au *Town Hall* avec ses deux fillettes, mais Patrick insista pour accompagner son père. Le trio descendit rapidement l'unique rue, qui n'était encore qu'un chemin de terre battue. Située en bordure des rapides, la colonie de Drummond s'étalait depuis le bas d'une côte jusqu'à son sommet dominant la rivière. La dénivellation du terrain accentuait le charme bucolique des lieux. Sur les hauteurs se dressaient, non loin du *Town Hall*, la maison du major général Heriot, qu'il avait baptisée *Comfort Cottage*, l'église anglicane St. George et la chapelle catholique, dédiée à saint Frédéric ; en bas s'alignaient du même côté de la rue une douzaine de maisons au milieu desquelles James Anderson avait construit son magasin général. La bâtisse avait des dimensions assez imposantes, car le marchand fournissait non seulement la population locale, mais aussi les colons des cantons environnants.

Chemin faisant, l'immigré de Blarney n'arrivait pas à croire à la chance extraordinaire qui lui souriait : arriver à Drummond, au beau milieu des forêts nord-américaines, alors que son beau-frère s'y trouvait. James Watkins, bedonnant et essoufflé, trottina à distance derrière Terence et son fils jusqu'au magasin où l'Irlandais entra en coup de vent en demandant d'une voix forte : « *Is Dennis O'Sullivan still here ?* »

James Anderson eut à peine le temps de réagir à l'apparition de l'étranger : O'Sullivan allait à l'instant quitter les lieux par la porte arrière quand il entendit la voix de Terence. Les deux Irlandais tombèrent dans les bras l'un de l'autre, chacun ayant du mal à croire à ces retrouvailles inespérées. Ils s'étreignirent un long moment en se donnant de grandes tapes d'amitié dans le dos, sous les yeux ébahis des clients.

— Qu'ossé qui se passe ? dit l'un d'eux.

— Comment c'est qu'on dit ça *in French... the brother-in-law... ?* demanda James Watkins.

— Le beau-frère, s'empressa de dire un paysan qui connaissait un peu d'anglais.

— Oui, c'est ça, c'est le beau-frère de O'Sullivan. *He has just arrived from Ireland*, expliqua le capitaine.

Après avoir exprimé leur joie et répété cent fois en anglais et en gaélique « *Je peux pas le croire !* », les deux

Irlandais accompagnèrent James Watkins au bureau d'enregistrement des colons.

— *Did you receive our letter?* demanda Terence.

— Ben non, on n'a pas reçu de lettre, dit O'Sullivan.

— Ah... comme ça on est arrivés avant elle...

— C'est Mary qui va être contente de vous voir!

En route vers le *Town Hall*, Terence raconta pêle-mêle les épisodes de leur périple: la goélette, l'interminable traversée de l'Atlantique, les Indiens d'Odanak, l'arrivée à Québec, le départ de Cobh.

Honora exulta à son tour en voyant arriver son mari et son beau-frère. La moitié des fatigues et inquiétudes accumulées tout au long du voyage se volatilisèrent comme par enchantement. O'Sullivan aida Terence à se choisir un lot parmi ceux que Watkins proposait dans le huitième rang, à deux kilomètres de l'endroit où il était lui-même installé.

— Tu vas te trouver entre Joseph Caya puis Hermann Neiderer, expliqua-t-il en consultant le cadastre du canton.

— Leurs terres sont presque entièrement défrichées, précisa le capitaine Watkins. Y vont pouvoir vous donner un coup de main.

* * *

On chargea le lourd coffre dans la charrette à ridelles du beau-frère. Ce dernier aménagea une place aussi confortable que possible pour Honora et l'on prit la direction de Headville. Tout heureuses de voir la mine réjouie de leurs parents, Mary et Brigit supportèrent vaillamment les soubresauts incessants de la voiture cahotant dans le sentier forestier. Les passagers devaient se méfier des branches que la charrette accrochait au passage, menaçant de leur fouetter le visage.

Terence Lavelle put constater la densité de la forêt dans laquelle il lui faudrait bûcher sa terre : ici s'élevaient des érables, des ormes ou des chênes ; là se mêlaient bouleaux et épinettes ; plus loin se dressaient des frênes, des pruches et des sapins. En certains endroits, le sentier longeait des bas-fonds marécageux où foisonnait une végétation quasi tropicale. La voiture avança péniblement durant près d'une heure avant d'atteindre une clairière, sur une faible élévation. Terence aperçut alors au loin *the blue mountains* qu'évoquait sa sœur, dans ses lettres.

Tout le long du parcours, le jeune Patrick s'émerveilla de l'abondance du gibier : les lièvres effarouchés s'enfuyaient en tous sens et l'on voyait s'envoler des arbres, dans un fort bruissement d'ailes, de nombreuses perdrix. Ses jeunes sœurs, serrées contre leur mère, craignaient que l'on ne rencontrât des loups. On entendait parfois dans le silence le craquement de branches séchées que piétinaient des animaux sauvages. De temps à autre, la mitraille des coups de bec d'un pivert se mêlait au cri monocorde du geai bleu ou aux premiers hululements des chouettes, car le soir tombait lentement.

— Est-ce qu'on approche, mon oncle ?

— On va arriver dans cinq minutes, répondit O'Sullivan à Patrick, qui s'impatientait, tandis que Brigit, à moitié endormie, laissait rouler sa tête sur les genoux de sa mère.

* * *

Mary O'Sullivan était dehors quand la charrette parut à la lisière de la forêt, au bout des cinq arpents qu'elle et son mari avaient défrichés. Elle continua à vaquer à ses occupations, mais bientôt son chien, Rex, se mit à aboyer sans arrêt. Elle le fit taire, regarda plus attentivement en direction du bois et distingua, malgré l'obscurité naissante, des silhouettes mouvantes dans la voiture. Elle se demanda d'abord qui pouvaient bien être ces gens, s'étonnant surtout de voir des enfants agiter vivement la main. Puis elle entendit faiblement des cris de joie. Un homme de haute taille se tenait debout à côté de son mari. Elle pensa à son frère Terence, puis elle sourit d'avoir eu une idée aussi saugrenue. Pourtant... Rêvait-elle ou non? Se pouvait-il que...? Elle n'osait y croire, mais elle finit par se rendre à l'évidence. Son cœur se gonfla soudain: oui, c'était bien Terence, oui, oui! Et la femme avec les petits, c'était Honora!

Mary O'Sullivan resta un instant pétrifiée, en proie à une vive émotion. Enfin, après avoir lancé un hurlement d'allégresse dont l'écho se répandit dans les bois, elle laissa choir le seau qu'elle tenait à la main, releva sa longue jupe de paysanne et courut entre les souches non encore déracinées, trébucha sur une grosse branche, se releva et courut encore. Le chien recommença à japper de plus belle en suivant sa maîtresse, comme s'il eût voulu partager sa jubilation. La voiture se rapprochait. Mary reconnaissait maintenant les visages et entendait distinctement les voix, des voix familières et plus douces à l'oreille que la plus pure musique: des voix d'Irlande! Ce n'était plus l'obscurité naissante qui troublait sa vue, mais des larmes de bonheur suprême.

C'était comme si l'Irlande entière venait la rejoindre dans la solitude de la forêt où elle se trouvait depuis un an. Terence sauta de la voiture en marche et courut vers sa sœur en criant son nom: «*Mary! Mary! It's me, Terence!*» Elle s'arrêta alors, incapable de faire un pas de plus. Mais il était déjà auprès d'elle. Il l'encercla de ses bras puissants et la souleva de terre. Elle se mit à sangloter d'émotion en cachant son visage dans son tablier.

— *Why are you crying like that?* demanda-t-il, lui-même au bord des larmes.

— *I am so happy... so happy... so happy to see you!*

— Nous sommes tous heureux, Honora, les enfants et moi. Le voyage a été long et pénible, mais on est enfin arrivés!

— *Yes, at last, here we are!* s'écria Honora en étreignant à son tour sa belle-sœur.

La tante voulut bien vite embrasser les enfants, trois vrais petits Irlandais, dit-elle, la voix émue, en les enveloppant d'un regard attendri. Elle prit dans ses bras la petite Brigit: elle était sa marraine. Le chien, enjoué, tournait autour de Patrick, quêtant des caresses. «Venez, vite. Suivez-moi!», dit la sœur de Terence en entraînant Honora et les enfants vers la cabane qui tenait lieu de logis à sa famille.

Les hommes dételèrent le cheval et apportèrent la grosse malle de voyage. Déjà, la tante avait aménagé une couchette pour les fillettes. Après avoir mangé des tartines, Mary et Brigit, fourbues, s'endormirent au son harmonieux et rassurant de voix rieuses. Avant d'aller s'étendre à son tour sur la paillasse qu'on lui avait préparée, Patrick sortit, accompagné de Rex.

Seule la lueur des bougies, dans les deux fenêtres de la cabane, trouait l'obscurité qui enveloppait les bois du *township* de Grantham. Dans la nuit opaque, le chien à

ses côtés, l'adolescent entendit le cri d'oiseaux noctur-
nes, mêlé aux coassements des grenouilles d'un marais
voisin. Après avoir traversé les mers, il se trouvait au
beau milieu d'une forêt nord-américaine, dans le Bas-
Canada ; il avait vu les côtes de Terre-Neuve, le golfe du
Saint-Laurent, les villes de Québec et de Trois-Rivières,
le village de Sorel ; il avait passé deux nuits dans un
campement indien, puis il avait pagayé deux jours durant sur la rivière Saint-François et bivouaqué le long de
ses rives. Il songea à sa dernière rencontre avec ses
amis, dans les ruines du château de Blarney, la veille de
son départ, revit les coteaux luxuriants de la péninsule
de Cork et se rappela le mot de son professeur : «Surtout, n'oublie jamais l'Irlande !» Alors que la nostalgie
allait s'emparer de lui, l'image du jeune Abénaquis dont
il s'était fait le copain, durant le voyage depuis Odanak
jusqu'à Drummond, s'imposa à lui. Patrick sourit.
Quand il rentra se coucher, ses parents parlaient toujours de l'Irlande avec son oncle et sa tante.

2

Le lendemain de leur arrivée, O'Sullivan amena Terence et sa famille reconnaître les lieux où ils allaient s'établir. La charrette s'engagea dans le huitième rang, qui n'était encore qu'un chemin à peine carrossable dans la forêt ; la moindre pluie le transformait en sentier périlleux, rendait ses ornières traîtresses, accentuait ses cahots et creusait des fondrières inquiétantes où l'on risquait de s'embourber. En s'éloignant des terres basses, on traversait de plus en plus d'espaces déboisés. Çà et là, on voyait des enfants improviser des jeux autour des cabanes des colons. Certains saluaient les passants de la main et d'autres, plus hardis ou curieux, s'approchaient de la voiture qu'ils suivaient un moment. La vue de ces familles rassura Honora et réjouit les petits. Le défrichement progressait au fur et à mesure qu'on s'éloignait de la rivière Noire ; en certains endroits se dressaient même des bâtiments de ferme et de petites maisons à pignon, recouvertes de bardeaux de cèdre. En montrant l'une de celles-ci, O'Sullivan dit à Terence : « C'est la maison de John Neiderer, le premier colon à s'être installé ici, il y a vingt-cinq ans. » Celui-ci était le fils d'un mercenaire allemand, Hermann Neiderer, qui avait combattu autrefois les Américains aux côtés des Anglais, sous les ordres de von Riedesel et du général Carleton.

Hermann fut blessé, en octobre 1776, devant le fort Ticonderoga; il n'avait pas vingt ans. Ramené par ses camarades de régiment dans leurs quartiers d'hiver, à Trois-Rivières, il ne put guérir assez tôt pour retourner à la guerre, le printemps suivant. Hébergé avec un autre soldat dans une famille canadienne-française, le jeune homme s'amouracha d'une fille de la maison qu'il finit par épouser. Le couple alla vivre dans la paroisse de Batiscan. C'est là qu'était né John, en 1790. À vingt-cinq ans, en proie à une peine d'amour, le fils du mercenaire allemand avait quitté son patelin pour s'établir dans les bois du *township* de Grantham. Cinq ans plus tard, en 1820, il avait épousé une jeune Indienne d'Odanak, Marie Atécouando, rencontrée au cours d'une excursion de chasse et de pêche.

Dès qu'ils eurent dépassé la maison et les champs de John Neiderer, O'Sullivan arrêta son cheval et dit à son beau-frère:

— Tiens, v'là ta terre!

— Où ça? demanda Terence.

Il fallait avoir beaucoup d'imagination pour se représenter une scène pastorale entre les deux hautes murailles d'arbres qui enserraient l'étroit chemin.

— Là, de chaque côté! s'exclama O'Sullivan en rigolant.

Terence et son fils sautèrent en bas de la charrette.

— Oui, mais où est-ce que ça commence? demanda le nouveau colon.

— Puis où est-ce que ça finit? ajouta sa femme, perplexe.

— Vous avez deux arpents et quart de large et trente arpents de long de chaque bord du chemin, précisa le beau-frère, qui mit pied à terre.

Les fillettes, craintives, restèrent dans la voiture. Leur père, enthousiaste, étendit les bras en disant à son fils:

— As-tu entendu, Patrick, tout ça est à nous autres!

— Tu devrais bâtir ta maison de ce côté-là, suggéra O'Sullivan en pointant la copie du cadastre qu'il tenait à la main. Les bâtiments à l'arrière, ajouta-t-il, couperaient les vents du nord-ouest.

— Les bâtiments, murmura Honora d'une voix lasse et ironique, quelque peu découragée de se retrouver dans une si épaisse forêt.

Pendant que les Irlandais devisaient sur l'endroit où ils devraient commencer à bûcher, des habitants les observaient à distance. L'arrivée de nouveaux venus réjouissait les colons et faisait longtemps l'objet des conversations. John Neiderer avait vu passer O'Sullivan et les Lavelle. Il s'amena auprès d'eux avec sa fille d'une dizaine d'années, Amélie, unique enfant que le couple Neiderer avait eu «sur le tard». Marie Atécouando avait accouché seule, par une nuit d'hiver, à la manière des femmes de sa tribu. Après avoir gardé le bébé couché sur son ventre durant quelques minutes, elle avait dit à son mari: «Tu peux couper le cordon à c't'heure, je te la donne.»

— Salut, Sullivan, dit Neiderer. Qu'est-ce que tu viens faire dans le boutte?

O'Sullivan avait appris un peu de français depuis qu'il s'était fixé dans le canton. Il expliqua à Neiderer que son beau-frère était arrivé d'Irlande, la veille, et qu'il venait prendre possession du lot qui lui avait été concédé. «*Welcome in Canada!*», dit joyeusement John Neiderer à Terence, dans un anglais raboteux qu'il parlait toutefois suffisamment pour pouvoir converser dans cette langue.

L'Irlandais lui présenta sa femme et ses enfants. «*Well*, dit Neiderer, *I am very pleased to see you settle in Headville. This is Amélie!*», ajouta le colon en montrant à Patrick sa fillette, qui se tenait derrière lui.

— Amène-le donc à la maison, suggéra Neiderer à sa fille.

— Ben oui, mais papa... je parle pas anglais, objecta Amélie.

— C'est pas compliqué, lui dit son père, tu lui montreras le français, puis lui y va t'apprendre l'anglais!

— Viens, dit Amélie, en invitant Patrick à la suivre.

Le jeune Irlandais interrogea son père du regard. Ce dernier lui signifia d'un geste de la tête qu'il était d'accord. Patrick suivit alors Amélie, qui se mit aussitôt à courir en direction de chez elle.

Terence, O'Sullivan et John Neiderer se dirigèrent vers le bois pour inspecter les lieux. De grands ormes, des érables et des bouleaux constituaient la majorité des arbres qui se dressaient en bordure du chemin. Neiderer se dit d'accord avec l'idée de construire la cabane à l'endroit qu'avait choisi O'Sullivan. Il dit à Terence qu'il pourrait organiser une corvée le surlendemain, s'il le souhaitait.

— Les semailles sont toutes faites à c't'heure, précisa le colon, on pourrait être une dizaine. On bûcherait puis on te monterait ta cabane dans la même journée.

— C'est très généreux de votre part, je sais pas comment vous remercier, dit l'Irlandais.

— Ah! c'est ben simple, l'heure du dîner approche. Si vous voulez me faire plaisir, venez donc manger avec ma femme pis moé.

Après vingt-cinq ans de dur et patient labeur, John Neiderer et sa femme pouvaient se féliciter de leur installation.

Le fils du soldat du régiment de von Riedesel et l'Indienne avaient défriché trente arpents de terre, construit une petite maison couverte de bardeaux et surmontée de deux lucarnes, bâti une grange-étable dans laquelle ils gardaient deux chevaux, quatre vaches, quelques cochons et des poules. Attenant à la maison se trouvait un hangar par où l'on accédait à la cuisine; Neiderer y fit entrer les Lavelle. «Faites comme chez vous!», leur dit-il avant de les présenter à sa femme.

Ainsi, dès leur première journée dans les bois du *township* de Grantham, les Irlandais découvrirent l'hospitalité généreuse de colons qui, ayant peu, partageaient tout. D'ailleurs, John Neiderer déclara en s'esclaffant durant le repas, que les visiteurs trouvaient copieux: «Ah! à force de se priver de tout, on finit par manquer de rien!»

En fin d'après-midi, Honora et Terence retournèrent à la cabane du beau-frère, le cœur plus léger.

* * *

Dans la douce fraîcheur d'un petit matin de juin, alors que les oiseaux entonnaient leurs premiers chants, des hommes s'amenèrent sur le lot de l'Irlandais, les uns munis de haches et de cognées, d'autres apportant des godendarts ou des chaînes. Deux d'entre eux conduisaient des *teams* de chevaux de trait. La plupart étaient des voisins, mais il en vint du septième rang et de plus loin encore. Plusieurs arrivèrent avec femme et enfants; les plus âgés donneraient un coup de main, tandis que les mères garderaient auprès d'elles les tout-petits.

Ces corvées étaient la plupart du temps l'occasion de réjouissances: les femmes préparaient des repas que l'on mangeait sur place, le midi; les conteurs d'histoires et les facétieux s'en donnaient à cœur joie, tandis que les jeunes hommes faisaient les farauds en rivalisant de force et d'adresse pour impressionner les filles.

John Neiderer, qui avait le don de la parole, présenta la famille Lavelle aux colons réunis autour de lui. «Mes amis, dit-il d'une voix forte, ces gens-là viennent d'émigrer d'Irlande. Y ont été obligés de quitter le pays qu'ils aimaient, leur parenté et leurs amis, puis y sont arrivés icitte avec quasiment rien. On va leur montrer qu'on a le cœur à la bonne place. Y regretteront pas d'être venus s'installer parmi nous autres!» Neiderer fit ensuite une prière pour demander au Ciel de bénir leurs travaux, et les hommes se mirent à l'ouvrage. Après avoir nettoyé le sous-bois, on laissa à Terence, aidé de son beau-frère, l'honneur d'abattre le premier arbre, le plus haut, au milieu d'un cercle d'une trentaine de mètres de diamètre qu'on avait d'abord défini. Tous applaudirent et lancèrent des hourras quand l'orme s'écroula dans un craquement de branches fracassées sur son passage. Alors, les hommes se mirent à bûcher et à tronçonner, sous la gouverne du vieux colon. On alluma un feu près du chemin et l'on confia à un adolescent, Antoine Corriveau, le soin de l'entretenir et de le recouvrir de branchages de sapin, afin qu'il s'en dégageât une fumée dense pour chasser les moustiques. Antoine était le plus jeune des cinq fils d'Arthur Corriveau, établi dans le canton depuis une vingtaine d'années. Arthur et ses garçons cultivaient avec soin une terre presque entièrement défrichée, au bout du huitième rang. À treize ans, le jeune Corriveau, qui n'avait jamais fréquenté l'école, montrait une grande curiosité en toutes choses.

Antoine s'intéressa vivement au jeune Patrick, sachant qu'il venait « des vieux pays », comme lui avait dit son père. C'est avec lui que le fils de l'Irlandais apprit ses premiers mots de français, les mots terre, maison, arbre, hache, oiseau, feuille, branche, cabane... avec lui et avec la fille de John Neiderer, Amélie, qui passa la journée à tourner autour du feu et à y ajouter, elle aussi, des branches de sapin et de mélèze. Les femmes, assises à distance au milieu du chemin, bavardaient en tricotant ou en reprisant des vêtements. De temps à autre retentissaient dans le bois les cris joyeux des bûcherons : « Attention ! », « *Watch out !* » ou « *Timber !* », suivis aussitôt du fracas d'un arbre qui s'écroulait. À l'heure du midi, douze hommes avaient abattu une quarantaine d'arbres, les avaient ébranchés et en avaient empilé les troncs le long du chemin.

Après le dîner, les fils d'Arthur Corriveau, à l'aide d'attelages de chevaux, essouchèrent l'emplacement de la cabane, tandis que leur père se mettait en frais de dépecer les troncs d'arbres et d'équarrir les pièces qui serviraient à la construction de l'abri des émigrés. Arthur était passé maître dans ce travail, et il n'est pas de colon des environs qui n'eût profité de ses talents. Debout sur les arbres abattus, armé de sa lourde hache à tranchant recourbé, il équarrissait à une vitesse étonnante. John Neiderer, lui, faisait les entures, mortaises et tenons avec une adresse consommée. En fin d'après-midi, on assembla les premières pièces, puis on leva les chevrons. Bientôt se dressa la cabane entière, première habitation des Lavelle dans le huitième rang du *township* de Grantham. Arestus Houle avait apporté un petit poêle dont il ne se servait plus.

Deus Salvail fournit deux châssis usagés. D'autres donnèrent des chaises. Un voisin, le vieux Joseph Caya, pionnier du canton, posa la porte de planches qu'il avait fabriquée la veille, puis il dit à Terence : « Entrez, vous êtes chez vous ! » O'Sullivan ouvrit alors le robimet d'un petit tonneau de bière de sa fabrication et l'on trinqua avant de se séparer. Honora retourna chez son beau-frère avec ses fillettes, mais Patrick insista pour passer la nuit dans la cabane avec son père, sur un lit de branchages de sapin. Le jeune Irlandais avait suivi tout le jour les travaux de défrichage, s'étonnant de l'ardeur et de l'habileté de ces hommes qui étaient venus prêter main-forte à sa famille. Dans l'après-midi, un des frères aînés d'Antoine Corriveau l'avait même initié au maniement de la hache et lui avait laissé abattre un jeune mélèze.

* * *

Les jours suivants, Dennis O'Sullivan vint aider son beau-frère à nettoyer le sol aux alentours de la cabane. Il lui prodigua des conseils sur l'abattage des arbres et lui suggéra de ne pas s'éreinter à l'ouvrage. « Prends ton temps, p'tit train va loin », lui rappela-t-il. Mary Lavelle, qui n'avait pas d'enfant, hébergea sa belle-sœur et ses deux filles jusqu'à ce qu'on eût aménagé l'habitation de façon convenable. Quand Honora y revint pour de bon, elle se mit aussitôt à dessiner les plates-bandes d'un potager sur le coin de terre que son mari avait labouré dans ce but.

Des voisines lui fournirent des plants de tomates et des graines à semer. Terence, malgré les moustiques et la chaleur, passa son été à bûcher. On l'avait prévenu, en Irlande, contre les rudes hivers du Canada, et il se retrouvait dans les bois en pleine canicule, aux prises avec la susurration et les piqûres d'insectes. L'Irlandais et son fils devaient s'enduire le visage et les mains de suif de porc, ou même de térébenthine, pour se protéger contre les maringouins et les mouches noires.

À l'automne, l'Irlandais brûla ses premiers abattis. Il en recueillit les cendres, les fit bouillir et en obtint deux tonneaux de potasse qu'il alla vendre à Drummond, en compagnie de son beau-frère, chez le marchand Anderson. Ce dernier avait le monopole de ce commerce dans la région. L'Angleterre, qui inondait alors les marchés mondiaux de ses produits textiles, consommait des quantités industrielles de potasse pour le nettoyage et le blanchiment des fibres. Le produit était transporté en goélette depuis William Henry jusqu'à Québec, où on le chargeait à bord de vaisseaux en partance pour les ports anglais.

À la fin d'octobre, les forêts achevèrent de se dénuder. Puis le temps se mit à changer. Après l'été indien, les Irlandais s'étonnèrent de la fraîcheur soudaine du climat. Les jours s'assombrirent. Des pluies froides commencèrent à tomber. Aidés par John Neiderer et Jos Caya, les nouveaux colons calfeutrèrent et renchaussèrent leur cabane en prévision d'une saison qui leur était inconnue : l'hiver canadien.

3

Le premier jour du mois de décembre, le ciel s'obscurcit soudainement. Une neige fine et froide se mit à tomber, d'abord éparse et intermittente, puis bien vite plus abondante et persistante. La première neige de l'année 1840. Honora Lavelle pressa le pas, mais son fils voulut s'arrêter pour admirer les flocons de plus en plus gros qui l'environnaient.

— *Mommy, look!* s'écria-t-il, émerveillé.

— *Hurry up!* lui lança Honora.

La mère et son fils s'étaient rendus, après le dîner, au moulin de la rivière Noire, d'où ils revenaient au milieu de l'après-midi, portant tour à tour sur leurs épaules un sac de farine.

— *Isn't that beautiful!* s'exclama Patrick en levant la tête vers un ciel devenu tout blanc qui s'éparpillait en flocons autour de lui.

— *Sure, sure,* dit Honora, *but please, we must hurry! We're still far from home.*

On mettait plus d'une heure à faire le trajet à pied, en suivant le chemin du huitième rang, et ils se trouvaient encore très loin de leur cabane quand la bourrasque les surprit.

Aussi Honora voulut-elle emprunter un raccourci qu'elle avait pris une fois, avec son mari, dans le bois. «Suis-moi, dit-elle à son fils, on va arriver plus vite en passant par ici.»

La neige qui réjouissait Patrick quelques minutes plus tôt se changea rapidement en obstacle. La visibilité déjà diminuait et le froid devint plus intense. On entendait hurler le vent dans la cime des arbres; des branches desséchées se cassaient en faisant entendre des craquements sinistres; dans le sous-bois, arbustes et arbrisseaux courbaient leurs tiges souples; le noroît semblait secouer la forêt tout entière.

Terence Lavelle était à faire du feu dans le poêle quand Mary et Brigit l'appelèrent à la fenêtre. «Papa, viens voir!», dirent-elles. D'abord touché par l'émerveillement de ses fillettes, le père s'étonna de l'abondance de cette première et soudaine chute de neige. L'Irlandais n'avait pas imaginé qu'une telle tourmente pût se déchaîner aussi rapidement et, à l'heure qu'il était, il commença à se tracasser au sujet de sa femme et de son fils. Les rafales de vent du nord-ouest faisaient tourbillonner des nuages de poudrerie dans l'espace que le colon avait déboisé aux alentours. Au bout de cinq minutes, on ne voyait déjà plus la forêt, pourtant toute proche. L'obscurité enveloppa progressivement les lieux. N'en pouvant plus de se morfondre, Terence emmitoufla ses filles et les emmena chez John Neiderer. Il prit la plus petite dans ses bras et, tenant l'autre par la main, il eut toutes les misères du monde à franchir les quelques arpents qui le séparaient de son voisin.

Une bouffée d'air glacial et une rafale de neige s'engouffrèrent dans la maison avant que Neiderer n'eût le temps de refermer la porte.

— Veux-tu ben me dire qu'est-ce que vous faites dehors par un temps pareil? demanda-t-il, pendant que sa femme et Amélie s'occupaient des deux fillettes.

Terence expliqua qu'il se tourmentait pour Honora et son fils qui n'étaient toujours pas rentrés.

— Où c'est qu'y sont allés?

— Au moulin de la rivière Noire. Je vais partir à leur rencontre.

— Es-tu fou! dit Neiderer. On voit ni ciel ni terre!

Le vieux colon réussit à convaincre Terence que non seulement ses efforts seraient inutiles, mais qu'il risquait de se perdre lui-même dans la tempête.

— À part de ça, ajouta le père Neiderer, peut-être qu'y sont encore au moulin.

— Vous pensez?

— Si la tempête a commencé pendant qu'y se trouvaient là, y sont sûrement restés à l'abri. D'une manière comme d'une autre, ça serait folie que de sortir par un temps pareil...

Pour rassurer l'Irlandais, Neiderer expliqua qu'on pouvait facilement, dans les bois, aménager rapidement un abri sûr sous les arbres. «D'ailleurs, ajouta-t-il, une tempête, quand ça commence vite de même, ça dure pas longtemps.»

Terence se résigna à attendre, mais il mangea avec bien peu d'appétit la soupe aux pois que lui servit la femme de l'habitant. Les fillettes se régalèrent au contraire de ragoût de pattes de cochon et jouèrent ensuite avec la poupée de chiffon que leur avait fabriquée l'Indienne d'Odanak. Elles avaient appris d'elle quelques mots d'abénaquis, qu'elles s'appliquaient à répéter gauchement, au grand amusement de Marie Atécouando et de sa fille.

Dehors, la tempête atteignit son point culminant ; les colons qu'elle avait surpris à l'ouvrage s'étaient empressés de regagner la chaleur et la sécurité de leurs maisons. Dans la forêt, Honora et Patrick ne retrouvaient plus leur chemin. Des sentiers croisaient celui qu'ils avaient emprunté et, aveuglés par le blizzard qui enveloppait toutes choses d'une blancheur impétueuse et turbulente, ils étaient aussi perdus que dans un labyrinthe. Leur marche devenant de plus en plus difficile, ils durent même se défaire de leur précieux fardeau pour pouvoir avancer plus librement. Exténués et transis, ils se réfugièrent enfin sous d'énormes sapins dont les branches ployaient sous la neige. Fort heureusement, Patrick avait dans ses poches quelques allumettes et ils purent faire du feu. Ils allaient se résigner à passer des heures, peut-être la nuit, dans leur abri de fortune quand un jeune chasseur, luttant lui aussi dans la tourmente, aperçut une lumière diffuse dans la tempête. C'était Edward, le fils de James Watkins. Il lança un cri auquel Honora et Patrick répondirent d'une même voix : « *We are here! We are here!* » Ils s'étaient réfugiés non loin du sentier que suivait péniblement le jeune homme. Ce dernier les rejoignit rapidement et s'informa d'où ils venaient.

— Nous sommes de Headville, dit Honora.

— Dans le huitième rang, précisa Patrick.

— *Well*, dit Edward, *you were going in the wrong direction... Come on, follow me!*

Le jeune Watkins guida Honora et son fils jusque chez lui, où ils arrivèrent au bout d'une heure, l'une et l'autre fourbus et gelés. Le capitaine de milice et sa femme s'empressèrent auprès d'eux. Eleanor fit bouillir de l'eau et prépara des tisanes. Le père d'Edward sortit des couvertures de laine et attisa le feu dans la cheminée.

— Qui sont ces gens? demanda-t-il.

— Tout ce que je sais, c'est qu'ils sont de Headville. Ils s'étaient égarés dans la tempête.

Honora Lavelle rappela à James Watkins qu'il l'avait accueillie avec son mari et leurs enfants au *Town Hall*, à leur arrivée d'Irlande, au mois de juin.

— Oui, oui, se souvint-il, vous êtes installés dans le canton de Grantham. Puis il se tourna vers son fils pour lui dire qu'il était fier de lui.

L'amour de sa famille constituait l'une des trois passions du capitaine Watkins, les deux autres étant son attachement à la religion anglicane et sa loyauté envers *the Crown*. Sa femme, Eleanor Tarley, de dix ans plus jeune que lui, n'avait eu que deux enfants: Edward, maintenant âgé de vingt ans et, quinze ans plus tard, une fille, prénommée Ellen. L'enfant de cinq ans faisait la joie de ses parents, de son père surtout, qui l'adorait. Ses yeux bleus et ses cheveux blonds bouclés lui donnaient l'allure d'une poupée.

La fillette se tint à l'écart tandis que sa mère entourait Honora Lavelle de prévenances. Remis bien vite de sa mésaventure, Patrick sortit de sa poche un canif et un morceau de bois dans lequel il sculpta une figurine qu'il donna à la petite. Elle s'émerveilla de la chose et posa un baiser sur le front de l'adolescent en disant: «*I want to marry you.*»

Eleanor et Honora s'amusèrent du mot de la fillette.

Vers sept heures du soir, la tempête ayant diminué d'intensité, le jeune Watkins sella un cheval et se munit d'une lanterne. Par les sentiers enneigés de la forêt, il se dirigea vers Headville. Alors qu'il approchait du huitième rang, il aperçut deux hommes tenant chacun un fanal à la main. C'étaient Terence et John Neiderer, partis à la recherche d'Honora et de Patrick. Edward Watkins fit galoper son cheval dans leur direction et demanda :

— Pouvez-vous me dire où habite monsieur Terence Lavelle ?

— Je suis Terence Lavelle, dit l'Irlandais. Qu'est-ce que vous me voulez ?

Le jeune homme lui annonça qu'il avait secouru sa femme et son fils dans la tempête, que ces derniers étaient en sécurité chez ses parents et qu'ils y passeraient la nuit. Terence exulta, pressa le messager de questions :

— Comment ça se fait qu'ils se sont retrouvés à Drummond ?

— Quand je les ai vus, ils avaient déjà parcouru une bonne partie du chemin, dit Edward.

— Y sont pas malades ni l'un ni l'autre au moins ?

— Non, non, rassurez-vous. Mais si ça ne vous ennuie pas, j'aimerais mieux vous raconter ça chez vous, on gèle.

En effet, un froid mordant avait succédé à la tempête. Comme il arrive parfois après une intempérie subite, les nuages s'étaient dissipés et une lune rayonnante inondait la nuit d'une blanche lumière. On se rendit chez John Neiderer.

Là, le sauveur raconta dans le menu détail à Terence les circonstances dans lesquelles il avait trouvé sa femme et son garçon, comment le feu qu'ils avaient allumé lui avait permis de les repérer et la difficulté qu'il avait eue lui-même à trouver son chemin jusqu'à Drummond. «Mais ne vous inquiétez plus, ajouta-t-il, ils sont au chaud maintenant.»

L'Irlandais, soulagé, rentra chez lui avec ses deux fillettes. Le jeune Anglais resta à coucher chez John Neiderer. Le lendemain, ce dernier prêta un cheval à Terence, qui se rendit à Drummond avec son beau-frère O'Sullivan. Après avoir remercié chaleureusement James Watkins et sa femme, les deux hommes ramenèrent Honora et Patrick dans le huitième rang.

* * *

Heureusement pour les Lavelle, à part cette mésaventure, leur premier hiver dans le Bas-Canada ne fut pas trop difficile; il n'y eut pas de ces tempêtes de neige qui durent des jours entiers et dont on parle encore dix ans plus tard; ils n'eurent pas à souffrir non plus de ces froids sibériens qui sévissent parfois durant des semaines dans la vallée du Saint-Laurent. Ils découvrirent tout de même les rigueurs du climat, le vent glacial du nord-ouest, l'hibernation de la nature, le grand silence blanc, le redoux de janvier, les brusques changements de température.

Un matin de février, les Irlandais s'éveillèrent dans un monde de verre. La pluie fine qui tombait la veille au soir s'était changée en verglas durant la nuit. La nature, transformée en un décor de cristal, rutilait sous un soleil éclatant.

La forêt des alentours offrait un spectacle grandiose: pas une branche d'arbre qui ne fût enrobée d'une épaisse couche de glace. Dans les bois tout proches où Patrick s'empressa d'aller courir, les bouleaux ployaient en baldaquins, les branches des érables s'étaient changées en verreries de lustres géants, tandis que les grands ormes courbaient leurs ramures en franges argentées. Avec son ami Antoine Corriveau, l'adolescent irlandais s'émerveilla tout le jour devant la dentelle cristalline des arbustes le long des fossés qu'ils enjambaient, soulignant ici et là des splendeurs auxquelles le fils du colon était moins sensible. En fin d'après-midi, les champs de neige glacée et les forêts vitrifiées prirent une allure fantomatique sous la lumière jaunâtre du soleil couchant. Puis la lune vint envelopper de lueurs blafardes ce paysage fantasmagorique.

* * *

Les nouveaux colons s'accoutumèrent à la dure saison. Honora devait chaque jour aller puiser l'eau dans un ruisseau qui traversait une clairière, à trois cents mètres de la cabane. Patrick fendait le bois de chauffage. Mary et Brigit aidaient leur mère, mais elles s'amusaient aussi avec la petite voisine, Amélie Neiderer. Elles apprirent d'elle à traire les vaches, à nourrir les poules et à chasser les mulots du poulailler. Le soir, elles rentraient presque toujours à la maison avec des œufs ou du lait que leur donnait la mère d'Amélie.

Terence et son fils bûchèrent tout l'hiver, la plupart du temps sous un ciel bleu qui atténuait l'aspect désolant des environs.

Dieu! qu'ils étaient loin du *County Cork*, l'un des endroits les plus verdoyants de l'Irlande, situé au sud-ouest de l'île. Chaque arbre de l'épaisse forêt sombre semblait défier leur courage, mais l'exemple de leurs voisins fortifiait leur volonté et encourageait leurs efforts. Armés de leurs haches et du godendart, ils se mettaient à la tâche tôt le matin. Le père abattait, le fils ébranchait, ensemble ils sciaient les troncs. Le midi, ils rentraient à la cabane où les attendait une soupe aux pois ou une omelette avec des tranches de lard salé. En effet, sachant que son beau-frère aurait à trimer dur tout l'hiver, O'Sullivan lui avait donné en cadeau, à Noël, un petit saloir rempli à ras bord. Le chemin étant encore praticable depuis la rivière Noire jusqu'au huitième rang, il lui avait apporté le baril le soir du 24 décembre, par une nuit étoilée. Les fillettes, qu'on avait laissées veiller tard ce soir-là, entendirent les premières les clochettes de l'attelage de leur oncle. «*They are coming!*», s'écrièrent-elles en courant à la fenêtre qui donnait sur le chemin. La tante Mary avait préparé des sucreries pour les enfants. Elle apportait aussi deux tourtières et de la farine de sarrasin pour faire des galettes. On improvisa un réveillon. Le sentier pour les voitures restant fermé tout l'hiver entre Headville et Drummond, il n'était pas question de se rendre assister à la messe de minuit, qu'un prêtre missionnaire viendrait célébrer dans la chapelle du lieu. On se contenta de réciter quelques prières et de chanter un cantique. John Neiderer vint faire une visite dans la soirée, avec sa femme et leur fillette. L'enfant s'émerveilla devant la crèche que Patrick et ses petites sœurs avaient aménagée et dont il avait sculpté les figurines, santons émouvants de naïveté.

* * *

Les Neiderer avaient fourni à la famille Lavelle les chandelles pour l'hiver. Au début du mois de décembre, ils avaient invité les enfants de Terence, curieux de voir comment on faisait les bougies, à venir aider à leur fabrication. Sous la surveillance de Marie Atécouando, Patrick, Mary et Brigit s'étaient amusés avec Amélie à plonger alternativement les mèches de coton dans le suif bouillant et dans l'eau froide. C'est à la lueur vacillante de ces bougies artisanales que Patrick étudiait, le soir, dans les manuels scolaires qu'il avait emportés avec lui d'Irlande. Après des journées occupées à défricher avec son père, l'adolescent parcourait les pages de livres remplis d'illustrations qui lui rappelaient son pays natal, celui des bardes, des poètes, des éternels rêveurs et des sempiternels perdants.

Patrick enseignait aussi à lire et à écrire à ses petites sœurs; avec les enfants des colons voisins, ils apprirent bien vite à parler le français. Durant les premiers temps, le père n'aimait pas les entendre parler entre eux cette langue étrangère. Cela n'empêcha pas Patrick de devenir le grand copain d'Antoine Corriveau. Les deux adolescents surmontèrent rapidement la difficulté qu'ils eurent d'abord à communiquer. Patrick apprenait des mots français: chêne, rossignol, corneille, lièvre, perdrix, et Antoine, des mots anglais: *oak, nightingale, crow, hare, partridge*. À treize ans, Antoine avait déjà développé une grande habileté de trappeur. Il montra à son ami la manière de capturer le lièvre et de chasser la perdrix, très abondants dans la région. Il lui apprit aussi à apprivoiser de jeunes corneilles. Mais surtout, le jeune Irlandais découvrait en compagnie d'Antoine Corriveau la forêt environnante.

Les sentiers dans lesquels il s'était égaré au début de

décembre avec sa mère, il les connaissait par cœur le printemps suivant. Le matin, il allait lever ses collets. Il emmenait parfois sa jeune sœur Mary, qui s'habitua vite à dégager les petits animaux des pièges. Ainsi, Honora put tout l'hiver alterner au menu le lièvre qu'attrapait son fils, le lard salé de son beau-frère O'Sullivan et la viande de chevreuil que lui apportait Antoine Corriveau.

Terence et son garçon mirent tant d'ardeur au travail qu'ils avaient déboisé, à la fonte des neiges, jusqu'à la clairière, près du ruisseau. Il faut dire que Joseph Caya et John Neiderer étaient souvent venus leur donner un coup de main. L'Irlandais envisageait de construire au plus tôt une vraie maison, et il empila soigneusement les billots qu'il porterait plus tard au moulin à scie, pour qu'on en fasse des chevrons, des pannes, des chantignoles et des planches. Neiderer l'aiderait à équarrir les pièces maîtresses à la hache.

* * *

Au printemps, les Lavelle goûtèrent à l'eau et au sucre d'érable, première douceur que leur procurait un coin de pays qu'ils apprenaient à aimer. Les Corriveau avaient construit une cabane à sucre rudimentaire dans un boisé, au bout de leur terre. Par une superbe matinée ensoleillée du mois de mars, Arthur et ses fils allèrent entailler. Antoine invita son copain Patrick à les accompagner. L'adolescent irlandais, intrigué, assista à l'entaillage des érables.

D'un coup de hache d'une précision étonnante, le père d'Antoine pratiquait les incisions dans lesquelles ses fils inséraient les goutterelles de cèdre. La sève

59

tombait goutte à goutte dans les auges de bois qu'on attachait au pied des arbres. Dans l'après-midi, Patrick parcourut l'érablière avec Antoine et ses frères et cueillit avec eux l'eau qu'ils allèrent ensuite verser dans le grand chaudron en fonte suspendu entre deux arbres, au-dessus du feu qu'entretenait soigneusement le père. Ce dernier laissait chauffer le liquide en le brassant jusqu'à ce qu'il ait atteint une consistance pâteuse, puis il le versait dans des moules.

À l'heure du souper, ce soir-là, Patrick apporta chez lui une bouteille d'eau d'érable. Ses petites sœurs furent on ne peut plus étonnées d'apprendre que cette eau froide et sucrée coulait des arbres ; elles supplièrent leur père d'en entailler quelques-uns. Les jours suivants, Patrick revint aider à la cueillette de l'eau précieuse. Arthur Corriveau le récompensa en lui donnant un pain de sucre d'érable. Déjà, à la mi-février, les Lavelle s'étaient réjouis d'une sorte de premier printemps, celui de la lumière plus vive et des jours qui allongent. Même dans toute sa rigueur encore, l'hiver n'avait plus l'allure désespérante des mois précédents ; une luminosité nouvelle envahissait le ciel et faisait reluire les étendues de neige.

Puis, au début du mois de mars, les signes avant-coureurs de la saison à venir devinrent plus évidents. Le temps se réchauffa. La neige commença à fondre du côté sud de la cabane. Des oiseaux firent entendre leurs chants. Les Irlandais du huitième rang se grisèrent pour la première fois de ces jours exaltants où l'on sent qu'enfin la froidure est vaincue.

À l'heure du midi, Honora ouvrait la porte de la maisonnette pour y laisser pénétrer les effluves printaniers. Terence pouvait maintenant bûcher mains nues ;

vêtu plus légèrement, ses mouvements avaient plus de liberté et ses gestes, plus de précision. De temps à autre, il s'arrêtait pour jeter un coup d'œil aux alentours et observer les progrès du printemps dans la clairière où l'on voyait un peu partout le sol découvert.

Le jour de ses treize ans, le douze mars, alors qu'il était à fendre du bois derrière la cabane, Patrick aperçut une volée de corneilles se profilant dans le ciel bleu. Les silhouettes noires allèrent se percher sur les plus hautes branches des ormes, à l'orée de la forêt, en poussant des croassements que l'adolescent imita aussitôt. Sautant par-dessus les souches avec la souplesse d'un jeune chevreuil, Patrick courut jusqu'au milieu de l'espace qu'il avait défriché avec son père. Là, il leva la tête pour offrir son visage à la caresse du soleil printanier. Tandis qu'il humait le vent doux, il entendit le chant de l'alouette. Lentement, ce pays le pénétrait par tous les pores et devenait le sien. Avec son père, il en avait pris possession tout l'hiver à chaque arbre abattu, ébranché, débité en billots. Pourtant, à l'instant même où s'infiltrait en lui l'harmonie grandiose de la nature renaissante et alors qu'il ressentait l'envoûtement de son premier printemps canadien, il ne put s'empêcher de songer à l'Irlande, au château de Blarney, à ses amis là-bas, à la rivière Lee, à l'inexplicable et inépuisable pays natal, celui qui monte en nous en même temps que la vie et aussi mystérieusement qu'elle. Il revit en pensée des bocages, des prés verdoyants et des murets de pierre.

Ces images s'imposèrent d'abord à son esprit avec une grande netteté, puis le présent s'y mêla et elles se dissolurent dans la lumière éclatante de cet après-midi de mars. L'envie lui prit alors de réentendre le son du flageolet. Il courut jusqu'au ruisseau, choisit sur la berge une tige de roseau, l'évida et la perça de six trous, puis il chercha à jouer une mélodie qui avait bercé son enfance.

Au début du mois d'avril, les Lavelle brûlèrent quelques abattis. Mary et Brigit applaudissaient de joie quand le père mettait le feu aux pyramides de branchages et de souches. Les fillettes ne se lassaient pas de voir s'élever dans le ciel les nuages de fumée et les flammèches qui s'échappaient du brasier. Durant tout l'été, cette année-là, on vit souvent le ciel flamboyer dans le canton, car de nouveaux colons s'étaient établis dans les rangs voisins. Patrick et son ami Antoine Corriveau allaient parfois assister, le soir, à de grands feux. Une odeur de bois brûlé se répandait alors dans les environs et la lueur des feux embrasait la nuit. Affolés, les petits animaux de la forêt sortaient de leurs terriers et s'enfuyaient en tous sens. Les deux garçons attrappaient alors facilement des écureuils qu'ils mettaient en cage et offraient en cadeau aux fillettes du voisinage.

Au mois de mai, John Neiderer ensemença d'orge et de sarrasin l'arpent de terre que Terence et son fils avaient réussi à déblayer. Dans la clairière, nettoyée et labourée, le beau-frère O'Sullivan sema du blé. Puis, les Lavelle piochèrent entre les souches, dans le reste de l'espace qu'ils avaient bûché, pour y cultiver des pommes de terre.

La mère, aidée de ses fillettes, aménagea les rectangles d'un grand potager qu'elle agrémenta de fleurs. À la fin du mois de juin, Terence, Honora et les enfants se mirent en quête de fruits sauvages. Les fraises poussaient en abondance le long du ruisseau, mais ils allèrent aussi en cueillir dans les champs laissés en friche par des colons qui avaient abandonné leurs terres. Plus tard, ce furent les framboises, les bleuets, les mûres et le thé des bois. Marie Atécouando donna un coup de main à Honora pour mettre les petits fruits en confitures.

Au milieu de l'été, John Neiderer aida son voisin à transporter au moulin à scie de la rivière Noire les billots qu'il avait mis de côté en vue de la construction d'une habitation permanente. À l'automne, les colons du huitième rang organisèrent une nouvelle corvée; la petite maison de pièce sur pièce fut vite construite et coiffée de son toit en pignon. On plaça dans la nouvelle demeure le poêle français à un seul pont, usagé, que Dennis O'Sullivan avait eu pour une bouchée de pain lors d'un encan à Drummond.

Heureux qu'un nouveau venu s'installât à demeure parmi eux, les habitants fournirent du mobilier, de la vaisselle et divers ustensiles de cuisine. Une femme donna un vieux rouet, une autre une courtepointe et une troisième un petit métier à tisser. Le jour où l'on pendit la crémaillère, une quinzaine de personnes s'entassèrent dans la maisonnette pour trinquer joyeusement. Un paysan avait apporté son violon; sous ses doigts noueux, il fit sortir de l'instrument des *reels* endiablés qui rappelèrent aux Irlandais la musique de leur pays. Terence fit un petit discours de remerciement, moitié anglais, moitié français.

À partir de ce jour, il ne refusa plus à ses enfants l'usage de leur nouvelle langue à la maison, une langue qu'il finit par comprendre parfaitement, mais qu'il parla bien peu de toute sa vie. Il laissa plutôt à son fils le soin de communiquer avec un milieu dans lequel l'adolescent s'intégra rapidement, tout comme ses sœurs.

* * *

Quelques années passèrent au cours desquelles les Lavelle purent acquérir divers instruments aratoires, trois têtes de bétail, deux chevaux, des porcs et des moutons, de même qu'une basse-cour, dont l'entretien était réservé à Brigit. À seize ans, Patrick avait appris, par lui-même, à lire et à écrire le français dans les manuels que lui avait apportés un missionnaire, l'abbé Isaac Gélinas, professeur de rhétorique au séminaire de Nicolet. Durant les vacances d'été, ce prêtre un peu excentrique, passionné de botanique et excellent cavalier, sillonnait les forêts des *townships* sur un cheval blanc qui n'avait rien d'un fier coursier, mais dont l'endurance étonnait. Terence aimait recevoir la visite du prêtre, parce que celui-ci parlait couramment l'anglais et connaissait l'histoire de la terre d'Irlande, dont Henri VIII s'était proclamé roi et qu'il avait déclarée *unie, annexée et liée à jamais à la couronne impériale du royaume d'Angleterre.* L'abbé Gélinas avait été vicaire durant quelques années dans l'une des premières paroisses francophones de la Nouvelle-Angleterre, celle de Saint-Bruno, à Van Buren, dans le Maine.

À son ministère auprès des colons le prêtre ajouta l'étude de la flore de la région. Il rentrait toujours au collège avec un herbier enrichi d'une nouvelle variété de plantes. Au séminaire, il encourageait les essais littéraires d'un élève surdoué, Antoine Gérin-Lajoie. Durant ses pérégrinations estivales, outre la Bonne Nouvelle, l'abbé répandait partout les poèmes du jeune homme, l'un d'eux surtout qu'il chantait à la veillée dans les familles où il était accueilli avec

vénération. Un soir, chez les Lavelle, le prêtre entonna
ce texte de l'étudiant:

Un Canadien errant
Banni de ses foyers
Parcourait en pleurant
Des pays étrangers...

La complainte alla droit au cœur des Irlandais. Des
larmes coulèrent sur les joues de Terence quand l'abbé
chanta le couplet suivant:

Si tu vois mon pays
Mon pays malheureux
Va dire à mes amis
Que je me souviens d'eux...

À la fin de la chanson, Honora s'approcha de son
mari et mit doucement la main sur son épaule.
«*Goodnight*», dirent-ils l'un et l'autre. Puis, ils se retirè-
rent dans leur chambre, à l'étage.

* * *

Quatre ans s'étaient écoulés depuis que la famille
Lavelle avait quitté l'Irlande. Les nouvelles que Terence
recevait une ou deux fois l'an de son pays natal n'étaient
pas plus encourageantes qu'à l'époque de sa jeunesse
ou au moment de son départ. Au contraire, la situation
empirait là-bas, surtout pour la population rurale qui
était passée de quatre à huit millions depuis le début du
siècle. Le héros du peuple, O'Connell, avait dû céder
devant Wellington. Les *landlords*, impitoyables, conti-
nuaient d'expulser les paysans qui ne pouvaient payer
le loyer de leur terre. Les spéculateurs expédiaient vers

l'Angleterre des produits inaccessibles aux Irlandais. Le gaélique, parlé par les plus pauvres, reculait partout devant la langue anglaise.

En 1845, dans une lettre que Terence reçut de sa sœur Patricia, celle-ci lui apprenait la mort de son père en ces termes : « *Il est parti paisiblement en pleurant sur son Irlande bien-aimée. Il m'a priée de te dire qu'il te bénissait, toi et ta famille.* » Dans sa missive, Patricia décrivait l'exode de populations affamées. « *Il n'y a même plus de pommes de terre,* écrivait-elle, *et les indigents émigrent par milliers.* » Patricia avait inclus dans son envoi des coupures de journaux décrivant le départ en masse d'êtres humains, « *chassés comme des corbeaux d'un champ de blé* », disait l'un des articles, illustré d'un dessin montrant une orpheline en haillons, marchant pieds nus sur un chemin menant à Cobh où elle espérait qu'une famille la prendrait en pitié et accepterait de la laisser s'embarquer avec elle pour l'Amérique.

Terence Lavelle rageait d'apprendre que la misère et le malheur s'accentuaient dans le pays où il avait laissé ses parents, ses amis, son âme. Il savait bien qu'il ne reverrait jamais plus l'Irlande. Il s'en consolait en voyant grandir ses enfants dans la liberté. Certes, il avait fallu pour cela s'exiler, mais Terence croyait qu'il valait mieux vivre librement sur une terre étrangère plutôt qu'asservi dans sa propre patrie.

Patrick venait d'avoir dix-sept ans. Costaud et de haute stature, les muscles durcis par les rudes travaux de colon et d'agriculteur, il ressemblait à un jeune Viking avec ses cheveux blonds et son teint basané de soleil et de vent. S'il partageait la tristesse de son père devant le sort réservé à ses compatriotes, il s'attachait chaque jour davantage à son coin de terre. Doué d'un esprit curieux et d'un caractère exubérant, il colorait de son enthousiasme les choses les plus simples de la vie. Ses deux jeunes sœurs avaient le teint clair, les traits fermement dessinés et l'abondante chevelure auburn des filles celtiques. À quinze ans, Mary attirait non seulement les garçons du voisinage, mais ceux de rangs éloignés, tandis que les treize ans de Brigit faisaient d'elle une superbe adolescente.

Amélie Neiderer aussi avait grandi. Elle n'était pas particulierement jolie, mais à la veille de ses seize ans, des rondeurs déjà pulpeuses s'ajoutaient à la fraîcheur de sa première jeunesse. En outre, elle nourrissait un sentiment qui embellit les jeunes filles : elle était amoureuse. Cela sautait aux yeux de tous, sauf à ceux de Patrick Lavelle. C'est lui pourtant qu'elle aimait. Jeune fille ardente, Amélie provoquait son voisin de toutes les manières et tentait, mais en vain, d'allumer en lui le feu qui brûlait en elle. Patrick la trouvait gentille, avait pour elle de l'amitié, ressentait aussi parfois en sa présence des désirs naturels, mais il n'éprouva jamais à son égard d'inclination amoureuse.

Ils participaient aux mêmes jeux, allaient ensemble avec des copains à la chasse aux petits animaux, dressaient de jeunes chevaux qu'ils montaient sans selle, car Patrick partageait avec son père la passion des Irlandais pour le cheval, et l'équitation sauvage était sa principale distraction.

* * *

En 1845, les habitants du *township* de Grantham menaient une vie de labeur toute centrée sur leur subsistance quotidienne. La forêt reculait aux alentours, mais ils restaient coupés du monde, dont leur parvenaient bien peu d'échos. Comment les colons du huitième rang auraient-ils su que les frères Crémazie ouvraient à Québec, cette année-là, la première librairie française, *À l'enseigne du livre d'or*? Qui eût pu leur apprendre la fondation, à Montréal, de l'Institut canadien, ou la parution, en France, du roman *Le Comte de Monte-Cristo*, d'Alexandre Dumas? Ceux qui s'intéressaient à la politique surent tout de même qu'on avait déménagé le parlement du Canada-Uni, de Kingston à Montréal. Le jeune Lavelle se retrouvait parmi eux au magasin général, à Drummond, quand il venait faire les commissions. Il se tenait en retrait pour écouter parler les hommes assis en cercle autour de la fournaise qui trônait au milieu de la place. Il était question, bien sûr, de semailles et de récoltes, de coupe de bois et d'abattis, mais aussi de l'enseignement public, du gouvernement responsable, de Louis-Hippolyte La Fontaine. Parfois, un voyageur apportait des journaux de Montréal ou relatait les derniers événements survenus dans la ville où les Anglais régnaient en maîtres. Le *Herald* proclamait qu'«*il fallait balayer les Canadiens de la face de la terre.*»

Un article de ce journal se terminait ainsi: «[...] *il faut que l'intégrité de l'empire soit respectée, que la paix et la prospérité soient assurées aux Anglais même au prix de l'existence de la nation canadienne-française.*»

Un jour, un colon qui avait participé aux troubles de 1837 évoqua les noms de Papineau et du chevalier de Lorimier et parla avec ferveur de liberté. Patrick reconnut dans son discours les propos que tenait son père avant d'émigrer. Le souvenir des Patriotes qu'on avait pendus à Montréal restait dans les mémoires, mais nul chant des partisans ou conte légendaire ne naquit de leur soulèvement, car les révoltés n'étaient pas nombreux. Les paysans se contentaient en général de savourer leur quiétude et, après avoir marmonné quelques jérémiades assorties de jurons, retournaient vaquer paisiblement à leurs occupations.

Tous se réjouirent toutefois, en 1848, de la reconnaissance de leur langue par l'Angleterre, qui avait prescrit l'usage du français au parlement du Canada, sept ans plus tôt. Le fils de l'Irlandais célébra lui aussi l'événement. Contrairement à son père, qui se sentait dépouillé à la fois de son héritage gaélique et de la langue anglaise, Patrick, à vingt ans, avait épousé la cause des Canadiens français et adopté leurs coutumes. Il s'identifiait à ces gens, car c'est parmi eux qu'il avait émergé à la conscience et avec eux qu'il se forgeait une identité. Cette préférence ne l'empêchait pas d'aller saluer de temps à autre, à Drummond, la famille Watkins. Son père se faisait un devoir de rendre visite une fois l'an au milicien loyaliste, pour marquer sa reconnaissance du sauvetage, autrefois, de sa femme et de son fils.

* * *

La tournure des événements politiques attristait le capitaine du 7ᵉ Bataillon de la milice de Sa Majesté. L'obstination des politiciens canadiens-français à vouloir faire reconnaître les droits de leur peuple l'agaçait souverainement. Ces fils de paysans se permettaient même d'adresser des requêtes à Sa Très Gracieuse Majesté la

Reine. Watkins n'en gardait pas moins la certitude qu'un jour ce petit peuple conquis s'assimilerait à la culture anglaise. Heureusement, pensait-il, les colons étaient dans l'ensemble de bons et loyaux sujets de la Couronne britannique, à qui le clergé catholique demandait de se soumettre ; ils fournissaient à l'Angleterre des matières premières précieuses et bon marché et, avec le temps, James Watkins leur trouva même certaines qualités. Son âme de conquérant britannique le persuadait cependant de sa supériorité naturelle. Son fils Edward, qu'il eût voulu voir embrasser la carrière militaire, avait émigré aux États-Unis où il travaillait dans une usine de textile de la Nouvelle-Angleterre. Il devint plus tard recruteur de travailleurs canadiens-français pour la grande filature qui l'employait, à Manchester, au New Hampshire. Ellen, la fillette d'autrefois, s'était transformée en une adolescente aux traits délicats et bien dessinés. Comme Patrick Lavelle ne venait qu'une ou deux fois l'an chez les Watkins, il la trouvait toujours changée, embellie : il émanait en effet de sa personne un charme indéfinissable, et une douceur ineffable agrémentait la grâce naturelle de ses moindres gestes.

L'été des quatorze ans d'Ellen, un jour que le fils de l'Irlandais s'était arrêté chez ses parents, il l'aperçut parmi les fleurs, à l'arrière de la maison.

Vêtue d'une longue robe de coton imprimé aux couleurs gaies, la fille du capitaine circulait dans les allées du jardin avec une parfaite aisance, aussi légère que les papillons qui voletaient autour d'elle. Elle s'arrêta un moment parmi des tournesols déployant leurs corolles vers le soleil resplendissant de ce bel après-midi du mois d'août ; l'or de ses longs cheveux, plus beau encore que celui des hélianthes, encadrait merveilleusement son visage juvénile. Un oiseau-mouche aux couleurs étincelantes, que la présence d'Ellen ne semblait pas effrayer, s'abreuvait du nectar de pétunias blancs et roses. Patrick resta paralysé d'émotion devant ce tableau saisissant où l'étonnante beauté de la jeune fille l'emportait sur celle des oiseaux et des fleurs.

Le capitaine de milice n'était pas un homme riche, loin de là, mais il achetait pour sa fille bien-aimée, au magasin général de James Anderson, les plus beaux tissus et les plus fines dentelles. La mère taillait dans ces étoffes venues d'Angleterre des robes qui allaient à Ellen comme à une princesse. Et c'est bien ainsi que Patrick, qui avait hérité du tempérament rêveur et de l'imagination fertile des Irlandais, voyait la toute jeune fille. En apercevant Ellen, ce jour-là, il songea à un conte de fée entendu dans son enfance. *Once upon a time...* Il était une fois... Sa vie à lui se déroulait dans un monde qui n'avait rien de féerique. Tout était fruste et rugueux dans le huitième rang. Est-ce pour cela que l'adolescente aux cheveux blonds et aux yeux bleus commença à occuper ses pensées? Diaphane, légère, aérienne, subtile, elle réunissait en elle toutes les beautés de la nature que Patrick aimait, celles des fleurs et des oiseaux, celle aussi des flocons de neige qu'il regardait tourbillonner, l'hiver.

Il semblait émaner d'elle une lumière comparable à celle qui annonce en février le printemps à venir, une douceur semblable à celle des plus beaux soirs de l'été indien et une noblesse pareille à celle des grands ormes que son père et lui avaient épargnés çà et là dans les champs, ormes du soir et du matin, éventails à la lune, et toutes ces merveilles dont il se laissait imprégner,

d'une saison à l'autre, dans les lentes et multiples trans-
formations du climat et du paysage.

Mais Ellen était si jeune. Et puis elle était anglaise et
protestante. Le fils de l'Irlandais tenta de la chasser de
son cœur.

4

L'événement tant attendu chaque année se produisit à nouveau dans l'arrière-pays du *township* de Grantham : le printemps succéda à l'hiver. Les Irlandais de Headville connaissaient bien maintenant ce phénomène envoûtant de la renaissance de toutes choses : les rigoles et les fossés ruisselaient sous le soleil, la terre noire des labours émergeait par endroits dans les champs enneigés, les corneilles emplissaient l'air de leurs cris rauques et les oiseaux nidifiaient sous le toit des granges. Certes, pendant quelque temps encore les chemins seraient impraticables, et il y aurait la corvée des naissances à l'étable où les animaux à la veille de mettre bas devenaient nerveux. Patrick devrait se lever la nuit avec son père pour assister une jument poulinière ou une vache gémissante, prête à vêler. Mais quelle joie de voir enfin la neige disparaître autour des bâtiments et à l'orée des bois ! Quel bonheur de sentir la chaleur du soleil dans son cou ! Les enfants pourraient bientôt courir dans les prés et cueillir les bourgeons duvetés des saules, qu'ils appelaient des minous, la mère fabriquerait son savon, les filles commenceraient le grand ménage, le père tondrait les moutons et les garçons iraient à la chasse au rat musqué.

Ce printemps-là, un marchand ambulant et un rétameur vinrent pour la première fois dans le huitième rang du *township* de Grantham; le chemin dans les bois, depuis Headville jusqu'à Drummond, s'élargissait au fil des années et l'on pouvait maintenant y circuler plus aisément en voiture. Un dénommé Narcisse Gagnon, raccomodeur de faïence et fondeur de cuillers, s'amena un jour dans sa roulotte de bohémien. Vieil homme à la barbe blanche, Narcisse avait passé sa vie à sillonner les routes de campagne, dans les anciennes paroisses le long du fleuve, et il s'aventurait maintenant dans les nouvelles colonies. Les enfants s'attroupèrent autour de cet étrange et mystérieux personnage qu'ils suivirent avec curiosité, cherchant à apercevoir, à l'intérieur de sa charrette, l'appareillage dont il se servait pour couler l'étain et remouler les cuillers. La présence de Narcisse Gagnon dans le huitième rang rappela aux Lavelle les familles de romanichels irlandais, les *Tinkers*; nomades depuis des siècles, colporteurs de babioles, ferrailleurs, marchands d'ânes et de chevaux, ils réparaient eux aussi les bouilloires et les plats de fer-blanc partout où ils passaient. Honora reçut l'artisan à dîner. Pour la remercier, Narcisse Gagnon retapa un plat de faïence.

* * *

Quand les érables eurent donné toute leur sève, mai succéda à avril et la muraille noire des forêts toutes

proches se transforma lentement en un rideau de verdure aux teintes infiniment variées.

Les lilas refleurirent devant la maison, on sortit chaque jour les animaux de l'étable et, dans la basse-cour,
le chant du coq dominait le gloussement incessant des
poules et le piaillement des poussins. Puis, dans les
champs et le long des chemins, des fleurs parsemèrent
le décor de touches de rouge, de bleu, de jaune et de
violet. Bientôt, ce serait l'été.

Tandis que se produisait ce renouveau, Patrick et
son père travaillaient sans relâche. Il fallait épierrer les
champs avant d'y épandre le fumier, les labourer ensuite en surface pour rendre la terre plus perméable à la
semence, écurer les fossés, redresser les clôtures avant
de conduire les bêtes au pâturage. Après venait le blanchiment de l'étable et du poulailler. Un après-midi que
le jeune Lavelle était occupé à cette tâche, Amélie
Neiderer vint le retrouver. La fille de l'Indienne venait
d'avoir vingt ans. Était-ce le retour de la floraison, le
printemps qui se changeait en été, le ciel parfaitement
bleu, la chaleur exceptionnelle qu'il faisait ce jour-là,
des accès de désir l'envahissaient comme une marée
montante, des bouffées de fièvre coloraient ses joues.
Bien qu'elle aimât Patrick Lavelle depuis toujours, jamais elle n'avait ressenti avec une telle intensité l'envie
d'être auprès de lui. Elle l'observa d'abord de loin, en
train de chauler la grange-étable. La chemise rouge du
jeune homme faisait une tache mouvante sur le blanc
laiteux qu'il étendait au blanchissoir. Un soleil éclatant
inondait le bâtiment. La vie entière et tous les bonheurs
semblaient réunis, résumés dans l'image qu'elle avait
sous les yeux. Tous les synonymes du mot *désir* se
bousculaient en elle, chacun d'eux lui martelant le

cerveau au rythme des pulsations de son cœur palpitant: appétit, aspiration, attirance, besoin, convoitise, impulsion, inclination, penchant, passion...

Lui revinrent en mémoire les courses qu'elle faisait avec Patrick autrefois dans la forêt, leurs ébats dans la fosse évasée du ruisseau, les jeux qu'ils s'inventaient dans l'adolescence quand ils se roulaient dans l'herbe et qu'elle le provoquait en riant: «Je suis plus forte que toi, disait-elle. Tu ne pourrais pas me renverser.» Pendant que Patrick s'appliquait à la maîtriser, elle résistait de toutes ses forces et resserrait son étreinte pour écraser contre lui ses jeunes seins, souhaitant que sa bouche cherchât la sienne, humide et avide de baisers. Maintenant qu'elle était devenue femme, elle désespérait d'être un jour aimée de lui; jamais il n'avait porté sur elle le regard enveloppant de l'amoureux, jamais non plus n'avait-il dit le mot qu'elle attendait, alors qu'elle faisait tout pour le séduire. Que ne donnerait-elle pas aujourd'hui pour se rouler de nouveau dans l'herbe avec lui!

Amélie s'approcha sur la pointe des pieds, frémissante. Elle était maintenant si près qu'elle sentait l'odeur du mélange de la chaux vive et du sel dans l'eau bouillante et voyait perler la sueur dans le cou de Patrick. Attirée comme un aimant, elle s'élança soudain et, parvenue derrière lui, posa les mains sur ses yeux.

— Qui suis-je? demanda-t-elle, imitant les jeux de l'enfance.

— Amélie, dit doucement Patrick, fais attention. La chaux, ça brûle!

— Pas autant que le feu qui est en moi! dit-elle d'une voix vibrante.

— Qu'est-ce que tu me chantes là ? demanda Patrick, perplexe.

— Tu le sais bien, roucoula Amélie.

— Mais... non... je ne sais pas... bredouilla le jeune homme.

Amélie glissa une main dans la chemise entrouverte de Patrick et, la tête appuyée contre son dos, elle palpa doucement sa poitrine musclée. Interdit et troublé, il resta un instant immobile. Ils se trouvaient derrière la grange-étable. Personne ne pouvait les voir. Des oiseaux chantaient dans les buissons voisins et l'on entendait les stridulations des premiers criquets de la saison. De la terre humide et chaude montaient d'infimes vapeurs. Le cœur en friche d'Amélie Neiderer se débattait dans une sorte d'exaltation délirante. Ce n'était plus le bruissement de désirs amoureux qui montait du fond de son être, mais un vacarme assourdissant comme celui de la mer en furie venant briser ses vagues sur des récifs.

— Je t'aime, gémit-elle à plusieurs reprises.

— Moi aussi, je t'aime bien, dit Patrick, sans se retourner même si elle avait lâché son étreinte.

Vivement, elle vint se placer devant lui, accrochant au passage le seau de chaux vive qui se renversa et se répandit à leurs pieds.

— Attention ! s'exclama le fils de l'Irlandais, mais Amélie ne l'entendit même pas.

— Moi, je ne t'aime pas bien, je t'aime tout court ! s'écria-t-elle en frappant des deux mains sur la poitrine de Patrick.

— Amélie, dit-il gentiment, s'il te plaît, calme-toi.

— Je t'aime ! répéta-t-elle.

— Je sais, dit-il doucement, mais moi je ne peux pas t'aimer comme tu le souhaites...

— Alors, fais semblant!

— Qu'est-ce que tu veux dire?

— Oui, fais semblant, une fois!

— Mais... Amélie... bredouilla-t-il.

— Oui, une fois seulement. Maintenant.

La tête renversée, la bouche entrouverte, haletante, elle se souleva sur la pointe des pieds cherchant à rejoindre ses lèvres, mais il ne pencha pas la tête vers elle et elle n'y parvint pas.

— Embrasse-moi! supplia-t-elle.

Il n'y avait aucune astuce perverse dans la quête éperdue d'Amélie. Un mécanisme s'était déclenché en elle qui l'emportait dans un courant de folie amoureuse où se mêlaient désirs, joies et douleurs, comme si elle eût voulu engendrer et enfanter simultanément. Tant de furie effraya d'abord Patrick, puis il fut ensuite ému par le désarroi qu'il vit dans les yeux embués et suppliants d'Amélie. S'il n'était pas amoureux d'elle, le jeune Irlandais ne put rester insensible au regard de détresse dont elle l'enveloppa, ni à l'invitation de sa chair moelleuse et vibrante. Rien n'était plus comme au temps de leurs jeux innocents: objets des assauts voluptueux d'une jeune femme, envahi par l'excitation des sens, Patrick s'empêtra dans son désir. Il n'était pas sans savoir qu'ils étaient à l'abri de tous les regards. Pourtant, il ne voulait pas faire l'amour, parce qu'il connaissait Amélie depuis l'enfance, parce qu'elle était sa voisine, parce que leurs pères et mères étaient des amis, parce qu'il avait de l'amitié pour elle, parce qu'il craignait qu'elle tombât enceinte, parce que... parce que...

«Attention à la chaux», dit-il, quand elle s'étendit par terre en l'entraînant avec elle.

Le liquide blanc bouillonnait encore à la surface de la terre noire qu'il pénétrait lentement. Allongée dans les hautes herbes, Amélie tenait la main de Patrick, agenouillé auprès d'elle.

Il s'étonna de la pâleur soudaine de son visage. Elle le regardait fixement, souriant béatement. Avait-elle planifié ce moment, elle était nue sous la robe de coton dont elle ouvrit largement le corsage. Elle prit les mains de Patrick et les posa sur ses seins. Un papillon vint se poser tout près d'eux. Malgré la fureur des baisers d'Amélie, il refusa de changer leur étreinte en fusion, comme elle le souhaitait. Aussi, leurs ébats terminés, tandis qu'il préparait un nouveau mélange de blanc de chaux, Amélie s'en alla l'âme triste, ni son cœur ni sa chair n'ayant été comblés.

* * *

La violence avec laquelle Patrick avait été emprisonné dans l'étreinte amoureuse d'Amélie Neiderer fit réapparaître dans son esprit l'image de la toute jeune Ellen Watkins. Tout en elle n'était que douceur et beauté : son corps menu, sa figure suave, ses gestes lents et élégants, sa voix douce et harmonieuse, le regard candide de ses yeux bleus et le blanc laiteux de son teint.

Les saisons passèrent deux fois dans le canton de Grantham sans que diminuât l'amour du fils de l'Irlandais pour la jeune Anglaise. Chaque fois qu'il la voyait, à Drummond, elle s'imprégnait plus profondément en lui. Quand la fille du capitaine eut seize ans, il n'arriva plus à se défaire de son image. Le jour, sans cesse, il pensait à elle. La nuit, il en rêvait. Quand sa mère lui demandait s'il ne songeait pas à se marier, il répondait évasiment.

— Pourtant, disait-elle, y a des belles filles dans les environs.

— Oui, oui, je sais...

Patrick ne prêtait plus aucune attention aux filles du huitième rang.

Un matin du mois de septembre, Amélie Neiderer vit Patrick prendre la direction de Drummond; à la fin de l'après-midi, elle alla l'attendre au détour du chemin, non loin de chez elle. Elle s'était jusqu'alors consolée qu'au moins il n'aimât personne d'autre dans le huitième rang, pourtant depuis quelque temps elle avait cru remarquer chez lui un changement: quelque chose de joyeux émanait de sa personne. Certains jours, elle l'entendait même chanter à tue-tête en revenant des champs et elle le voyait parfois sautiller en allant aux bâtiments. Comment pouvait-il avoir l'air si heureux alors qu'elle se désâmait...

Surpris de s'entendre interpeller depuis le bosquet qu'il contournait, Patrick arrêta son cheval. Amélie sortit du bois en courant.

— Pourquoi reviens-tu de Drummond le sourire aux lèvres? demanda-t-elle.

— Parce que... parce qu'il fait beau.

— Je crois qu'il y a une autre raison, dit Amélie.

— Laquelle, d'après toi?

— T'es en amour, hein?

Patrick resta stupéfait.

— Qu'est-ce qui te fait dire ça? demanda-t-il.

— T'aimes une fille de Drummond, dit tristement Amélie.

Le fils de l'Irlandais n'eut pas le temps de protester qu'elle ajouta :

— Je le vois dans tes yeux.

— Ah !... ça se voit ?

Le jeune homme n'avait encore osé avouer à personne qu'il était éperdument amoureux, mais puisqu'on le devinait, il n'hésita plus.

— Oui, dit-il l'air songeur, je pense que je suis en amour avec elle.

Le mot « elle » sonna comme un glas à l'oreille d'Amélie. Son cœur se gonfla d'amertume. Qui était cette autre jeune fille que Patrick aimait ? Qu'avait-elle fait pour être aimée de lui ?

— Qui ça, elle ? demanda-t-elle sur un ton agressif.

Patrick resta silencieux. Elle insista :

— Tu l'as vue aujourd'hui, hein ?

Amélie tenait la bride du cheval. Elle levait la tête vers Patrick. La voix brisée par le dépit, elle répéta plusieurs fois sa question. Mais il n'écoutait plus.

Oui, il l'avait vue ! Au magasin général. Elle y était venue acheter du fil à coudre. Il se trouvait au fond de l'établissement, tenant l'entonnoir sous le robinet d'un baril de mélasse pour en remplir une pinte qu'il devait apporter à un voisin. Elle s'était dirigée vers le comptoir, puis il avait entendu sa voix mélodieuse. Elle portait une longue robe d'été, ajustée à la taille, en tissu de coton blanc imprimé à fleurs jaunes, à manches courtes légèrement bouffantes, et dont l'encolure ample faisait ressortir la finesse de son cou de cygne, que les mèches de ses cheveux paraient mieux encore qu'une rivière de diamants. Il n'imaginait pas que la jeune fille pût l'aimer. Mille raisons le justifiaient de penser ainsi : elle n'avait que seize ans, il en avait vingt-quatre, il était catholique et irlandais, elle était anglaise et protestante. Et puis, ils ne s'étaient jamais parlé que chez elle, lors de ses rares visites chez les Watkins. Aujourd'hui, bonheur suprême, il avait été seul avec elle durant une heure. Ils avaient quitté ensemble le magasin. Patrick s'apprêtait à rentrer à Headville, mais Ellen lui avait demandé de l'accompagner au bord de la rivière.

Décontenancé, il n'avait pu s'empêcher de demander :

— *But... don't you think that your father...?*

Il n'eut pas le temps de terminer sa question, Ellen précisa :

— Mon père est parti pour la journée dans le *township* de Wickham. Mais, ajouta-t-elle, peut-être es-tu pressé de rentrer chez toi ?

— Non, non, dit vivement Patrick, j'ai tout mon temps.

— Ah bon...

— Et même si je ne l'avais pas...

— Oui ?...

— Eh bien... se risqua à dire Patrick, pour toi, j'inventerais le temps.

— *Really ?*

La journée était superbe. Ils marchèrent lentement vers la rivière, s'arrêtant souvent pour prolonger leur promenade. Ils restèrent un moment près des rapides.

— *It is so beautiful here, so peaceful!* dit Ellen.

— *Indeed. In some way, it reminds me of Ireland.*

Patrick évoqua de lointains souvenirs d'enfance, dans son Irlande natale. Il dépeignit la végétation luxuriante du *County Cork*, les méandres de la rivière Lee, les buissons en fleurs le long des chemins bordés de murets. Il relata le départ de sa famille, à Cobh, douze ans plus tôt, raconta les petites misères de leur établissement à Headville, se rappela leur arrivée dans les bois, la construction de leur première cabane et l'aide que les colons leur avaient apportée. Ellen levait la tête, regardait le jeune Irlandais et l'écoutait avidement. Lui s'égarait alors dans le bleu de ses yeux et s'émerveillait, quand elle souriait, de voir apparaître d'infimes sillons aux angles de sa bouche finement dessinée.

Mieux que des paroles, les regards échangés révélaient le trouble délicieux qui les habitait tous les deux.

— Te souviens-tu quand vous vous êtes perdus dans les bois, ta mère et toi? demanda-t-elle.

— Oui, bien sûr. Mais toi, comment pourrais-tu t'en souvenir? Tu étais si petite.

— J'avais cinq ans, dit Ellen.

La jeune Anglaise sortit de son sac la figurine que Patrick avait alors sculptée pour elle. Il n'en crut pas ses yeux. Il eût voulu l'étreindre.

— Pourquoi as-tu conservé cela? demanda-t-il.

— Devine, dit-elle en esquissant un sourire ensorcelant.

Alors, il parla du huitième rang, qu'elle ne connaissait pas, décrivit les hautes ramures des ormes au milieu des champs qu'il avait défrichés avec son père. Il dit à la jeune fille qu'on venait de lui concéder un lot, près de celui de ses parents. Il avait déjà commencé à bûcher et songeait à y construire à l'automne, non pas une cabane en bois rond, mais une vraie maison.

— J'aimerais la voir quand elle sera finie, dit Ellen.

Aucun jeune homme de Drummond n'était comparable à ce Patrick Lavelle. Ellen le connaissait depuis toujours et l'aimait secrètement d'un amour qui avait grandi avec elle, depuis l'adolescence. Et maintenant qu'elle-même ne grandissait plus, l'amour continuait à croître en elle au point de déborder comme une rivière à la fonte des neiges.

L'heure passée en compagnie du fils de l'Irlandais avait été un pur enchantement dont elle ne voulut plus se priver. Elle savait que la religion, plus que la différence d'âge, les séparait aux yeux de son père. Pourtant, elle décida qu'aucun obstacle ne l'empêcherait d'épouser un jour celui qu'elle aimait. Elle lui donna rendez-vous, la semaine suivante, sous un chêne qui se dressait à une croisée des chemins, non loin du village.

Voilà pourquoi Patrick Lavelle souriait en rentrant au huitième rang du *township* de Grantham.

5

La première rencontre clandestine eut lieu le 30 septembre 1852, un samedi, à deux heures de l'après-midi. Aussitôt éveillée, ce jour-là, Ellen s'était précipitée à la fenêtre pour voir le temps qu'il faisait. Le ciel était sans nuages et un soleil pâle inondait d'une douce lumière les forêts colorées de l'automne. «*What a beautiful morning!*», s'écria-t-elle en s'étirant vigoureusement. Elle trouva plus beau encore que d'habitude le spectacle des eaux turbulentes dans les cascades et l'étendue du paysage automnal, par-delà la rivière. Fébrile durant toute la matinée, elle retourna à sa chambre après le dîner et se brossa longuement les cheveux devant son miroir. Elle choisit ensuite de mettre une longue robe de velours bleu, ornée de dentelle au cou et aux poignets. Son cœur battait très fort quand elle dit à sa mère qu'elle allait retrouver son amie, Dorothy McCaffrey; ce qui était vrai, sans être toute la vérité. Elle mit cette dernière dans le secret.

— *Oh! it is so exciting!* s'exclama Dorothy.
— *But, please, keep it for yourself!* supplia Ellen.

— *Cross my heart*, dit Dorothy en traçant une croix sur sa poitrine.

Dans le huitième rang, au repas du midi, Patrick regardait l'horloge à tout moment.

Avant de se mettre à table, il avait fait bouillir de l'eau et s'était rasé soigneusement devant le petit miroir suspendu au-dessus du lavabo en tôle. Tout en sifflotant, il avait longuement passé le fil du rasoir sur la lanière de cuir accrochée à une armoire.

— Pat, dépêche-toi, ça va être froid, avait dit la mère.

Depuis une semaine, Honora avait constaté chez son fils une bonne humeur exceptionnelle ; le père, lui, avait observé des traces inhabituelles de distraction dans l'exécution de son ouvrage. Durant le dîner, Mary et Brigit ne furent pas sans remarquer l'agitation de leur frère. Avant de quitter la table, il leur dit qu'il ne pourrait pas les aider à nettoyer le jardin, comme elles le lui avaient demandé, donnant comme seule explication qu'il avait autre chose à faire. Terence, qui laissait désormais à son fils la liberté d'organiser son travail, ne posa pas de question. Il s'étonna toutefois de le voir endosser le long manteau de toile gris qu'il portait le dimanche pour aller à la messe à Drummond.

Patrick alla seller son cheval. Il avait étrillé la bête durant l'avant-midi et lui avait donné une généreuse portion d'avoine. La veille, il avait nettoyé le cuir de la selle et en avait poli les clous. Quand il passa derrière la maison, sa mère vit qu'il avait accroché deux pompons rouges à la bride frontale du cheval. Elle sortit lui demander où il partait ainsi.

— Je m'en vais faire un tour à Drummond, dit-il.

— T'es allé la semaine passée, fit-elle remarquer.

Alors, Patrick lui confia les sentiments qu'il éprouvait pour la jeune Ellen Watkins et lui avoua qu'ils avaient rendez-vous. Honora fronça les sourcils en apprenant cela.

— *But... Patrick, she is still a child!*

— *She is sixteen,* précisa-t-il.

— *And don't you know that she is a protestant and that her father...*

— Oui, oui, je sais cela aussi, dit Patrick sur un ton légèrement impatienté et en revenant à la langue française, comme s'il eût voulu marquer une distance entre sa mère et lui.

Elle chercha tout de même à le mettre en garde contre les risques d'un pareil amour.

— *You should not let your heart...*

Honora n'eut pas le temps de finir son admonestation que déjà Patrick enfourchait son cheval.

— Je vais être de retour en fin d'après-midi, dit-il.

— Tu ne devrais pas...

— *She loves me!* lança-t-il tout en éperonnant son fringant animal à poil roux. La bête s'élança à fond de train sur le chemin du huitième rang.

La mère rentra à la maison, l'air songeur.

Quelques minutes plus tard, la monture du jeune Irlandais galopait dans la forêt en direction de la colonie de Drummond. Patrick prit d'abord le chemin des voitures, mais il emprunta bientôt un raccourci qui lui faisait gagner un kilomètre. L'automne annonçait partout la défeuillaison prochaine. Les fougères dans les sous-bois commençaient à se flétrir. Dans les champs nouvellement défrichés s'épanouissaient partout les verges d'or, tandis que les asters envahissaient les prés, les taillis et les bois.

Le cœur de Patrick s'enflammait comme le feuillage des érables, taches rougeoyantes parmi le vert foncé des sapins et le jaune des bouleaux.

* * *

À Drummond, Dorothy McCaffrey accompagna son amie jusqu'à l'endroit où l'étroite rue du village se changeait en sentier menant au bord de l'eau. Les deux jeunes filles avaient causé fébrilement durant une heure. Des moments de gravité avaient succédé, dans leurs propos, à des fous rires. «*I am in love!*», s'exclama Ellen à plusieurs reprises, comme envoûtée par la sonorité même des mots que lui dictait son cœur. Dorothy partageait son émoi. «*Good luck!*», lui dit-elle, avant de retourner sur ses pas.

Ellen s'arrêta un moment près de la rivière. Sur l'autre rive, le spectacle de l'automne s'offrait à sa vue dans toute sa splendeur. Elle resta de longues minutes immobile dans l'air doux du mois de septembre, en proie pourtant à de violentes sensations. Le murmure des flots de la Saint-François se confondait avec le chant des oiseaux dans la première attente de la jeune fille. Elle aimait, elle était aimée, et cet amour englobait toutes choses : les couleurs de l'automne pêle-mêle avec le bleu du ciel et la douceur du vent, le vol des outardes filant vers le sud, les monts lointains des Appalaches et les fleurs sauvages à ses pieds.

Peu de temps après être parvenue sous le chêne, Ellen entendit, d'abord faiblement, le galop d'un cheval. Son cœur frémit. Était-ce lui ? Bientôt elle distingua le bruit des sabots piétinant les feuilles mortes, mais les méandres de la piste ne lui permettaient pas encore de voir qui venait par là.

Enfin, la bête et son écuyer parurent au détour du sentier. C'était lui!

Patrick rassembla son cheval; l'animal se cabra en hennissant à pleins nasaux quand le jeune homme tira sur le mors pour l'arrêter brusquement. Ellen admira l'adresse et l'assurance du cavalier, qui prit à ses yeux une allure chevaleresque. Le fils de l'Irlandais mit pied à terre, enroula les guides autour d'un jeune bouleau, puis se tourna vers Ellen qu'il contempla d'un air grave et ravi. Elle souriait, et ce sourire emplissait l'espace.

— *You are so beautiful!* s'exclama Patrick

— *Am I?* dit Ellen sur un ton qu'elle voulait gouailleur, mais sa voix se brisa sous l'émotion.

En cet instant vertigineux où les saisit l'amour, le mystère de leur cœur les environna l'un et l'autre d'une étrange phosphorescence. L'exaltation amoureuse les transporta tous deux dans des régions qui leur étaient jusqu'alors étangères; leurs âmes tournées vers la beauté comme les fleurs vers la lumière, ils atteignirent les hauteurs vertigineuses où l'amour élève ceux qu'il transfigure.

— *You are like an angel*, murmura Patrick.

— *I love you so much... so much*, dit Ellen.

— *I love you even more*, dit-il.

Alors, elle s'élança vers lui. Il ouvrit les bras pour l'accueillir et l'enveloppa de tout son être.

* * *

À Headville, Honora Lavelle hésita un moment avant de révéler à son mari que leur garçon était amoureux de la fille du capitaine Watkins.

— Où est-ce qu'y est allé? demanda Terence en apprenant que Patrick avait sellé son cheval.

— À Drummond, dit Honora.

— Qu'est-ce qu'y a à faire là, y est allé la semaine passée?

— Il avait un rendez-vous...

— Avec qui? demanda le père.

— Un rendez-vous d'amoureux...

— Ah oui! dit Terence.

— Il me l'a appris juste au moment de partir.

— Est-ce qu'y s'agit d'une fille de colon?

— Euh... non, dit Honora, un peu embarrassée.

— Est-ce que c'est une Canadienne française?

— Non plus...

— C'est-tu une fille qu'on connaît?

— Oui, oui...

Terence savait que la fille de John Neiderer était follement amoureuse de son fils. Il espérait qu'un jour celui-ci répondrait aux sentiments d'Amélie, car il voyait en elle une épouse idéale pour un colon: jeune femme à la forte carrure, elle travaillait comme un homme sur la ferme de son père, s'occupait des bêtes et réparait même les instruments aratoires.

— Quoi! s'exclama le père quand sa femme lui apprit que Patrick était amoureux d'Ellen Watkins.

— Elle aussi est en amour, précisa Honora.

— Ben oui, mais elle est protestante!

— Je sais bien, dit la mère.

— Son père la laissera jamais marier un catholique!

— Ça m'étonnerait, oui...

— À part de ça qu'elle a tout juste quinze ans! protesta Terence.

— Non, non, elle a eu ses seize ans, corrigea Honora.

— Oui, mais qu'est-ce qu'elle viendrait faire dans le huitième rang? Elle a encore l'air d'une fillette. Y me semble qu'y serait mieux avec la fille de Neiderer...

— Oui, mais l'amour, tu sais...

— Ouais... je sais, dit Terence, résumant lui aussi de cette façon une sagesse populaire vieille comme le monde.

Pendant ce temps, sous le chêne, Ellen et Patrick découvraient l'un et l'autre que les mots traduisent bien imparfaitement ce mystère en nous qui est plus grand que nous-mêmes et qu'on appelle l'amour.

Ils parlaient en anglais, mais Patrick glissait dans la conversation des mots d'une autre langue, celle des habitants du huitième rang. Elle comprenait un peu le français, mais le parlait difficilement. Elle s'étonna que Patrick utilisât si naturellement cette langue. Il lui expliqua qu'il y avait bien peu d'anglophones dans le *township* de Grantham et que, là où sa famille était installée, tout le monde parlait le français.

— *I will learn it*, dit la jeune Anglaise.

— Alors, monte avec moi, s'exclama-t-il joyeusement en français.

Il courut détacher son cheval, se mit en selle et dit à Ellen en lui faisait signe d'approcher:

— *Come on!* Viens!

Elle répéta «Viens!» en s'avançant et demanda:

— *Is that the right way to say it?* Viens...

— Oui, oui, tu apprendras très vite!

Quand Ellen fut assez près, Patrick se pencha, la saisit par la taille d'une seule main, la souleva et l'assit en amazone devant lui. Il guida le cheval dans un étroit sentier qui descendait à la rivière, à l'endroit où les eaux reprennent leur cours tranquille, après avoir dégringolé les rapides. Dans la nature encore vierge le long de la Saint-François, des mouettes virevoltaient dans l'air, des canards s'ébattaient sur les flots et une volée de corneilles tournoyait dans le ciel au-dessus de ce décor idyllique. Patrick fit boire son cheval et l'attacha ensuite à un arbuste. Il entraîna Ellen vers une grosse roche sur laquelle ils s'assirent, au bord de l'eau, lança à la rivière un bout de branche que le courant emporta aussitôt, puis devint silencieux.

— À quoi penses-tu? demanda Ellen.

— Je me demande, dit-il, si tes parents savent que nous sommes ici ensemble...

— Non, avoua-t-elle faiblement.

— Ah bon... se contenta de dire Patrick, l'air préoccupé.

— Mais, s'empressa d'ajouter Ellen, je vais le dire à ma mère aujourd'hui.

— Tu sais, je suppose, que ton père va s'opposer à moi, à nous deux...

— Oui, je sais.

— Tu sais aussi que je suis catholique...

— Je vais devenir catholique, s'il le faut, dit la jeune Anglaise avec ferveur.

— Ton père ne voudra pas.

— Ne parlons pas de ces choses maintenant.

— Pourquoi?

Elle dit alors, d'une voix passionnée:

— Tu dois avoir foi en moi autant que moi je t'aime!

Ellen craignait que des propos pessimistes n'assombrissent ces minutes exaltantes. Qu'importe ce que dirait son père, elle s'arrangerait avec cela en temps et lieu. Emportée par le flot de sensations qui l'envahissait, plus impétueux encore que celui des rapides de la Saint-François, la jeune fille voulait laisser monter en elle, plus beau que les trilles des oiseaux, le chant qui la berçait.

— C'est bien vrai que tu m'aimes ? demanda-t-elle.

— Mais oui, il n'y a rien de plus vrai ! Je rêve à toi depuis des années déjà, mais je n'osais espérer...

— *Dear mine*, dit-elle en appuyant sa tête contre la poitrine de Patrick.

— *I love you with all my heart!* chuchota le jeune homme. Puis il ajouta : *In French, they say...* je t'aime.

— *Repeat that, please*, dit-elle.

— Je t'aime, redit-il doucement.

— Je t'aime, répéta Ellen avec application.

La jeune Anglaise ne partageait nullement les préoccupations politiques de son père, ni sa dévotion pour l'Angleterre, dont il arborait le drapeau dans le salon de sa maison. Née et élevée dans une colonie perdue sur les bords de la rivière Saint-François, elle restait indifférente au lointain éclat de la Couronne britannique et à l'étendue de son empire.

Certes, le pasteur anglican, en plus de lui apprendre à lire et à écrire, lui avait enseigné les grands principes de sa religion et les rudiments de l'histoire de la Grande-Bretagne ; il avait célébré devant elle les noms des reines Elizabeth et Victoria, ceux de Cromwell, Marlborough, Nelson, Buckingham et autres grands personnages de la mère patrie. Mais Ellen s'était montrée plus sensible à la poésie anglaise qu'aux fastes royaux ou au cliquetis des armes, fussent-ils ceux de grands monarques ou celui de glorieuses victoires d'illustres généraux ou amiraux britanniques. Le jour de ses quinze ans, le pasteur lui avait offert en cadeau un recueil de poèmes de Shelley. La jeune fille épousa aussitôt le penchant du poète pour les délices de l'amour et la beauté des choses et, comme lui, elle *suppliait le vent de la faire vibrer comme une lyre.* Des forces vives bouillonnaient en elle, prêtes à exploser, que rien ni personne, pas même son père, ne saurait contenir.

Les amoureux se quittèrent avec peine, au bout de quelques heures. Patrick raccompagna Ellen jusqu'à l'orée du bois, près du village.

— Quand nous reverrons-nous? demanda la jeune fille.

— Quand tu voudras, dit Patrick.

— Mais je le voudrais toujours! soupira-t-elle.

— Je vais à la messe, demain, dit-il.

— C'est vrai? Si tu veux, je serai sous l'arbre après le dîner, à une heure, dit-elle.

— J'y serai moi aussi, dit le jeune homme en enfourchant son cheval.

— *Tomorrow, at one o'clock!* lança Ellen en saluant de la main Patrick qui s'éloignait lentement.

* * *

Sur le chemin du retour, le paysage aride du canton de Grantham sembla on ne peut plus attrayant au fils de l'Irlandais, comme s'il eût été transfiguré. Le ciel s'était pourtant couvert, durant l'après-midi, et les arbres, à moitié dépouillés, montraient des branches squelettiques dans la grisaille. Entre les boisés du huitième rang, la terre noire des labours assombrissait le décor. Mais pour Patrick, cette journée avait tous les charmes et il fut transporté jusqu'à Headville comme en un rêve. De temps à autre, il prenait son cheval à témoin de son bonheur : «Hein, Princesse, c'est vrai qu'elle est belle! On dirait un ange tombé du ciel... As-tu vu le bleu de ses yeux...? Y a rien de plus beau en ce bas monde...»

Patrick arriva chez lui alors que son père se trouvait à l'étable. Ce dernier lui demanda à brûle-pourpoint :

— Dis-donc, y paraît que t'es en amour?

Les rapports entre Terence et son fils étaient francs et directs. Patrick avait peiné avec son père depuis leur arrivée dans le *township* de Grantham et il s'était créé entre eux l'intimité qui existe entre des compagnons d'armes. Le fils répondit franchement à son père, sur un ton enflammé qui ne laissait place à aucun doute quant à l'ardeur de ses sentiments.

— Oui! J'ai encore de la misère à croire à ce qui m'arrive!

— Tu devrais pourtant savoir, dit le père, que le capitaine Watkins est un loyaliste enragé!

— Tout le monde sait ça, oui...

— À part de ça, y a rien qu'une fille. Ça m'étonnerait qu'y te la donne en mariage!

— On verra bien, se contenta de dire Patrick, tout en continuant d'étriller son cheval.

* * *

En rentrant chez elle, Ellen confia à sa mère qu'elle était amoureuse.

— Est-ce vrai? demanda cette dernière, enjouée quoique surprise.

— Mais oui...

— Il me semble que tu es pourtant bien jeune encore, fit remarquer la femme du capitaine.

— J'ai seize ans, tout de même.

— Oui, c'est vrai...

— Quel âge aviez-vous quand vous avez épousé papa? demanda ironiquement Ellen à sa mère.

— Tu le sais bien, j'avais dix-sept ans.

— J'aurai le même âge l'annnée prochaine, fit remarquer la jeune fille.

— Mais, dis-moi, est-ce un jeune homme de Drummond que tu aimes? demanda Eleanor.

— Non, dit Ellen.

— Ah non! s'étonna la mère. Se pourrait-il qu'il s'agisse d'un militaire de passage?

— Non plus.

— Mais alors?

— C'est un garçon de Headville.

— Comment peux-tu avoir rencontré un garçon de Headville? demanda sa mère, qui ne pouvait imaginer des rapports amoureux entre sa fille et Patrick Lavelle. J'ignorais qu'il y avait de jeunes Anglais à Headville.

— Il n'est pas anglais...

— Ah non, ne me dis pas... ne me dis pas que tu serais amoureuse d'un Canadien français! protesta la mère. Tu sais que ton père...

Ellen l'interrompit doucement:

— Non, maman, ce n'est pas un Canadien français...

Elle hésita un peu avant d'ajouter:

— Il est irlandais...

Eleanor sursauta en entendant cela. Soudain, l'image du jeune Lavelle s'imposa à son esprit et elle en éprouva un léger vertige. Se pourrait-il que...? Il est vrai, pensa-t-elle, que ce jeune Irlandais avait fière allure. Mais il n'était venu que rarement à la maison, par pure civilité, pour saluer le capitaine. Elle se souvint alors qu'Ellen semblait plus radieuse dans ces occasions-là. Mais oui, comment n'avait-elle pas vu cela plus tôt? Mais «cela» ne devait pas être, il ne le fallait pas, absolument pas, autrement... Elle eut un frisson d'effroi quand sa fille lui révéla qu'en effet, c'était Patrick Lavelle qu'elle aimait.

— *Oh! my God!* s'exclama Eleanor.

La femme du capitaine, après avoir longuement interrogé sa fille, comprit que l'affaire était sérieuse. Craignant l'orage que la nouvelle de telles amours allait déclencher dans la maison, elle énuméra une infinité de raisons qui s'opposaient à cette passion.

— *I know, mom, but...* je l'aime! s'écria Ellen.

— *Why did you say those words in French?* demanda la mère, décontenancée.

À ce moment, le père fit irruption dans le salon. Il arrivait de l'auberge de Francis Jones, où il s'était attardé à causer avec quelques amis loyalistes. Les hommes avaient levé plusieurs fois leur verre à la santé de la reine Victoria et à la gloire de leur mère patrie. Ils s'étaient quittés après avoir chanté bruyamment le *God save the Queen*. L'alcool avait mis James Watkins d'excellente humeur. Pourtant, l'attitude des deux femmes lui fit supposer qu'elles lui cachaient quelque chose.

— *What's going on here?* demanda-t-il.

— *Mommy will tell you*, dit Ellen, qui se tint à l'écart tandis que sa mère, avec tous les ménagements imaginables, apprenait à son mari que leur fille était amoureuse. Le père, que le whisky avait rendu euphorique, réagit avec lyrisme.

— Non! ne me dis pas que mon unique fille adorée aurait grandi à ce point-là!

— Eh oui, que veux-tu, dit sa femme.

— Pourtant, il me semble qu'elle est encore une enfant, dit James Watkins.

— J'étais bien jeune moi-même quand je suis tombée amoureuse de toi.

— Oui... tu étais si jolie! Et tu l'es encore! dit le capitaine de milice en allant embrasser sa femme. Tout de même, ajouta-t-il, c'est un choc pour un père d'apprendre que sa toute petite fille est aux prises avec les dangers de l'amour.

— L'amour, en effet, ne va pas sans risque, approuva Eleanor.

— J'espère, dit James Watkins à sa fille, que celui que tu aimes sait à quel point il est privilégié!

— Mais oui... murmura Ellen.

— J'espère aussi qu'il saura être à ta hauteur! enchaîna le père, de plus en plus lyrique. Il voulut alors embrasser sa fille, mais elle se retira dans un coin de la pièce. Pourquoi t'éloignes-tu ainsi? demanda-t-il, intrigué.

Sa femme hésita longuement avant de balbutier:

— Ellen est amoureuse d'un jeune homme... d'un jeune homme plus âgé qu'elle...

— Et alors? Je l'étais moi aussi quand je t'ai épousée.

— Oui, bien sûr...

— Il vaut mieux que le mari soit plus âgé que sa femme, dit sentencieusement James Watkins.

— Mais euh... c'est que... il y a aussi autre chose...

— Quoi donc?

— Il n'est pas anglais, ajouta rapidement Eleanor.

— Comment ça? demanda le capitaine, qui croyait avoir mal compris.

— Oui, il n'est pas anglais, répéta machinalement la mère.

— Ne me dis pas en plus qu'il s'agit d'un Canadien français! s'exclama le milicien loyaliste.

— Non, non, s'empressa de répondre Eleanor.

— Ah bon, je respire mieux. Ce n'est pas que je déteste ces *Frenchies*, dit le père Watkins, mais ils tiennent tous mordicus à leur religion papiste!

— Comme toi à la tienne, risqua Eleanor.

— Ce n'est pas la même chose, dit rudement Watkins.

La mère et la fille restèrent silencieuses. Le père poursuivit:

— En plus, ils nous obligent presque à parler leur langue. Encore, s'ils parlaient le français de France, mais ils baragouinent une langue bâtarde!

Ellen songea au «je t'aime» de Patrick, qu'elle avait trouvé si doux. Ce n'était pas la première fois qu'elle entendait son père maugréer contre les Canadiens français papistes, mais cette fois ses propos l'attristèrent.

Après que James Watkins eut déversé son fiel sur les *Frenchies* — qui viennent nous enlever nos filles, avait-il précisé —, il demanda à Ellen:

— Dis-moi donc, ton amoureux, s'il n'est pas canadien-français, qu'est-ce qu'il est?

Ellen ne répondit pas. Il se fit un lourd silence dans la pièce. La mère se dirigea vers la fenêtre. En soulevant le rideau pour regarder dehors, elle laissa tomber:

— Il est irlandais.

— Irlandais! hurla James Watkins.

— Et catholique, ajouta rapidement sa femme.

— C'est une blague, dit le capitaine d'une voix étranglée par la stupéfaction. Dites-moi que je rêve, que j'ai trop bu à l'auberge! Personne ne va me faire croire que ma petite fille...

Le capitaine ne compléta pas sa phrase. Il blêmit en entendant sa femme lui révéler les sentiments que nourrissait leur fille à l'endroit de Patrick Lavelle. D'abord incrédule et hébété, il ne sut que répéter: «*No, no, it's impossible!*» Il entra ensuite dans une violente et courte colère à laquelle succéda un grand abattement. Après avoir balayé de la main et jeté par terre divers objets qui se trouvaient sur un guéridon, il se laissa choir dans un fauteuil où il resta inerte durant de longues minutes, le regard dans le vague.

Son unique fille, son Ellen adorée, amoureuse d'un Irlandais catholique! Comment cela avait-il bien pu se produire? Quelles qualités trouvait-elle à ce colon du *township* de Grantham? Quel avenir pouvait-elle espérer auprès de cet émigré papiste?

Le père Watkins se leva enfin et arpenta la pièce en hochant la tête. Puis, il s'arrêta soudain, comme saisi d'une illumination. Oui, c'était ça... ce maudit Irlandais avait dû profiter de sa plus grande expérience pour séduire Ellen! Sa fille bien-aimée était la victime des manœuvres innommables d'un homme plus âgé qu'elle! Ah! que ne l'avait-on pas laissé périr de froid dans la forêt avec sa mère, douze ans plus tôt! James Watkins se ressaisit. Ellen était bien jeune, et cette passion aberrante lui passerait avant qu'elle n'atteigne sa majorité. Car l'idée qu'il pût l'autoriser à épouser un jour l'Irlandais ne l'effleura même pas. D'ailleurs, pourquoi s'inquiéter? Il était un personnage important dans la colonie. Si Patrick Lavelle ne voulait pas entendre raison, il lui serait facile de le faire condamner pour détournement de mineure. On le renverrait ensuite pieds et poings liés «*in his goddam native Ireland!*».

— *Go to your room!* ordonna le capitaine à sa fille.

6

Avant la fondation de leurs paroisses, les colons des *townships* de Grantham et de Wickham allaient remplir leurs devoirs religieux à la chapelle du village de Drummond. Les Lavelle, fervents catholiques, ne manquaient jamais au précepte dominical qu'en cas d'impossibilité extrême : maladies, violentes tempêtes de neige ou chemins rendus impraticables, au printemps, par le débordement de la rivière Noire. Les habitants devaient parcourir de dix à quinze kilomètres par des voies qui n'étaient que des sentiers ouverts dans la forêt, pleins d'embûches ; les roues des voitures et des charrettes épousaient les moindres accidents du terrain, cahotaient sur les racines traçantes ou, s'il avait plu, s'enfonçaient dans la terre boueuse.

Depuis qu'il avait dépassé la vingtaine, Patrick Lavelle se rendait souvent à Drummond à cheval, plutôt qu'en voiture avec ses parents. Il pouvait ainsi, après la messe, flâner au magasin général ou même aller prendre un verre à l'auberge, où se retrouvaient des jeunes gens des cantons voisins. S'il faisait très beau, il explorait en rentrant à Headville de nouveaux sentiers dans les bois et rendait visite à des habitants des rangs éloignés.

Comme il devait revoir Ellen Watkins ce jour-là, il sella son cheval; pour ne pas éveiller les soupçons de sa mère ou de ses sœurs, il ne lui mit pas les pompons rouges.

La mission de Drummond, jusqu'alors sous l'autorité de l'évêque de Québec, fut rattachée en 1852 au diocèse de Trois-Rivières. Le curé-missionnaire y célébrait la messe dans une chapelle en bois qui avait échappé, l'année précédente, à une conflagration. L'auberge de Francis Jones avait également été épargnée par les flammes, ce qui faisait dire au prêtre que «si le bon Dieu avait sauvé sa maison, le diable aussi avait gardé la sienne».

Les anglicans, plus fortunés, avaient érigé dès le début de la colonie une église en pierre, de style anglo-normand, du genre de celles qu'on voit sur les anciennes gravures anglaises. On prétendit d'ailleurs que les plans leur avaient été envoyés de Londres. Le temple, construit sur une hauteur dominant la rivière, s'ornait d'une fort belle tour crénelée, percée d'ouvertures en ogive. L'architecture moyenâgeuse du bâtiment, ses pierres d'un bel ocre foncé et ses vitraux, enchâssés dans leurs nervures de résille, impressionnaient beaucoup les colons. L'intérieur de l'édifice, entièrement recouvert de boiseries de frêne, avait l'aspect sévère qu'affectionnent les protestants. James Watkins y venait le dimanche, en compagnie de sa femme et de sa fille. Il portait alors fièrement son uniforme de capitaine de la milice de Sa Majesté. Le révérend Samuel

Wood l'accueillait à la porte du temple comme s'il se fût agi d'un général, saluait Eleanor et Ellen avec la déférence due à des princesses du sang.

Le père, la mère et leur fille allaient ensuite prendre place dans le premier banc.

Une fois par semaine, la bourgade s'animait donc du va-et-vient de la petite foule des fidèles, protestants et catholiques, venus des *townships* voisins. On commençait à voir des enseignes à la devanture des commerces ; certains colons ne parlant que l'anglais et d'autres, que le français — pour ne pas mentionner les nombreux illettrés —, on affichait des emblèmes représentant les divers métiers : un fer à cheval pour le forgeron, un pain pour le boulanger ou une tête de cheval pour le sellier. Après les offices religieux, les habitants échangeaient des nouvelles sur le parvis de l'église anglicane ou devant la chapelle, allaient faire des achats au magasin général ou portaient chez le sellier un attelage à réparer. Certains entraient dans l'auberge pour prendre un verre et bavarder. Le parler canadien-français se mêlait alors à l'anglais des notables du lieu et à l'allemand de quelques colons, les Dalher, qui devinrent les Dallaire, les Beyssert, dont le nom changea en Bessette et les Mayer, qu'on nomma bientôt Maillé, trois familles venues de la région de Sorel.

Comme à l'habitude, Ellen accompagna ses parents au temple. Le père ayant formellement interdit à sa fille de revoir Patrick Lavelle, elle fit porter à la chapelle catholique, par son amie Dorothy McCaffrey, un message prévenant son amoureux qu'elle ne pourrait le rencontrer, sous le chêne, qu'à trois heures de l'après-midi. De son côté, sachant que le jeune Irlandais viendrait assister à la messe avec sa famille, le capitaine Watkins s'assura d'abord qu'Ellen rentrerait à la maison avec sa mère après l'office.

Il demanda ensuite audience au pasteur, disant qu'il avait grand besoin de ses lumières sur un sujet délicat et d'une grande importance. Ce dernier remarqua le trouble qui se lisait sur le visage de son paroissien et l'invita à le suivre.

— Vous ne pouvez pas imaginer ce qui m'arrive! dit le capitaine, chemin faisant.

— Ce doit être assez grave, en effet, car vous semblez tout bouleversé, dit le pasteur.

Parvenu à la résidence du pasteur Wood, James Watkins lui révéla la raison de sa visite:

— Ma fille, Ellen, mon unique fille est amoureuse! dit-il sur un ton désespéré.

— Je ne vois rien de tragique à cela, dit le pasteur.

— Elle est amoureuse d'un Irlandais! précisa le capitaine.

— Il y a de très bons Irlandais...

— Pas celui-là, il est catholique! trancha James Watkins.

— Ah bon...

— Et en plus, dit le capitaine, il n'a aucun avenir!

— Je ne vois pourtant pas quel Irlandais à Drummond...

— Il n'est pas d'ici, mais de Headville.

— De qui s'agit-il? demanda le pasteur.

— Du fils de Terence Lavelle!

— Tiens, tiens... se contenta d'ajouter le pasteur, qui connaissait bien Patrick.

Marchant de long en large dans le salon du *rectory*, James Watkins, la voix rageuse, expliqua ensuite son désarroi: il avait déjà subi l'affront de voir une de ses sœurs épouser un *French Canadian*, il ne se résignerait absolument pas à laisser son unique fille s'amouracher d'un Irlandais catholique. Il opposerait, précisa-t-il, toute son autorité paternelle à des amours qu'il jugeait indignes et, s'il le fallait, irait même jusqu'à faire intervenir la justice. Le pasteur prêta une attention bienveillante à ces jérémiades maintes fois entendues. En effet, les fils d'anglophones, peu intéressés par la vie de colon, quittaient en grand nombre la région pour aller vivre à Montréal ou aux États-Unis, tandis que la plupart des filles n'avaient à l'époque d'autre choix que de rester dans leurs familles. C'est ainsi que plusieurs jeunes Anglaises épousèrent des Canadiens français. À la limite, le père d'Ellen se serait peut-être résigné à cela. Après tout, les *Frenchies* n'avaient-ils pas montré leur attachement à la Couronne britannique durant la guerre anglo-américaine, certains d'entre eux se couvrant même de gloire au combat ? Il y avait eu ce fameux Charles-Michel de Salaberry qui, avec ses trois cents Voltigeurs canadiens-français, avait mis en déroute les deux mille hommes du général Hampton, à Allan's Corners, près de Châteauguay. On racontait à leur sujet des histoires de bravoure héroïque et de folle témérité. Des artistes avaient publié des croquis et des dessins les montrant en action, sautant les clôtures de perches pour se lancer à la poursuite de l'ennemi, et le récit de leurs exploits figurait déjà dans des manuels scolaires à côté de ceux de Madeleine de Verchères, de Lévis et de Dollard des Ormeaux.

James Watkins n'oubliait pas non plus que le fondateur de Drummond, le major général Heriot, avait eu pour compagnon d'armes Jacques Adhémar, devenu par la suite le premier marchand de la colonie. Ce dernier s'était illustré en 1813 à la bataille de Sackett's Harbour. Watkins était là lui aussi. Ils avaient combattu côte à côte. C'était autrefois, dans sa jeunesse. Il se rappela avec émotion ces heures glorieuses qu'il décrivit dans une envolée lyrique. Le révérend Wood l'écouta avec attendrissement, lui versa un deuxième verre de bière que le capitaine leva en répétant d'une voix théâtrale : « *Yes, I was there, my Reverend! I was so young then, and so brave!* » Puis, après une longue pause, il ajouta enfin, comme s'il s'agissait d'un aveu douloureux : « *But those Frenchies... they were brave too!* »

Le capitaine de milice évoqua ensuite les funérailles de ce Jacques Adhémar. N'ayant pu rejoindre le missionnaire du lieu, le général Heriot, quoique de religion protestante, avait envoyé chercher le curé Fournier, à la Baie-du-Febvre. Une estafette avait été dépêchée sur le plus fier coursier du major général. Le prêtre n'était arrivé que le surlendemain pour bénir la fosse, qu'on avait fait creuser dans le chœur de la chapelle ; l'ecclésiastique avait fait remarquer au militaire anglais que ce n'était pas l'usage de l'Église catholique d'inhumer les laïcs dans ses sanctuaires. L'officier anglais lui avait rétorqué que son regretté compagnon méritait un tel honneur pour avoir si bien défendu sa religion et sa patrie. Finalement de son avis, l'abbé avait présidé au service funèbre en présence de tous les habitants du village.

Oui, pensa le capitaine Watkins, bouleversé par ces souvenirs, peut-être ces *Frenchies* valaient-ils mieux que ce qu'en avait dit Lord Durham, dans le rapport qu'il avait présenté au gouvernement anglais en 1839, et qui avait abouti, pour mieux assurer leur assimilation, à la loi de l'Union.

Mais un Irlandais catholique... *Never!* Jamais, au grand jamais! Et James Watkins recommença à tempêter contre Patrick Lavelle. Le pasteur Wood connaissait bien son homme. Il le laissa épuiser son mépris des Irlandais avant d'entreprendre, calmement, la tâche difficile de le guérir d'une haine aussi profonde qu'irrationnelle.

— *Do you want another glass of beer?* demanda-t-il.

— *Il you please*, dit Watkins en tendant son verre.

* * *

À la sortie de la messe, Patrick Lavelle se fit interpeller par une jeune fille. C'était Dorothy McCaffrey. Ellen lui avait décrit le jeune Irlandais en ces termes: «Il est grand. Il est beau. Il a fière allure. Il porte souvent un long manteau dont il n'attache que quelques boutons et un chapeau de feutre gris à larges bords. Il ne ressemble pas aux garçons qu'on voit ici. Tu ne pourras pas te tromper.»

Dorothy vit un jeune homme qu'elle ne connaissait pas, debout sur la plus haute marche de l'escalier de la chapelle. Il était grand. Il était beau. Il avait fière allure. Ça ne pouvait être que lui. Elle s'approcha:

— Est-ce que vous êtes Patrick Lavelle?

— Oui, c'est moi...

— Je suis une amie d'Ellen Watkins.

— Ah oui, dit Patrick, soudain intéressé.

— Elle m'a priée de vous remettre ceci, dit Dorothy en tendant au jeune homme une petite enveloppe bleue.

Patrick voulut remercier la jeune fille, mais elle s'enfuit aussitôt. Il attendit que la petite foule des fidèles se fût dispersée, et il ouvrit la missive. Le cœur battant, il se dirigea ensuite d'un pas rapide vers l'écurie derrière l'auberge de Francis Jones, pour y soigner son cheval. À l'abri des regards indiscrets, il relut cent fois le billet que lui avait remis Dorothy McCaffrey. Le message d'Ellen l'informait qu'elle ne pourrait le voir après l'office et se terminait ainsi : « *I will be waiting for you this afternoon at three o'clock under the oak. I love you!* »

La jeune anglaise avait écrit en post-scriptum, en français : « Je t'aime ! » Patrick huma une nouvelle fois le papier parfumé, puis il replia précieusement la feuille et la mit dans la poche de sa chemise. Fou de joie, il donna une tape sur la croupe de son cheval, sortit de l'écurie le sourire aux lèvres et entra dans l'auberge où il rencontra son grand ami, Antoine Corriveau. Ce dernier devait épouser Mary Lavelle, trois semaines plus tard. Les fréquentations duraient depuis deux ans déjà et, à l'approche du mariage, Antoine devenait fébrile. Il devait choisir ce jour-là son habit de noce, au magasin général. Le commerçant parlant difficilement le français, Antoine demanda à son futur beau-frère de l'aider à négocier son achat. Anderson était alors le seul marchand qui vendait des complets dans les *townships* de Grantham et de Wickham ; il se les procurait à Montréal, où l'un de ses frères exploitait un magasin important, rue Saint-Paul. Les articles arrivaient par goélette à Sorel, d'où ils étaient acheminés à Drummond en voiture, à travers bois.

Le magasin d'Anderson regorgeait de marchandises les plus diverses allant de la dentelle au poêle à bois, en passant par le tonneau de mélasse et les boîtes d'épices. On y trouvait de la vaisselle anglaise aussi bien que de l'huile de castor ; les fers à repasser voisinaient la verrerie; des violons et accordéons étaient accrochés à un mur parmi les fourches, les pelles et les râteaux. On pouvait aussi se procurer, chez Anderson, des harnachements complets pour les chevaux de trait ou des selles pour l'équitation; l'odeur du cuir se mêlait à celle des aromates, et il fallait aérer les vêtements qu'on y achetait avant de les porter.

Antoine Corriveau mit peu de temps à fixer son choix sur un complet de serge noir.

— Tu peux en regarder d'autres, si tu veux, lui dit Patrick, plus sensible à la qualité des tissus et à la coupe des vêtements.

— Non, non, celui-ci fait mon affaire.

— *All right!* dit Anderson, qui emballa aussitôt la marchandise.

Les deux amis allèrent ensuite seller leurs chevaux. Antoine croyait qu'ils feraient route ensemble vers le huitième rang, mais Patrick lui dit qu'il rentrerait plus tard, parce qu'il avait un rendez-vous.

— Avec une fille? demanda Antoine, à la blague. Il eut la surprise de s'entendre répondre oui.

— C'est-tu vrai? demanda-t-il, étonné.

— Absolument, dit Patrick.

— Tu connais une fille à Drummond?

— Ben oui...

— Est-ce que c'est une fille que...?

— C'est une fille que j'aime, oui.

— Ah bon... Je veux pas être plus indiscret, dit Antoine en montant à cheval.

Mais le message d'Ellen avait décuplé l'émotion de Patrick et il avait besoin de se confier. Il avoua à son copain qu'il devait rencontrer Ellen Watkins. Stupéfait, Antoine sauta en bas de sa monture en s'exclamant:

— Hein! pas la fille du capitaine?

James Watkins était un personnage quasi légendaire dans les *townships* de Grantham et de Wickham. Il régnait pour ainsi dire à Drummond, où il s'était établi peu de temps après la fondation du lieu. Il avait fait l'acquisition de *Comfort Cottage*, après la mort du major général Heriot, et il se flattait d'habiter la plus imposante maison du canton. Les colons canadiens-français déploraient le peu de sympathie qu'il leur témoignait. Certains se vengeaient en se moquant des airs de grandeur qu'il se donnait, le dimanche, pour se rendre à l'église protestante. Des enfants gouailleurs avaient même l'audace de s'attrouper devant le temple pour applaudir de façon dérisoire à son arrivée et chanter en chœur:

Halte-là, halte-là, halte-là, les Canadiens,
[les Canadiens,
Halte-là, halte-là, halte-là, les Canadiens sont là!

Les habitants de Drummond et des environs s'accordaient par ailleurs à vanter la beauté exceptionnelle et la gentillesse de la fille du capitaine.

«Elle doit tenir de sa mère», disaient les femmes entre elles. Quoique le père d'Ellen n'encourageât pas sa fille à apprendre le français, elle saluait avec amabilité les habitants qu'elle croisait dans la rue. Les gens se demandaient à qui la jeune fille accorderait un jour ses faveurs.

Une chose était certaine, disait-on, elle n'aurait aucune difficulté à se trouver un beau parti; sans doute un jeune homme d'une grande famille anglo-saxonne viendrait-il un jour la chercher pour l'emmener à Montréal ou à Québec. Les jeunes filles l'enviaient, qui

étaient presque toutes condamnées à épouser un colon; elles l'imaginaient déjà au bras d'un prince charmant, peut-être celui d'un jeune officier anglais. Il en
venait parfois quelques-uns, à Drummond, porteurs de
messages importants des autorités politiques.

Le jeune Corriveau n'en revenait toujours pas de la
nouvelle qu'il venait d'apprendre.

— Comme ça, la p'tite Watkins est en amour avec
toé, répétait-il sur un ton incrédule. Tu la trouves pas
jeune un peu?

— On se marie pas dans trois semaines, nous autres,
fit remarquer Patrick.

— Ouais, c'est vrai...

— D'ailleurs, ajouta tristement le jeune homme, ça
m'étonnerait qu'on puisse seulement se fréquenter.

— Comment ça? demanda Antoine.

— Son père aime pas les Irlandais... puis encore
moins si y sont catholiques!

— C'est pas de ses affaires, ça!

— C'est sûrement lui qui l'a empêchée de venir me
rencontrer après la messe.

— Ouais, dit Antoine songeur, a doit être en amour
vrai pour t'avoir donné rendez-vous quand même!

— Je voudrais pas qu'elle ait des problèmes à cause
de moé...

— C'est pas de ta faute à toé, c'est à cause de ce
vieux fou-là! Y pense encore qu'y peut tout mener en
anglais dans le canton. Mon père a eu affaire à lui
queq'fois, ça a l'air qui est pas commode!

— C'est rien ça, t'as pas connu les Anglais en Irlande,
dit Patrick.

— En tous cas, je souhaite que tu maries sa fille un

jour; ça y apprendra au vieux moryeu que l'amour est plus fort que les Anglais!

— Oui, mais en attendant, se plaignit Patrick, Ellen risque d'avoir des ennuis.

Le jeune homme imagina les pires scénarios, allant jusqu'à craindre que le père n'envoyât sa fille au loin, peut-être même en Angleterre.

— Voyons donc, protesta Antoine, tu sais ben que ça ira pas jusque-là!

— Avec un Anglais, on sait jamais!

— Tant qu'à ça, approuva le jeune Corriveau, c'est vrai que c'est des têtes de cochon!

Les deux amis se trouvaient sur la berge dominant les rapides de la rivière, à l'embranchement du sentier menant à Headville. Au loin s'étendaient les îles autour desquelles la rivière s'enroule avant de s'ouvrir sur les larges horizons de la plaine. Le paysage montrait encore des forêts à peine entamées, telles que les Amérindiens de la région, les Abénaquis, les connaissaient depuis toujours. Patrick affectionnait cet endroit, où il s'arrêtait chaque fois qu'il venait à Drummond; il le trouvait plus charmant encore depuis qu'il y était venu en compagnie d'Ellen. Après un moment de silence, il dit en étendant les bras en direction de ce décor sauvage:

— C'est beau, hein?

— Ah! y a de quoi bûcher en masse, répondit Antoine, qui ne saisit pas le lyrisme de son ami irlandais.

Le jeune Corriveau enfourcha sa grande jument noire, salua Patrick et prit la direction du huitième rang.

* * *

Après son entretien avec le révérend Wood, James Watkins rentra chez lui l'âme pacifiée. Enfin, presque. S'il trouva raisonnable l'invitation du pasteur à cultiver de nobles et généreux sentiments, il n'en demeurait pas moins abasourdi. Durant le repas du midi, il exposa aussi calmement que possible à sa fille les raisons qui le justifiaient de s'opposer à ses amours. Comment pouvait-elle prétendre aimer un jeune homme qu'elle connaissait à peine, qu'elle n'avait vu qu'à quelques reprises ? Comment, surtout, pouvait-elle envisager le reniement du riche héritage culturel de la mère patrie, la Grande-Bretagne, risquer de devoir rejeter un jour les lumières de sa foi protestante ? Ne comprenait-elle pas que ce va-nu-pieds irlandais et catholique n'aurait à lui offrir en partage qu'une vie de misère ?

Ellen et sa mère restèrent silencieuses tout le temps du sermon paternel. Elles avaient l'habitude, à l'heure des repas, de ces interminables monologues au cours desquels le capitaine répétait son indéfectible attachement à l'Angleterre, dont il exaltait le rôle civilisateur. James Watkins dit à sa fille qu'il l'emmènerait visiter l'arrière-pays pour lui montrer la misère des colons, leurs installations rudimentaires.

Ellen ne sourcilla point quand son père entreprit de lui brosser un tableau horrifiant de la vie des femmes d'habitants. « Ces femmes, dit-il, vouées à la pauvreté et à l'ignorance, sont les esclaves non seulement de leurs maris, mais aussi de l'Église catholique romaine, qui leur fait une obligation d'enfanter aussi souvent que le veut la nature. »

En fait, l'image déprimante que peignait James Watkins était à peine exagérée. Il est vrai que l'existence des pionniers avait un caractère quasi héroïque. Au moment où il allait quitter la salle à manger, le capitaine revint sur ses pas :

— *Listen,* dit-il à Ellen, *I would like you to visit London.*

— *What for?* demanda Ellen, soudain inquiète.

Son père vanta alors les charmes de la capitale anglaise, cœur de l'empire, ses parcs, ses beautés architecturales, la tour de Londres, le palais de Buckingham, l'abbaye de Westminster, la cathédrale Saint-Paul.

— J'ai un cousin là-bas qui serait on ne peut plus heureux de t'héberger durant quelques mois, ou même toute une année, si tu le voulais. Sa femme et lui n'ont pas eu d'enfant, précisa-t-il, et tu serais choyée.

Ellen ne broncha pas.

— N'aimerais-tu pas voir Londres ? répéta le capitaine.

Sa fille ne répondit pas. Elle demanda plutôt la permission de se retirer et monta à sa chambre.

Le discours le plus raisonnable a bien peu de poids devant les lois du cœur ; celui de James Watkins n'avait pu atteindre Ellen sur les hauteurs où l'amour l'avait transportée, ni approcher les frontières du lointain pays où elle se trouvait désormais.

Les femmes, mieux que les hommes, savent ces choses. Voilà pourquoi la mère ne s'était pas interposée entre sa fille et son mari durant le repas du midi. La vie avait enseigné à Eleanor Tarley que le mystère de l'amour reste inaccessible à ceux qui n'en sont pas touchés et qu'il est illusoire d'espérer faire triompher la raison dans un cœur enflammé. Elle savait aussi qu'on s'oppose le plus souvent en vain à l'union de deux personnes faites l'une pour l'autre. Souhaitant d'abord le bonheur de son enfant, Eleanor espérait que les sentiments qu'éprouvaient sa fille et Patrick Lavelle fussent vrais et nobles, précieux viatique pour traverser l'existence. N'avait-elle pas elle-même surmonté les pires difficultés après avoir épousé James Watkins, dont elle était tombée amoureuse malgré les avertissements de sa mère? Fille d'un loyaliste bien établi à Sherbrooke, elle était venue partager la misère des fondateurs de la petite colonie de Drummond, à l'époque où la rue principale n'était encore qu'un sentier, sans doute celui qu'avaient battu au cours des siècles les Indiens qui suivaient les méandres de la rivière Saint-François, depuis son embouchure jusqu'à leurs divers campements. Toute sa vie elle avait vu des hommes et des femmes arracher leur petit bonheur à force de courage et d'abnégation, au milieu d'un dénuement extrême. Aussi savait-elle la part de l'amour dans toute entreprise humaine.

* * *

Le chêne sous lequel attendait Patrick déployait sous un ciel bleu son énorme silhouette de verdure, que l'automne naissant avait à peine flétrie.

Assis sur son cheval, pour voir le plus loin possible, le jeune homme guettait la venue d'Ellen. Les paroles de son ami Antoine lui revinrent en mémoire : «A doit être en amour vrai pour t'avoir donné rendez-vous quand même!» Il revoyait en pensée la fillette de cinq ans qui autrefois lui avait donné un baiser sur la joue en disant «*I want to marry you*». Curieusement, cette image lui revenait avec plus de précision que celle de la jeune fille qu'il avait embrassée, la veille, tant il est vrai que l'émoi amoureux brouille les sens et altère l'esprit.

Ellen s'apprêtait à quitter la maison quand on frappa à la porte. Elle alla ouvrir. Un jeune officier anglais se présenta fort civilement :

— *My name is Christopher Cook*, dit le visiteur.

Ellen, préoccupée par son rendez-vous, balbutia un « Enchantée » distrait et peu convaincant.

— Veuillez excuser ma tenue un peu négligée, j'arrive de Québec, dit le militaire en brossant de la main sa tunique froissée.

— Je vous en prie, dit Ellen.

— On m'a dit que je trouverais ici le capitaine de milice James Watkins.

— Il est ici, en effet,

Derrière le jeune lieutenant se tenaient de nouveaux immigrants, trois hommes avec leur femme et leurs enfants. Ils avaient débarqué à Québec, la semaine précédente, et on avait chargé le militaire de les accompagner jusqu'à Drummond. L'officier devait aussi apporter au gouverneur des documents sur le développement des *townships* de Grantham et de Wickham.

— Qui est-ce ? demanda James Watkins depuis le salon où il faisait la sieste.

— Un officier arrivant de Québec, dit Ellen.

— Fais-le entrer ! s'écria le capitaine, qui s'amena aussitôt et entoura de prévenances l'envoyé du gouverneur.

La jeune fille en profita pour s'esquiver.

Sous le chêne, Patrick commençait à s'inquiéter. Heureusement, Ellen ne tarda pas. À trois heures précises, il la vit paraître, là-bas, au détour du sentier. Elle courait, l'air éperdu. Il sauta en bas de son cheval et vint à sa rencontre.

— *What happened?* demanda-t-il en voyant son air triste.

Ellen lui raconta tout: la colère de son père, l'interdiction qu'il lui faisait de le revoir, le sermon au repas du midi, la suggestion d'aller passer quelques mois chez un cousin, à Londres...

Patrick blêmit en entendant le nom de la capitale anglaise. Ainsi donc, ce qu'il craignait le plus risquait de survenir.

— Ne t'inquiète pas, dit Ellen. *I am staying here!*

Puis elle ajouta en souriant:

— Je t'aime! *You see, I remember the words in French!*

Patrick se montra heureux d'entendre Ellen lui dire cela, mais il se tourmentait, car il ne voulait pas lui créer d'embêtements ni la soustraire à l'affection de ses parents. Elle lui dit de ne pas se mettre en peine, l'assura qu'elle avait en sa mère et en sa tante Annie des alliées qui sauraient bien arranger les choses et répéta que, de toute façon, rien ne la ferait céder.

— Si tu m'aimes vraiment, ajouta-t-elle, tu ne flancheras pas toi non plus.

— Bien sûr que non, mais...

— Quoi qu'il arrive!

— Mais... s'il fallait que...

— Quoi qu'il arrive, insista-t-elle.

— Bon... Promis! dit Patrick.

Alors, elle se jeta dans ses bras en disant:

— Maintenant, je suis ta fiancée!

Au moment même où Ellen lançait ce serment d'amour, le soleil parut entre les nuages et vint réchauffer l'air tiède du mois d'octobre.

— *See, the sun is with us now. I love you so much!* murmura-t-elle.

Le tumulte de son cœur se lisait sur son visage. Ému, Patrick sortit de sa poche un bout de lanière de cuir qu'il enroula autour de l'annulaire d'Ellen.

— *I love you!* dit-il.

— Je t'aime, dit-elle en français.

Patrick ôta la chaînette et la médaille de la Vierge suspendues à son cou, et il les mit autour de celui de la jeune fille.

— *All right,* dit-il gravement, *from now on we are engaged.*

— *Forever!* dit-elle.

— *Forever!* répéta Patrick.

— *How do you say forever in French?* demanda-t-elle.

— Pour toujours...

— Pour toujours, dit-elle.

Après une longue étreinte, les deux jeunes gens se donnèrent rendez-vous au même endroit et à la même heure, le dimanche suivant.

* * *

Quand Ellen revint en fin d'après-midi de son rendez-vous clandestin, le lieutenant Christopher Cook se tenait bien droit à côté de la chaise sur laquelle était assise Eleanor Tarley, sur la galerie dominant la rivière à l'arrière de la maison. Le militaire de la garnison de Québec écoutait poliment le capitaine Watkins raconter des souvenirs de la rébellion de 1837. Le regard du jeune lieutenant s'illumina quand il aperçut Ellen.

— Où étais-tu donc? demanda James Watkins à sa fille.

— Je suis allée marcher au bord de l'eau, il fait si beau, répondit doucement Ellen.

— Ne savais-tu pas que nous avions un invité, dit son père en désignant le lieutenant.

— Ah!... non, je croyais que...

— Le lieutenant Cook va passer quelques jours parmi nous.

— Bienvenue chez nous, dit Ellen, en se tournant vers le militaire. Veuillez m'excuser, ajouta-t-elle aussitôt, mais si vous le permettez, je vais aller me changer.

— Je vous en prie, dit le lieutenant en penchant le torse vers la jeune fille, sans la quitter du regard.

— Il est bien difficile de marcher en forêt sans risquer d'écorcher ses vêtements, dit Ellen en se retirant.

— En effet, dit le lieutenant, subjugué.

Le père et la mère n'avaient pas été sans remarquer l'enchantement du militaire quand avait paru leur fille. James Watkins s'en félicita.

L'arrivée de ce jeune Anglais était providentielle ; dès lors il rêva de voir Ellen au bras du lieutenant. La comparaison entre cet officier de l'armée britannique et un colon du *township* de Grantham ne pouvait qu'être défavorable à ce dernier : le militaire anglais avait fière allure et son prestigieux uniforme devait tout de même impressionner une jeune fille.

Le soir même, Watkins et sa femme invitèrent le pasteur Wood et quelques couples d'amis loyalistes à venir saluer le visiteur. On parla de Québec, on évoqua l'Angleterre, Londres surtout où était né le jeune lieutenant. Un femme se mit au piano et joua de vieux airs anglais.

— Vous devriez danser avec ma fille ! suggéra joyeusement James Watkins au lieutenant.

— J'en serais ravi, si elle le voulait, dit Christopher Cook.

— Mais oui, mais oui, elle le veut, dit le père en poussant Ellen vers le jeune officier, qui avait revêtu sa tunique écarlate et portait l'épée.

Les personnes présentes furent unanimes à chuchoter qu'Ellen et le lieutenant formaient un couple *absolutely charming*. James Watkins se prit même à rêver de mariage pour sa fille. Mais Ellen, prétextant les fatigues de sa marche en forêt de l'après-midi, monta à sa chambre après une valse seulement.

Christopher Cook ne tarda pas lui non plus à vouloir se retirer et les invités partirent à leur tour, enchantés d'avoir fait la connaissance d'un officier de Sa Majesté.

7

Comfort Cottage, sans être une résidence somptueuse, était tout de même une maison plus vaste que toutes celles que l'on voyait dans la colonie de Drummond; construite en briques, elle s'élevait au bout d'une allée d'arbres, non loin de l'église St. George; sa façade s'ornait d'un portique et, à l'arrière, une large véranda entourée de moustiquaires donnait sur la rivière. C'est là que par les beaux soirs d'été les Watkins recevaient leurs amis.

La chambre qu'occupait le lieutenant anglais, à l'étage, faisait face à celle d'Ellen. Elle était meublée d'un lit à baldaquin, de deux chaises, l'une droite et l'autre, berceuse, d'un chiffonnier qui servait de meuble de toilette, sur lequel se trouvaient un bassin et un pichet en porcelaine, de même que des serviettes. On suspendait ses vêtements dans une armoire-penderie en pin. Deux gravures encadrées ornaient les murs: l'une montrait une scène pastorale dans la campagne anglaise, l'autre illustrait la bataille de

Trafalgar. Dans un coin de la pièce, on voyait un petit poêle en fonte.

Le lendemain de son arrivée, malgré la fatigue du voyage, le lieutenant Cook s'éveilla de bonne heure. Aussitôt levé, le militaire anglais fit ses ablutions matinales. Même si l'eau était tiède, il se rasa avec soin, après quoi il endossa son bel uniforme. Il ouvrit ensuite délicatement la porte de sa chambre. Celle d'Ellen était fermée. Il imagina la jeune fille, encore endormie, les bras blancs inertes le long de son corps, sa chevelure blonde éparse sur l'oreiller où reposait sa tête. En allant à la fenêtre, il se mit à fredonner machinalement l'air de valse sur lequel ils avaient dansé la veille. Il fit ensuite les cent pas dans la pièce en attendant que s'ouvrît la porte d'en face. Un odeur de café monta depuis le rez-de-chaussée, d'où parvenait le chuchotement de voix mêlé au frottement de tasses dans leurs soucoupes. Le lieutenant sursauta en entendant des bruits dans la chambre d'Ellen. Il s'approcha du corridor, retint son souffle et prêta l'oreille. Elle devait être habillée maintenant et ne tarderait pas à sortir, car ses pas résonnaient sur le plancher. Comment allait-elle lui apparaître, ce matin ? Elle était si belle à voir, la veille au soir, dans sa longue robe blanche.

Levé tôt lui aussi, James Watkins s'était amené plein d'entrain dans la cuisine. Il n'en revenait pas encore de la chance inouïe que représentait l'arrivée du beau lieutenant. C'en était fait, pensait-il, de la toquade de sa fille pour Patrick Lavelle. Il rêvait déjà de fiançailles, imaginait même la cérémonie du mariage d'Ellen avec un officier de la glorieuse armée britannique : elle porterait la plus belle robe de mariée jamais vue à Drummond. Christopher Cook, dans son uniforme d'apparat, se tiendrait debout avec elle sur le parvis de l'église St. George, devant une petite foule de curieux émerveillés.

— *Good morning*, s'empressa de dire le lieutenant, quand Ellen parut enfin.

Croyant le militaire anglais encore endormi, elle avait ouvert délicatement la porte de sa chambre et s'apprêtait à descendre à la cuisine sur la pointe des pieds. Elle sourit en saluant le jeune homme qu'elle précéda vers l'escalier sans engager la conversation, comme il l'espérait.

James Watkins attendait le visiteur au pied des marches.

— *Did you sleep well?* demanda-t-il.

— *Yes, I spent a very good night in a very good bed*, répondit l'officier.

— *Follow me*, dit le capitaine en invitant Christopher à le suivre dans la salle à manger.

Le lieutenant salua madame Watkins, qui s'affairait à dresser la table. Le père et la mère ayant déjà pris leur petit déjeuner, ils laissèrent Ellen et le lieutenant en tête-à-tête.

* * *

Christopher Cook passa la semaine à sillonner les *townships* de Grantham et de Wickham, sur un cheval qu'il avait réquisitionné chez le marchand Anderson. Il prenait partout des notes qu'il colligeait, le soir, pour faire son rapport au gouverneur. Le vendredi, après avoir quitté le village de Wickham, il se dirigea vers Headville. Quelques maisons s'alignaient le long de ce qui allait devenir la rue principale. Apprenant que des

Irlandais étaient installés dans le huitième rang, le lieutenant s'y rendit dans l'après-midi.

Patrick et son père étaient dehors quand ils virent venir l'officier sur la route. Terence ne pouvant souffrir la vue d'un militaire anglais, il se dirigea vers les bâtiments en disant à son fils: «Occupe-toi de lui.» C'est donc Patrick qui accueillit le jeune homme.

Le lieutenant et le fils de l'Irlandais avaient le même âge. Ils causèrent d'abord ensemble de choses et d'autres. Christopher s'informa des conditions de vie des habitants et des progrès de l'agriculture dans le canton. Durant la conversation, il apprit à Patrick qu'il logeait chez les Watkins, à Drummond.

— Chez James Watkins? demanda Patrick, soudain intéressé.

— Oui, chez le capitaine de la milice. Ce n'est pas l'homme le plus brillant du monde, mais il a une fille absolument superbe! dit le lieutenant.

— Ah oui? dit Patrick, feignant l'ignorance.

— Oui, elle s'appelle Ellen.

Le cœur de l'amoureux frémit en entendant le nom de sa bien-aimée.

— Elle est encore très jeune, dit le lieutenant, mais elle est d'une grande beauté!

— Ah bon...

— Je n'imaginais pas qu'il pût exister d'aussi jolies personnes dans un coin de pays si reculé.

— La beauté n'est pas réservée aux filles des villes, dit Patrick.

— J'ai dansé avec elle le soir de mon arrivée, continua Christopher; depuis, je ne sais pourquoi, elle semble me fuir...

— Vraiment?...

126

— Je lui ai offert de m'accompagner aujourd'hui, mais elle a refusé.

Flatté d'entendre cela, Patrick esquissa un sourire narquois :

— Peut-être a-t-elle un fiancé ? suggéra-t-il.

— Ça m'étonnerait, elle n'a que seize ans, dit le lieutenant en retournant vers sa monture.

— Oh ! ici, les filles se marient très tôt, fit remarquer Patrick, qui demanda ensuite au militaire quand il comptait rentrer à Québec.

— Sans doute lundi prochain, dit Christopher en enfourchant son cheval.

— Bon voyage ! se contenta de dire le fils de l'Irlandais, au moment où le lieutenant lançait sa bête sur le chemin du huitième rang.

* * *

James Watkins et sa femme, s'ils se félicitaient de l'intérêt que manifestait l'officier anglais envers leur fille, déploraient que celle-ci ne semblât aucunement s'émouvoir en sa présence. Au contraire, elle avait évité à plusieurs reprises sa compagnie. Il lui était même arrivé de ne pas se présenter à table, prétextant un manque d'appétit. Constatant que le lieutenant ne ferait pas oublier l'Irlandais à Ellen, le capitaine décida de profiter tout de même de son passage à Drummond pour éloigner sa fille durant un certain temps. La femme du capitaine s'était opposée à ce qu'il envoie Ellen en Angleterre, mais elle accepta l'idée d'un séjour chez sa sœur, Elizabeth. Celle-ci avait épousé, à Sherbrooke, George Williams. Établi à Québec depuis de nombreuses années, ce dernier faisait le commerce du bois.

Williams n'était pas richissime, mais ses affaires étaient assez prospères pour lui permettre de fréquenter la petite-bourgeoisie de la ville.

Les mois qu'Ellen passeraient là-bas lui seraient sûrement profitables à plusieurs égards : elle visiterait un peu le pays, rencontrerait sans doute à Québec des jeunes gens intéressants et s'habituerait à la vie citadine au point de ne plus jamais songer à partager la misère d'un colon, fût-ce celle de Patrick Lavelle. C'est du moins ce qu'espérait le loyaliste.

Revenu chez les Watkins, Christopher Cook s'étonna, à l'heure du souper, de se retrouver seul à table avec le père d'Ellen. Le capitaine de milice voulait entretenir le militaire d'un projet de voyage pour sa fille. Il venait à peine de s'attabler qu'il demanda :

— Dites-moi, lieutenant, accepteriez-vous d'emmener Ellen à Québec ?

Stupéfait et troublé, le jeune lieutenant ne sut d'abord que balbutier :

— Mais... je ne sais pas... Pourquoi me posez-vous cette question ?

— Eh bien, j'aimerais que ma fille aille passer l'hiver là-bas, chez un parent, précisa James Watkins.

— Ah oui...

— Oui, à son âge, elle aurait avantage, il me semble, à connaître la vie urbaine.

— Sans doute, mais... croyez-vous que la chose lui sourie ?

— Sa mère est justement en train de discuter de tout cela avec elle.

En effet, pendant que le père soupait en compagnie du lieutenant Cook, Eleanor s'entretenait avec sa fille. Elle fit admettre à Ellen que, si Patrick Lavelle l'aimait véritablement, il saurait bien attendre son retour, le printemps suivant.

Elle lui promit qu'elle s'arrangerait pour faire tomber l'opposition paternelle si ses sentiments et ceux du jeune Irlandais n'avaient pas changé.

— Ne crois-tu pas que cela est raisonnable? demanda la mère.

— Peut-être...

— Si ton père t'envoyait en Angleterre, ce serait pour bien plus longtemps...

Ellen dut se résigner. Elle se consola en pensant qu'elle pourrait voir Patrick une dernière fois, le dimanche après-midi, avant de partir. Mais il en alla autrement : il faisait si beau le samedi matin que Christopher Cook voulut devancer son départ.

Ellen resta désemparée en apprenant la décision du lieutenant. Elle n'allait donc pas revoir Patrick! Pourtant, elle devait absolument le prévenir. Pendant qu'Eleanor préparait les bagages de sa fille, Ellen écrit en vitesse un mot pour Patrick. Éperdue, elle courut le porter à Dorothy McCaffrey.

— Que se passe-t-il? lui demanda son amie en la voyant arriver à bout de souffle, le visage défait.

— Mes parents m'envoient passer l'hiver à Québec, gémit Ellen.

— Pourquoi?

— Tu le sais bien!

— À cause de Patrick... Oh! comme c'est triste! déplora Dorothy.

— Oui, mais ma mère m'assure qu'elle arrangera tout à mon retour, le printemps prochain.

Les deux amies s'étreignirent une dernière fois.

Dorothy promit de remettre la missive à son destinataire, le lendemain, à la chapelle catholique.

Quand Ellen revint chez elle, son père et Christopher Cook étaient déjà en train de seller les chevaux.

— Papa, laissez-moi le temps d'aller remplir ma malle! protesta Ellen.

— Ta mère s'en occupe, dit le capitaine.

— Tout de même, je veux voir les choses qu'elle y mettra.

— Prenez tout votre temps, lui dit le lieutenant Cook.

Il était entendu qu'on porterait la malle de la jeune fille à Sorel, la semaine suivante, où elle serait mise à bord d'une goélette en partance pour Québec. On ramènerait alors son cheval à Drummond.

Au bout d'une quinzaine de minutes, Ellen sortit de la maison avec sa mère. Elle portait à l'épaule un sac de cuir contenant des vêtements et autres effets dont elle aurait besoin en attendant sa malle. Le lieutenant prit le sac et l'attacha sur la croupe de son cheval. Ellen embrassa ses parents, puis le jeune officier voulut l'aider à se mettre en selle, mais elle avait déjà enfourché l'animal. La fille du capitaine était excellente cavalière, ayant appris très jeune à monter. Lors de ses quatorze ans, son père lui avait offert en cadeau un superbe poulain à robe blanche. Elle avait donné à l'animal le nom de Galaad, l'un des chevaliers de la Table ronde, dont elle avait lu les aventures. Le dimanche, par beau temps, elle allait se promener dans la forêt environnante. «*Be careful!*», lui disait chaque fois sa mère, recommandation qu'elle renouvela au moment où Ellen entreprenait de faire un trajet d'une cinquantaine de kilomètres. «Ne vous inquiétez pas, dit le lieutenant Cook, nous voyagerons lentement. Nous passerons la nuit à Yamaska. Demain, nous serons à Sorel.»

James Watkins et sa femme accompagnèrent les voyageurs dans l'allée qui menait à la rue principale. La mère répéta à sa fille d'être prudente et le père lui fit promettre d'écrire dès son arrivée à Québec. Eleanor versa une larme en voyant s'éloigner les deux cavaliers; le capitaine, lui, rentra à la maison le sourire aux lèvres : il venait de soustraire sa fille aux griffes d'un Irlandais catholique.

* * *

Le lendemain, Dorothy McCaffrey vint attendre Patrick Lavelle au pied des marches de la chapelle. Elle lui apprit le départ précipité de leur amie et lui remit la lettre qui lui était destinée. Ainsi donc, le capitaine Watkins avait mis sa menace à exécution. Bouleversé, Patrick alla aussitôt seller son cheval à l'écurie de Francis Jones. Il allait prendre la route quand ses parents arrivèrent en voiture avec ses sœurs. Il les mit au courant du sort réservé à Ellen et leur annonça qu'il partait à l'instant pour Sorel.

— Ben oui, mais si y s'en vont à Québec...

Patrick interrompit son père pour dire qu'il était fort probable qu'Ellen et le lieutenant ne s'embarquent pas avant le lendemain.

— Je veux la voir avant qu'elle prenne le bateau, dit-il.

Le jeune homme lança aussitôt sa bête à fond de train vers Headville, où il alla prendre son fusil de chasse et quelques provisions, puis il emprunta un raccourci menant au chemin de Yamaska, qui n'était alors qu'un sentier élargi par le passage de plus en plus fréquent des voitures.

Il fit courir Princesse dans l'herbe touffue entre les roulières. Des nuages sombres commencèrent à s'amonceler dans le ciel d'automne, mais il flottait dans l'air des restes de douceur estivale. Patrick s'arrêta une première fois chez un habitant du village de Saint-David pour laisser souffler sa jument. Tout en croquant une pomme, assis sous un arbre, il relut la lettre d'Ellen :

Mon cher amour,

Mon père m'envoie passer l'hiver chez un oncle à Québec. Je pars à l'instant avec le lieutenant Cook. Nous allons prendre le bateau à Sorel. Tu pourras m'écrire à l'adresse suivante : Aux soins de George Williams, rue de Buade. Je t'aime. Je t'embrasse. Ah ! si seulement j'avais pu t'étreindre avant de partir !

À jamais ton Ellen

L'étreindre, voilà bien ce que souhaitait aussi Patrick. Il reprit sa chevauchée avec encore plus de fougue ; arrivé à Yamaska en fin d'après-midi, il fit halte à une auberge pour abreuver sa jument et se restaurer un peu. Il apprit qu'un militaire et une jeune fille y avaient passé la nuit précédente.

— Une jeune fille blonde ? demanda Patrick.

— Oui, avec de beaux yeux bleus, dit l'aubergiste.

— Est-ce qu'y sont partis de bonne heure à matin ?

— Oh non ! La voyageuse s'est pas levée avant neuf heures. J'ai jasé un peu avec le soldat anglais. C'est un gars assez *smatte* et puis...

Patrick n'avait que faire des commentaires de l'aubergiste. Il l'interrompit pour demander :

— Est-ce qu'y vous a dit si y devait s'embarquer à Sorel aujourd'hui?

— Sûrement pas, parce qu'y m'a demandé si je connaissais pas une bonne auberge là-bas.

— Ah oui?

— Ouais, j'y ai recommandé d'aller chez Jos Beauchemin.

— Où est-ce que c'est?

— C'est pas loin du quai. Ça s'appelle *Le Relais*.

Soulagé d'apprendre qu'Ellen passerait la nuit à Sorel, Patrick put reprendre la route sans avoir à se presser. Des fleurs sauvages pointaient parmi les hautes herbes et les arbustes le long de l'étroit chemin serpentant dans la plaine. Un vent sournois s'élevait parfois, obligeant le cavalier à s'agripper à la selle. Puis, tout s'apaisant de nouveau, il pouvait relâcher les guides et laisser errer son regard sur le paysage environnant. Depuis Yamaska, les terres des vieilles paroisses étaient presque entièrement déboisées; des volées de mouettes venaient se poser sur les labours qui s'étendaient en certains endroits jusqu'à la ligne d'horizon. À l'ouest, les nuages s'effilochaient et laissaient filtrer la lumière pâle de cette fin d'après-midi d'octobre. Déjà, on devinait le fleuve tout près. Bientôt, à travers les arbres effeuillés d'un boisé qu'il traversait, Patrick aperçut au loin les eaux rutilantes et moutonnées sous le soleil déclinant. Il entra dans le village de Sorel à la brunante et se dirigea aussitôt vers le port. Quelques goélettes et un trois-mâts s'y trouvaient amarrés. Son cœur se mit à battre plus fort quand il repéra enfin *Le Relais*. Il n'osa entrer tout de suite et se dirigea vers le quai. Là, il s'enquit d'un endroit pour passer la nuit.

— Si t'as pas peur du roulis, tu peux ben coucher à bord de mon bateau, lui dit le capitaine d'une goélette.

Patrick remercia le navigateur, déposa son baluchon sur le pont du petit navire, puis il partit à la recherche d'une écurie pour son cheval. Un forgeron, Lucien Salvail, non seulement lui offrit d'abriter sa jument, mais l'invita à souper. Le long voyage avait creusé l'appétit de Patrick, qui se régala d'une gibelotte de poissons dont la femme de Salvail avait le secret. Le fils de l'Irlandais expliqua qu'à l'intérieur des terres, dans le *township* de Grantham, à part la barbote de la rivière Noire, les habitants mangeaient peu de poisson.

— Comme ça, tu viens des concessions de Grantham?

— Oui, on s'est installés là en arrivant d'Irlande.

— Ah bon... t'es irlandais! On dirait pas, tu parles comme nous autres! fit remarquer Salvail.

— J'avais douze ans quand on a émigré, ça fait qu'à c't'heure, je suis un Canadien.

Homme curieux et volubile, Lucien Salvail voulut connaître les raisons de la présence du jeune homme à Sorel. Patrick tergiversa d'abord, mais finit par avouer qu'il se trouvait là à cause d'une histoire d'amour. «Ah! l'amour!», dit sentencieusement le forgeron, sans pousser plus avant sa curiosité.

Le jeune Lavelle quitta ses hôtes après avoir vanté les talents culinaires de madame Salvail. Il se dirigea aussitôt vers *Le Relais*. Les fenêtres de l'auberge, près du fleuve, faisaient des carrés de lumière jaunâtre dans la nuit. Patrick s'approcha pour voir à l'intérieur.

Une dizaine d'hommes, assis sur des chaises basses, causaient devant l'âtre où se consumaient des braises fumantes. Ne voyant pas le lieutenant Cook dans la place, il entra et se dirigea vers le comptoir derrière lequel s'affairait Jos Beauchemin. L'aubergiste salua le nouveau venu. Patrick commanda une bière, se présenta et alla droit au but :

— J'aimerais parler à une personne qui loge ici, dit-il.

— Ah oui... dit indifféremment l'aubergiste en continuant d'essuyer son comptoir.

— Elle s'appelle Ellen Watkins.

— Ah bon...

— C'est une jeune fille blonde, ajouta Patrick.

— C'est-tu une belle fille ? demanda Beauchemin sur un ton gouailleur, avant de dire : « Oui, oui, y en a une qui est arrivée après-midi avec un soldat anglais. »

— C'est sûrement elle !

— Qu'est-ce qui te fait dire ça ?

— Ellen voyage avec un militaire anglais, le lieutenant Cook, précisa Patrick.

— Attends donc que je regarde dans mon livre...

L'aubergiste se dirigea vers un meuble, au bout du comptoir, sur lequel reposait un épais registre qu'il consulta :

— Oui, c'est bien son nom. Christopher Cook. Attends une minute, je vais aller frapper à sa chambre.

— Non, non, c'est pas lui que je veux voir, mais elle ! s'empressa de dire Patrick.

— Inquiète-toé pas, j'ai compris, dit Beauchemin en lui faisant un clin d'œil.

— Vous lui direz que Patrick Lavelle est ici...

L'aubergiste grimpa lentement l'escalier tournant qui menait à l'étage. Le jeune Irlandais resta près du comptoir, le cœur en émoi. L'attente lui parut interminable. Quelques minutes plus tard, Ellen parut sur le palier.

« Patrick ! », s'écria-t-elle, incrédule et ravie. Ses longs cheveux étaient défaits. Elle portait la longue robe de velours qu'elle avait revêtue lors de leur premier rendez-vous clandestin. Tandis qu'elle s'élançait dans l'escalier, il se précipita à sa rencontre en l'appelant d'une voix émue. Elle se jeta dans ses bras avant même d'avoir atteint la dernière marche et ils s'étreignirent interminablement, sans se soucier de la présence des hommes réunis devant la cheminée, en redisant chacun le nom de l'autre comme une prière.

— Patrick... Patrick...

— Ellen... Ellen...

— Je suis si heureuse, si heureuse, répétait-elle.

— Je t'aime tant! murmurait-il.

Leurs voix s'entremêlaient en un plain-chant émouvant, psalmodie de leurs amours et unisson de leurs cœurs. Enfin, Ellen demanda:

— Comment as-tu su que j'étais ici?

— Dorothy McCaffrey m'a remis ta lettre ce matin.

— *Dear Dorothy!* dit Ellen, pleine de reconnaissance pour son amie.

— Je suis parti aussitôt. Je me suis informé à l'auberge de Yamaska. C'est là que j'ai su où tu étais. Je voulais absolument te voir avant ton départ pour Québec, expliqua Patrick.

— Je ne partirai pas! protesta Ellen.

— Mais... puisque tu es venue jusqu'ici...

— Je n'avais pas le choix, dit-elle, mais maintenant que tu es là, je ne veux plus partir!

— Tu sais bien que c'est impossible...

— Emmène-moi, emmène-moi n'importe où! s'écria Ellen.

— Allons dehors, suggéra Patrick en entraînant Ellen vers la porte.

Un fort vent s'était levé qui balayait le fleuve. Les vagues aux crêtes frangées d'écume faisaient des taches blanches mouvantes dans la nuit. On voyait quelques points lumineux au loin sur l'autre rive. Ellen s'accrocha au bras de Patrick. Le noroît faisait flotter sa chevelure comme une oriflamme d'or. Ils se dirigèrent vers le quai.

— Je suis si heureuse que tu sois venue me chercher, dit-elle.

Patrick savait que, s'il répondait au vœu d'Ellen, elle risquait encore bien pire qu'un hiver à Québec. Il ne voulait surtout pas provoquer l'irréparable.

— Non, dit-il, il ne faut pas exciter la colère de ton père.

— Mais... puisque tu es là... dit-elle d'une voix suppliante.

— *Dear mine...* Je serais on ne peut plus heureux, tu le sais bien, de te ramener avec moi.

— Si je pars, je ne reviendrai pas avant le mois de mai, se plaignit la jeune Anglaise.

— Oui, mais si tu ne partais pas, ton père t'enverrait sans doute en Angleterre. Et Dieu sait quand tu en reviendrais.

— Je ne veux plus partir, répéta Ellen.

— L'Angleterre, c'est si loin... dit Patrick, songeur, tandis qu'on peut se rendre à Québec, même l'hiver.

— Tu viendrais me voir? demanda Ellen, qui n'avait pas songé à une telle éventualité.

— Il ne tombera pas assez de neige pour m'en empêcher!

— C'est vrai?

— Aussi vrai que je suis là!

La promesse de Patrick apaisa le cœur d'Ellen. Parvenus au bout du quai, les amoureux restèrent longtemps enlacés dans les ténèbres, face au fleuve. Le vent faisait balancer les falots accrochés aux mâts des goélettes amarrées tout près, des mouettes promenaient leurs silhouettes fantomatiques dans le ciel nocturne et l'on entendait l'harmonica d'un marin jouant une complainte sur le pont d'un bateau. Patrick évoqua son arrivée, autrefois, à Sorel:

— C'est ici que nous avons débarqué, il y a douze ans, dit-il sur un ton nostalgique.

— Tu songes à l'Irlande? demanda Ellen.

— Un peu, oui, avoua-t-il.

Puis il ajouta bien vite:

— Mais maintenant, mon pays, c'est toi.

— *I love you so much*, murmura-t-elle.

* * *

À l'auberge *Le Relais*, le lieutenant Cook s'inquiéta de ne pas avoir de réponse quand il frappa à la porte de la chambre d'Ellen pour l'inviter à souper. Il demanda à l'aubergiste s'il n'avait pas vu la jeune fille. Jos Beauchemin lui dit dans un anglais raboteux:

— *A young man came, euh...*

— *What are you telling me?* demanda le militaire, intrigué.

— *She is gone with him...*

— *What!* s'exclama le lieutenant, craignant d'avoir perdu la jeune fille dont il avait la garde.

— *Yes, euh... his name, I don't remember...*

— *Oh no!* grommela l'officier, désemparé.

— *I think they are in love because...*

Un client éméché s'approcha alors du comptoir. Il dit au lieutenant qu'il avait vu les deux jeunes gens se diriger lentement vers le quai. Christopher Cook demanda une lanterne à l'aubergiste et se précipita dehors.

Ivres de bonheur, Ellen et Patrick se trouvaient encore près du fleuve, quand la jeune fille s'entendit interpeller par le lieutenant, parti à sa recherche.

— *Miss Watkins*, demanda gentiment l'officier, *is it you?*

Ellen resta blottie tout contre Patrick. Le lieutenant s'approcha et souleva la lanterne qu'il tenait à la main:

— Mademoiselle Watkins, c'est bien vous? répéta-t-il.

— Oui, c'est moi....

— Je vous cherche depuis un bon moment. J'étais inquiet, dit le militaire.

— Pourquoi donc? demanda Ellen.

— N'oubliez pas que votre père vous a confiée à moi.

— Je sais, oui...

Christopher Cook reprocha à la jeune fille de ne pas l'avoir prévenu de son absence et demanda:

— Qui est cet homme?

— Mon fiancé, répondit Ellen.

— Ah... j'ignorais que vous aviez un fiancé, dit le militaire.

— Eh bien... vous le savez, maintenant.

Le lieutenant balança sa lanterne devant le visage de Patrick. Il distingua mieux les traits du jeune homme et crut reconnaître l'Irlandais qu'il avait vu, l'avant-veille, dans le huitième rang du *township* de Grantham. Il comprenait mal qu'une si jolie jeune fille, anglaise et protestante, se fût amourachée d'un paysan, irlandais et catholique par surcroît.

— Est-ce que je ne vous ai pas rencontré, avant-hier, à Headville? demanda le lieutenant à Patrick.

— En effet, dit-celui-ci.

— *Well, well... isn't that strange...* un colon irlandais, dit l'officier sur un ton ironique.

— Mais nous ne sommes pas en Irlande ici, fit remarquer Patrick.

Le lieutenant, ignorant la réplique du jeune homme, dit à Ellen:

— Venez, nous partons tôt demain matin.

Ellen se serra encore plus près de son amoureux. Christopher Cook voulut lui saisir le bras, mais Patrick l'en empêcha. Le militaire anglais éleva la voix:

— Tu ferais mieux de ne pas t'opposer, colon!

— Tu peux garder tes conseils!

— Le père de cette jeune fille m'a chargé de l'emmener à Québec et c'est bien ce que je compte faire, ajouta le lieutenant d'une voix décidée.

— Tu l'emmèneras si elle le veut bien.

— C'est ce que tu crois...

— Je te répète, dit Patrick au militaire, que nous ne sommes ici ni en Angleterre ni en Irlande!

— Il est vrai que nous ne sommes pas en Irlande, mais le gouverneur pourrait bien t'y renvoyer, si je le lui suggérais!

Patrick répliqua sur un ton agressif:

— Écoute-moi bien, soldat...

Christopher l'interrompit vivement:

— Je ne suis pas soldat, je suis lieutenant!

— *So what!*

— Tu devrais savoir qu'on ne s'oppose pas impunément à un officier de Sa Majesté! dit le lieutenant.

— Je n'ai que faire de tes galons, répondit calmement Patrick.

— Et si je décidais de t'emmener à Québec, toi aussi! dit l'officier, menaçant.

Patrick éclata de rire:

— Oh! dit-il, il faudrait plusieurs petits lieutenants comme toi pour ça...

Christopher Cook n'avait pas la carrure de Patrick, mais éduqué dans l'habitude de la domination, il montrait ce sang-froid hautain propre aux Anglais. Il s'avança, l'air arrogant.

— Si tu approches trop, je te jette à l'eau! lança Patrick.

— Vraiment?

— Oui! Le courant va emporter ton corps jusqu'à Québec et là, dans un cercueil recouvert du drapeau britannique, on t'enterrera avec les honneurs militaires.

Christopher Cook mit la main à son épée. Patrick saisit aussitôt un bout de madrier qui traînait sur le quai.

— Si tu sors ton épée, je t'assomme! lança-t-il.

Ellen s'interposa vivement.

— Non, non, supplia-t-elle, ne vous battez pas!

Alertés par les voix antagonistes, des marins quittèrent leurs goélettes et s'attroupèrent sur le quai, espérant assister à un duel. «C'est des Anglais!», s'écria joyeusement l'un d'eux, qui avait entendu les deux hommes se provoquer mutuellement. On fit un cercle autour d'eux, mais les supplications d'Ellen eurent pour effet de calmer les rivaux.

— Lieutenant, dit posément Patrick, ne t'inquiète pas. Ellen va partir avec toi demain, mais elle le fera librement.

— Est-ce qu'il dit vrai? demanda le lieutenant à la jeune fille.

— Mais oui, dit-elle faiblement.

— Si elle refuse et que tu veuilles l'emmener de force, je te jure qu'on retrouvera ton corps dans le fleuve. Je ne te demande qu'une chose, ajouta Patrick.

— Quoi donc? dit Christopher, qui s'était lui aussi radouci.

— Je veux que tu nous laisses seuls elle et moi un moment encore.

— Tiens, tiens...

— J'irai la conduire tout à l'heure à l'auberge.

— Comment pourrais-je me fier à la parole d'un Irlandais? demanda Christopher Cook sur un ton méprisant.

— Si Ellen n'était pas ici, tu paierais cher cette injure! lança Patrick. Mais puisque tu doutes de ma parole, te fieras-tu à la sienne? Elle est anglaise, comme toi, son père vénère la même reine et embrasse avec dévotion le drapeau pour lequel tu te bats.

Christopher Cook se ravisa:

— Tu la ramèneras à l'auberge, tu me le promets?

— Non, non, insista Patrick, demande-le plutôt à Ellen.

Le visage de la jeune fille rayonnait d'une beauté émouvante dans l'éclairage blafard de la lanterne. Christopher réitéra sa demande à Ellen, qui accepta de rentrer à l'auberge dans peu de temps. Cependant, elle fit promettre au lieutenant de l'autoriser à revoir son amoureux le lendemain matin, avant leur départ. Il hésita.

— Promettez-le-moi! insista-t-elle.

— Bon, d'accord, dit le jeune officier, puisque vous y tenez à ce point.

Patrick expliqua ensuite qu'il n'était pas venu à Sorel avec l'intention d'enlever Ellen ou de la ramener à Drummond, mais seulement pour la voir une dernière fois. «J'aurais fait de même», avoua le lieutenant Cook avant de tourner les talons.

Alors que les marins, déçus de n'avoir pas assisté à l'affrontement espéré, retournaient à leurs goélettes, Patrick leur lança, en français: «Hé! les gars, je suis pas anglais, je suis irlandais!» Il entraîna ensuite Ellen dans les rues de la petite ville.

Autrefois le cœur de la seigneurie de Sorel, l'agglomération était devenue, sous le Régime anglais, un établissement militaire autour duquel s'étaient regroupés des loyalistes venus des États-Unis. Une garnison assurait la défense de ce site stratégique, à l'endroit où la rivière Richelieu se jette dans le fleuve Saint-Laurent. Le prince William Henry, futur roi d'Angleterre, avait visité les lieux en 1787. La ville avait alors pris son nom et la place publique de l'endroit devint le *Royal Square*. Les rues principales rappelaient toutes d'ailleurs la royauté: elles avaient noms King, Queen, George, Augusta, Prince, Princess, etc.

Après avoir marché lentement autour de la place Royale, alors que les lampes et les bougies s'éteignaient dans les maisons, Patrick ramena Ellen à l'auberge.

— Je suis si heureuse, je voudrais rester dehors plus longtemps.

— Tu devrais aller dormir maintenant, car le voyage de demain sera fatigant, lui suggéra Patrick.

— Oh non! puisque je te verrai de nouveau avant de partir!

Ellen rentra à l'auberge et Patrick regagna le bateau sur lequel il avait laissé son baluchon. Il répondit évasivement aux questions que lui posa le capitaine de la goélette, s'enroula dans l'édredon qu'il sortit de son sac de voyage et s'endormit sur le pont sous un ciel devenu étoilé

Tôt le lendemain, Patrick alla seller son cheval à la forge de Lucien Salvail et revint vers le quai. Ellen et le lieutenant Cook s'y amenèrent peu de temps après. La fille du capitaine courut vers son amoureux, tandis que le militaire anglais et un marin transportaient les bagages vers la goélette.

— C'est vrai que tu viendras me voir à Québec? demanda-t-elle.

— Bien sûr que c'est vrai!

— C'est promis?

— Absolument!

— Quand?

— Après les Fêtes, avant la fin du mois de janvier. Je vais m'informer des chemins qu'on peut prendre l'hiver.

— Tu vas m'écrire souvent?

— Je vais répondre à toutes tes lettres, dit Patrick, et dans chacune d'elles je vais te redire que je t'aime!

Le fleuve commençait à rutiler sous le soleil matinal. Le petit port de Sorel s'animait d'un va-et-vient grandissant auquel les amoureux restaient indifférents. Ils furent ramenés à la réalité par la voix du lieutenant Cook:

— *Miss Watkins!*

Ellen sursauta.

— *We are leaving in a few minutes!*

La jeune fille sa cramponna au bras de Patrick.

— N'oublie pas que je t'aime, dit-elle.

— Viens, dit-il doucement en l'entraînant vers la goélette.

Le lieutenant sauta le premier sur le pont du bateau, puis il tendit la main Ellen pour l'aider à embarquer. Elle refusa son assistance et étreignit plutôt Patrick une dernière fois. Ce dernier, l'ayant saisie par la taille, la souleva à bord.

Quelques minutes plus tard, le navire s'éloignait du quai et voguait en direction de Québec. Le jeune Lavelle resta planté là jusqu'à ce que le bateau ne fût plus qu'un point noir s'évanouissant dans le lointain.

Des badauds, témoins la veille de son altercation avec le lieutenant de l'armée anglaise, le regardaient avec admiration. Quand la goélette eut complètement disparu, Patrick enfourcha son cheval. «Allez, hue!», commanda-t-il d'une voix ferme.

* * *

Le fils de l'Irlandais arriva chez lui vers sept heures du soir, à la brunante. Il n'eut même pas à allumer sa lanterne tant il connaissait par cœur les sentiers qui menaient au huitième rang de Headville. Sa jument, Princesse, n'était pas un pur-sang, mais c'était un cheval trapu et vigoureux, à la foulée régulière. La bête rentra à l'étable blanche d'écume. Patrick l'étrilla, l'épongea et la nourrit, puis il se dirigea vers la maison. Sans être inquiets outre mesure, ses parents furent soulagés de le voir arriver. Il s'excusa de les avoir quittés précipitamment, la veille, à Drummond.

— Je voulais absolument voir Ellen avant son départ pour Québec.

— Tu l'aimes donc tant que ça? demanda la mère.

Patrick ne répondit pas. Il demanda plutôt à ses sœurs, sur un ton badin:

— Est-ce que je l'aime trop?

Mary et Brigit se contentèrent de sourire. Patrick relata ensuite son voyage. Le père, silencieux, savoura secrètement le récit qu'il lui fit de son empoignade avec le lieutenant de l'armée anglaise.

8

Douze ans après avoir quitté l'Irlande, les Lavelle pouvaient se réjouir d'avoir réussi à s'établir convenablement dans les forêts du *township* de Grantham ; ils connaissaient bien maintenant le cycle des saisons dans la vallée du Saint-Laurent et, comme les anciens Canadiens, ils flairaient le printemps dès ses premiers signes, se désolaient de la brièveté des étés, engrangeaient à l'automne des récoltes qu'ils trouvaient rarement satisfaisantes et calfeutraient ensuite la maison pour l'hiver. Leur maison était petite mais confortable, et si la froidure s'éternisait, le bois de chauffage ne manquait pas. La nourriture aussi était abondante : le blé se changeait en pain, on faisait des galettes avec la farine de sarrasin, le lièvre se retrouvait en terrine, les poules pondaient des œufs, les vaches donnaient du lait avec lequel on faisait le beurre et le fromage, on tuait le cochon à l'automne et on gardait le lard salé. Et surtout, on vivait librement, à l'abri des vexations sans nombre qu'essuyaient les Irlandais dans leur pays.

Terence et sa femme n'oubliaient pas l'aide qu'ils avaient reçue à leur arrivée dans le huitième rang et ils étaient à leur tour de toutes les corvées.

Honora, contrairement à son mari, avait vite appris à parler le français et elle était devenue l'amie des voisines. Quand l'une d'elles venait la visiter, elles causaient ensemble des ouvrages réservés en ce temps-là aux femmes. En plus des travaux domestiques, Honora, aidée de ses filles, s'occupait du jardin; elle était fière des beaux rectangles et des larges allées de ce potager qu'elle entretenait soigneusement. Elle conservait, l'hiver, dans un caveau construit par son mari, l'abondante récolte de légumes provenant de son potager. Certes, les Irlandais songeaient souvent à leur terre natale, évoquaient les parents et amis restés là-bas, mais ils s'étaient progressivement attachés à leur nouveau pays et chérissaient la liberté dont ils y jouissaient. Ils y avaient vu grandir leurs enfants et, en ce dernier samedi du mois d'octobre 1852, ils allaient marier l'aînée de leurs filles, Mary.

Toute la famille s'était levée à l'aube, car il fallait se rendre à Drummond pour la célébration du mariage. Mary, qui devait communier pendant la messe nuptiale, ne prit pas le petit déjeuner. Elle eût d'ailleurs mangé avec bien peu d'appétit tant elle était fébrile. La veille, Brigit l'avait aidée à mettre la dernière main à sa longue robe blanche. Les deux sœurs se réjouirent de voir se lever un jour magnifique, que le soleil d'automne enveloppa bientôt d'une pâle lumière. Elles se trouvaient encore dans leur chambre quand elles virent venir sur le chemin du huitième rang les voitures de la famille Corriveau. Elles descendirent vite à la cuisine où les attendaient le père et la mère, endimanchés, prêts à partir.

Au même moment, Patrick, qui était allé atteler la voiture à deux sièges, entrait dans la maison en s'écriant, enjoué: «Puis, la future mariée a pas changé d'idée au moins?» Il était d'autant plus de bonne humeur qu'il avait reçu, la veille, une première lettre d'Ellen. En effet, la jeune fille avait mis à la poste, en débarquant à Québec, une courte missive qu'elle avait écrite à bord de la goélette:

> *Mon cher amour,*
>
> *Au fur et à mesure que le bateau avance, je découvre le fleuve Saint-Laurent et ses rives enchanteresses. Mais surtout, plus je m'éloigne de toi, plus je m'aperçois combien je t'aime! Les six prochains mois seront interminables. Je ne les supporterai qu'en songeant au bonheur que j'aurai à te retrouver, au mois de mai de l'année prochaine, et aussi à la joie dont je serai remplie quand tu viendras me voir durant l'hiver. Je ne t'écris pas plus longuement, car la goélette tangue si fort que j'ai du mal à mettre la plume dans l'encrier. Le roulis ne m'empêchera pas toutefois de te redire que je t'aime... je t'aime... je t'aime...*
>
> *À jamais ton Ellen*

Avant de partir pour Drummond, Patrick avait mis dans la poche intérieure de son veston cette lettre qu'il connaissait pourtant par cœur, tant il l'avait relue. À la chapelle, tandis que le prêtre proclamait «*Vous voilà mariés, mon cher frère et ma chère sœur, vous voilà unis pour la vie*», il la parcourut une nouvelle fois, les larmes aux yeux, en songeant au jour où il échangerait, avec Ellen, les anneaux et les vœux de fidélité qu'ils symbolisent.

En sortant de la petite église, les nouveaux mariés eurent la surprise de voir au pied des marches une calèche que Terence avait louée chez le marchand général James Anderson. Patrick prit place sur le siège surélevé, à l'avant, et conduisit le cortège au huitième rang. La noce réunit beaucoup de monde chez les Lavelle. Les quatre frères aînés d'Antoine Corriveau étaient mariés et avaient des enfants. Deux d'entre eux habitaient non loin de la maison paternelle. Les deux autres avaient préféré s'installer dans le septième rang, qu'on appelait déjà «le chemin de Maska», parce qu'il conduisait au village de Yamaska, sur les bords de la rivière du même nom.

Ce rang plus passant fut d'abord le sentier qu'empruntaient les premiers colons qui partaient de Sorel et des paroisses avoisinantes pour se rendre à leurs terres. Antoine Corriveau avait décidé de s'y établir lui aussi, près de l'endroit où s'élevaient les premières maisons du village de Headville, qui deviendrait plus tard Saint-Germain-de-Grantham. Après la soirée, Antoine Corriveau emmena sa nouvelle épouse dans la maisonnette qu'il avait construite dans ce rang, avec l'aide de ses frères. Au moment de partir, Mary s'était agenouillée devant son père, qui l'avait bénie.

* * *

Le lendemain du mariage de sa sœur, Patrick ramena chez Anderson la calèche que son père avait louée pour le mariage. Mais il avait aussi un autre devoir à remplir : avant de s'embarquer, à Sorel, Ellen l'avait prié de rendre visite à sa tante Annie pour la mettre au courant des événements.

La sœur du capitaine Watkins habitait, avec son mari Jean-Baptiste Paul et leurs enfants, une maison de bois rond sur les bords de la rivière Saint-François, à cinq kilomètres en amont du village de Drummond. Bohème et insouciant, Jean-Baptiste avait l'âme d'un coureur des bois et préférait la chasse et la pêche aux travaux agricoles. Il s'était fait l'ami des Indiens d'Odanak, à qui il rendait visite chaque été, et il menait une vie qui ressemblait à la leur. Comme eux, il connaissait par cœur le territoire que traverse la rivière Saint-François, depuis la frontière américaine jusqu'au fleuve. Son fils aîné, Eugène, avait hérité de la même passion pour la nature. À l'âge de vingt ans, il était déjà reconnu comme l'un des meilleurs trappeurs des cantons environnants. Sa cousine Ellen l'avait accompagné à quelques reprises dans de courtes parties de chasse.

Il fallait être excellent cavalier pour emprunter les sentiers sinueux le long des berges, descendre et monter les ravins au bord des «rapides d'en haut» avant d'atteindre la cabane de la famille Paul. Dans la forêt dépouillée de son feuillage, Patrick put repérer facilement la maison au bord de l'eau; le craquement des branches sèches que piétina son cheval attira l'attention d'Eugène. Ce dernier, qui était en train de nettoyer son fusil, sortit sur le pas de la porte, l'arme à la main.

— Oui, qu'est-ce que c'est? demanda-t-il d'une voix autoritaire.

— Je m'appelle Patrick Lavelle. J'ai un message pour ta mère.

— De la part de qui?

— Ellen Watkins.

— Ah oui! Qu'est-ce qu'a devient, la belle Ellen?

— C'est justement ce que je viens vous annoncer.

Ayant entendu prononcer le nom de sa nièce, la tante Annie s'amena dans l'embrasure de la porte. Le jeune Lavelle descendit de cheval, se présenta à la sœur du capitaine, lui révéla ses amours avec Ellen et raconta les événements des derniers jours.

Annie Watkins eut tôt fait de comprendre la situation délicate des amoureux; ayant subi autrefois les foudres de son frère, quand elle lui avait annoncé son intention de marier un Canadien français, elle était pleinement consciente de l'horreur que devait lui inspirer l'idée que sa fille puisse épouser un Irlandais catholique. Malgré l'intervention du pasteur Wood, James Watkins avait longtemps fermé sa porte à Annie. Seul le passage des années était venu à bout de l'amertume du loyaliste; au fur et à mesure que s'était évanoui son rêve de voir progresser une colonie anglo-saxonne à Drummond, il s'était réconcilié avec les *Frenchies*, et il avait finalement accepté d'accueillir dans sa maison sa sœur et son mari.

La tante Annie offrit à Patrick de se restaurer un peu avant de rentrer à Headville. Eugène s'attabla avec lui. Les deux jeunes gens parlèrent de chasse et de pêche, de déboisement et d'agriculture, mais aussi d'Ellen; quand Patrick mentionna la promesse qu'il lui avait faite d'aller la voir à Québec, au cours de l'hiver, il évoqua les difficultés d'une telle entreprise. Eugène offrit de l'accompagner.

— C'est vrai? dit le fils de l'Irlandais, surpris.

— Pourquoi pas? J'ai jamais vu Québec. Y paraît que c'est ben beau.

— Tu viendrais avec moi? demanda Patrick, la mine réjouie.

— Je connais les sentiers qu'on peut prendre, l'hiver, pour se rendre jusqu'au fleuve, dit Eugène. Rendus de l'autre côté c'est pas compliqué, on aura rien qu'à suivre le chemin du Roy.

Patrick rentra à Headville tout heureux d'avoir trouvé un compagnon pour le voyage qu'il comptait faire avant la fin de janvier. Le soir même, il écrivit à Ellen pour lui annoncer la nouvelle.

9

Il neigeait à gros flocons depuis le matin sur Québec. La ville entière semblait figée sous une avalanche. Seuls les enfants s'amusaient encore de ces bordées successives, car chacune d'elles leur valait des jours de congé d'école. Dans les petites rues sous le cap Diamant, on ne savait plus que faire de cette neige dont on eût dit qu'elle tombait depuis toujours : à peine avait-on fini de dégager le devant de sa porte qu'une nouvelle tempête succédait à la précédente, obstruant le passage des voitures à cheval et obligeant les piétons à se frayer péniblement un chemin pour rentrer chez eux. Dans la rue Sous-le-Cap, à peine plus large que les corridors du Séminaire de Québec, la neige atteignait en certains endroits les passerelles et les énormes poutres transversales retenant les murs des bâtisses. Là où s'étaient accumulés des bancs de neige de plusieurs mètres, il fallait même percer des tunnels pour accéder à sa maison. Les rues de la haute-ville n'étaient guère plus praticables : partout, l'on devait pelleter sans arrêt, tout en se méfiant de la neige accumulée autour des lucarnes sur les toits en pente et dont la chute risquait de vous ensevelir. À la Citadelle, les soldats de la garnison passaient plus de temps la pelle à la main que le fusil sur l'épaule. Plusieurs regrettaient les brouillards de Londres ; certains maudissaient même la conquête du Canada par leur pays.

Dans l'appartement de sa tante Elizabeth, rue de Buade, Ellen Watkins, debout à la fenêtre du salon, regardait tourbillonner la neige devant la basilique Notre-Dame. Depuis la fermeture de la navigation, elle n'avait reçu qu'une lettre de Patrick, un peu avant les Fêtes ; il lui réitérait sa promesse d'aller la voir avant la fin du mois de janvier, en compagnie de son cousin, Eugène Paul. Mais on était le dernier jour du mois et il avait tellement neigé depuis des semaines qu'elle désespérait d'avoir la visite tant attendue. La jeune Anglaise promenait tristement son regard sur la place de la cathédrale ; les quelques réverbères qu'on venait d'y allumer trouaient de faibles halos jaunes l'obscurité qui enveloppait progressivement l'église et les édifices environnants. De rares passants, emmitouflés dans des pèlerines ou des manteaux de fourrure, jetaient un rapide coup d'œil vers les vitrines des magasins, sans arrêter leur marche difficile. De soudaines bourrasques soulevaient la neige en colonnes nébuleuses qui tournoyaient en spirales. Aussi, la fille du capitaine Watkins s'étonna de voir déboucher sur la place deux cavaliers qui sautèrent en bas de leurs montures, devant le magasin de tailleurs *Morgan & Company*. Les deux silhouettes — sans doute deux militaires venus commander des uniformes — s'engouffrèrent dans l'établissement.

Ellen resta encore un certain temps à la fenêtre, rongée tout autant par l'inquiétude que par l'ennui. Depuis qu'elle était arrivée à Québec, la tante Elizabeth avait tout tenté pour la distraire ; obéissant aux consignes de son beau-frère, elle lui avait fait rencontrer quelques beaux partis : fils de commerçants, étudiants ou jeunes professionnels. Plusieurs avaient été charmés par la jeune fille, mais tous avaient espéré en vain.

Et puis, il y avait toujours ce lieutenant Cook dans les parages. Une fois par semaine, vêtu de son uniforme chamarré, il venait prendre le thé chez l'oncle George et la tante Elizabeth, espérant que la nièce se montrerait un jour sensible à ses attentions. Il l'avait même emmenée, la veille de Noël, à un bal chez le commandant de la Citadelle. Le faste de cette soirée, au cours de laquelle on avait présenté la jeune fille au gouverneur, n'avait nullement détourné les pensées de son cœur, toutes concentrées sur Patrick Lavelle. Avant de quitter sa chambre, elle avait glissé dans son corsage la lettre reçue la veille. Cette missive lui était plus précieuse que les brocarts d'Italie, les cuirs de Cordoue et les lustres de Venise de la salle de bal chez le commandant de la garnison.

En cette dernière journée de janvier, Ellen Watkins était aussi mélancolique qu'un poème de Nelligan. Tant de neige avait sans doute empêché Patrick de quitter Headville. Ou peut-être, pire encore, avait-il décidé de braver les intempéries et s'était-il perdu dans les forêts enneigées ? On entendait de ces histoires où même des trappeurs expérimentés s'étaient égarés dans les bois, au milieu de violentes empêtes. Frissonnant d'effroi à cette pensée, Ellen regagna sa chambre. Fût-elle restée un peu plus longtemps à la fenêtre du salon, elle aurait

vu ressortir de chez *Morgan & Company* les deux cavaliers qui y étaient entrés plus tôt et elle eût tressailli de
joie en reconnaissant Patrick et son cousin.

* * *

Personne, dans le huitième rang, n'avait réussi à dissua-
der le fils de l'Irlandais d'entreprendre un si long
voyage, malgré le très mauvais temps. Son projet audacieux avait fait l'objet de bien des conversations, à
l'époque des Fêtes. Si d'aucuns croyaient le jeune
homme téméraire, il s'en trouvait d'autres pourtant
pour approuver son entreprise. «C'est quand on est
jeune qu'y faut faire des folies!», disaient certains
colons, en se remémorant les exploits qu'eux-mêmes
ou des amis avaient accomplis dans leur jeunesse. Les
anciens évoquaient leur arrivée dans le canton, trente
ou quarante ans plus tôt; il n'existait alors aucun sentier dans les bois et il leur avait fallu se frayer un chemin
avec la hache. «Ouais, je voudrais ben être jeune encore, dit l'un des vieux de la place, je te dis que j'irais
avec lui à Québec. Surtout si j'étais en amour!», ajouta-
t-il l'œil malicieux.

Les échos des préparatifs de voyage de Patrick bri-
saient le cœur d'Amélie Neiderer. Il allait parcourir des
centaines de kilomètres à cheval dans la neige pour voir
Ellen Watkins. Fallait-il qu'il l'aime! Pourquoi donc ne
l'aimait-il pas, elle, qui habitait tout à côté et qui avait
partagé ses jeux d'adolescent?

Partis de Drummond le 20 janvier avec armes et bagages, les deux compagnons avaient éprouvé d'énormes difficultés tout au long du trajet. Eugène Paul, s'il
connaissait bien les sentiers forestiers, n'avait pas prévu

une telle succession de tempêtes de neige. Les jeunes hommes avaient suivi des chemins familiers au cousin d'Ellen, le long de la rivière Saint-François.

S'ils avaient d'abord progressé normalement, une première tempête les avait obligés à bivouaquer alors qu'ils se trouvaient à une dizaine de kilomètres de Pierreville. On ne voyait ce jour-là ni ciel ni terre et il eût été suicidaire d'essayer d'aller plus avant. Ils s'étaient réfugiés dans la forêt jusqu'au lendemain. Des Indiens d'Odanak les avaient ensuite guidés dans les îles de Sorel, où ils avaient traversé le fleuve. Puis, tandis qu'ils avançaient sur le chemin du Roy, la neige avait recommencé à tomber, poussée par les grands vents du lac Saint-Pierre. Les chevaux marchaient avec peine et il fallait s'arrêter souvent pour se mettre à l'abri. Heureusement, les voyageurs trouvaient tous les soirs à se loger chez l'habitant. Tous les trouvaient téméraires de s'aventurer sur les chemins par un temps pareil, mais les filles de la maison avaient le cœur battant en apprenant que Patrick affrontait de telles intempéries pour respecter une promesse faite à sa bien-aimée.

Après avoir traversé Trois-Rivières, les deux voyageurs eurent une journée de beau temps, Ils couchèrent ce soir-là à Sainte-Anne-de-la-Pérade. Le lendemain, la neige tombait de nouveau, abondante, mais sans bourrasques. Les jours suivants, ce furent Deschambault, Donnacona, Saint-Augustin-de-Desmaures, Cap-Rouge et, enfin, Sainte-Foy. Là, ils suivirent le chemin qui menait à la haute-ville de Québec.

Parvenus sur la place de la basilique, Patrick et son compagnon entrèrent chez *Morgan & Company*. Ne connaissant aucunement la ville, ils s'informèrent de la direction à prendre pour se rendre dans la rue de Buade, chez monsieur George Williams. «C'est juste là, en face!», dit le commis, qui leur indiqua aussi une auberge avec écurie.

— Allez, va retrouver ton Ellen! dit Eugène à Patrick, dès qu'ils furent dehors.

— Ben oui, mais les chevaux...

— Laisse faire, je vais m'en occuper.

— Attends, dit nerveusement Patrick, rappelle-moi donc le nom de l'auberge.

— T'es tellement amoureux que t'en perds la mémoire! ironisa Eugène. C'est le *Old Country Inn*, dans la côte de la Montagne.

Patrick, son baluchon à la main, hésita un moment avant de traverser la place de la basilique. Il faisait nuit maintenant. La neige avait diminué d'intensité et l'on pouvait voir la lueur vacillante des bougies ou des lampes à l'huile aux fenêtres des maisons. Enfin, il était arrivé! Dans quelques minutes, il verrait les yeux bleus d'Ellen, son sourire ineffable, ses blonds cheveux, sa peau blanche et soyeuse.

Le jeune homme traversa la place comme en un rêve. Toute la fatigue accumulée durant le voyage sembla le quitter au moment où il poussa la porte cochère d'une maison en pierre de trois étages, surmontée d'un toit normand orné de quatre lucarnes et d'où s'élevaient de hautes et larges cheminées. Patrick secoua la neige sur son long paletot d'étoffe du pays, posa son baluchon sur la première marche d'un escalier à rampes de bois. Il frappa à la porte vitrée qui donnait sur le palier. Une vieille femme vint ouvrir. C'était Maureen O'Connor, une immigrée irlandaise, veuve, qu'Elizabeth Williams avait engagée comme bonne à tout faire.

— Je suis bien chez monsieur George Williams? demanda Patrick.

— Oui, mais il n'est pas ici en ce moment, répondit la bonne.

— C'est que... ce n'est pas lui que je veux voir.

— Ah non? Qui donc?

— Mademoiselle Ellen Watkins, s'empressa de préciser Patrick.

Méfiante, Maureen toisa le jeune homme. Soudain, elle se souvint des confidences d'Ellen à propos d'un jeune Irlandais de Headville dont elle était amoureuse et qui avait promis de venir lui rendre visite à Québec.

— Dites-moi, demanda la vieille femme intriguée, est-ce que vous êtes de Québec?

— Non, j'arrive du *township* de Grantham, de Headville.

— Ah oui...

— Mon nom est Patrick Lavelle.

Madame Williams, qui se trouvait dans le salon, demanda alors:

— Maureen, qui est-ce?

— C'est un jeune homme... un jeune homme qui veut voir mademoiselle Ellen, dit la bonne.

Elizabeth Williams s'amena à la porte. Elle resta stupéfaite quand Patrick se présenta à elle. Incrédule, elle demanda:

— Vous avez bien dit que votre nom est Patrick Lavelle?

— Oui, en effet.

La tante Elizabeth resta un moment médusée. Ainsi donc, il s'agissait bien du jeune Irlandais dont sa nièce était amoureuse. Mais comment avait-il pu venir depuis Headville jusqu'à Québec alors que les tempêtes de neige se succédaient de façon ininterrompue depuis des semaines? Elle ne sut pas d'abord quelle attitude adopter envers le jeune homme. Son beau-frère ne lui avait-il pas envoyé sa fille précisément pour la soustraire à cet Irlandais catholique?

Mais bien vite son cœur de femme l'emporta sur la raison: ce garçon, pensa-t-elle, devait être profondément amoureux pour avoir ainsi parcouru des centaines de kilomètres, malgré les rigueurs d'un hiver exceptionnellement neigeux.

Vêtu de sa longue capote grisâtre, les cheveux en broussaille, Patrick paraissait démesurément grand dans l'embrasure de la porte. Ses joues encore rougies par le vent et la froidure faisaient ressortir l'iris vert de ses yeux ardents. Madame Williams comprit que sa nièce pût être follement éprise d'un tel jeune homme. Elle voulut s'informer au sujet du voyage, mais le visiteur, impatienté, insista plutôt:

— Dites-moi, est-ce qu'Ellen est ici?

— Oui, oui, rassurez-vous, elle est dans sa chambre, dit Maureen O'Connor.

— S'il vous plaît, supplia Patrick, je voudrais la voir au plus vite!

— Maureen, dit Elizabeth à la bonne, allez chercher mademoiselle.

La vieille Irlandaise, qui était devenue la confidente d'Ellen, s'empressa d'aller la prévenir. Elle se flattait du fait que la jeune Anglaise aimât un Irlandais au point de défier l'autorité paternelle. Malgré son grand âge, elle monta rapidement l'escalier qui menait aux chambres, à l'étage supérieur. Elle frappa à la porte en répétant nerveusement:

— Mademoiselle! Il est là! Il est là!

— Que se passe-t-il? demanda Ellen en ouvrant, intriguée.

— Il est arrivé... Il vous attend en bas...

— Qui donc?

— Lui! dit la vieille femme, essoufflée.

— Patrick! s'écria Ellen.

D'abord interdite et figée sur place, la jeune fille laissa échapper un cri d'allégresse, puis elle s'élança dans l'escalier qu'elle survola presque en le descendant quatre marches à la fois. Faisant fi de la présence de sa tante, elle accourut vers Patrick et se jeta dans ses bras en s'écriant:

— C'est bien vrai! C'est toi! C'est toi!

Il la serra tout contre lui, les yeux fermés, ivre de joie, bouleversé de tant de bonheur. Il relâcha son étreinte, recula d'un pas et, tenant les mains d'Ellen dans les siennes, la contempla longuement. Enfin, il dit d'une voix émue:

— Je t'avais promis que je serais là avant la fin du mois de janvier.

La vieille bonne eut les larmes aux yeux en voyant le spectacle de telles amours. Et puis, qu'il était beau et qu'il avait fière allure, ce jeune Irlandais! La tante Elizabeth, touchée elle aussi par tant de passion, ne s'opposa pas à ce que les jeunes gens se voient librement durant les trois jours que Patrick passerait à Québec.

— Mais, précisa madame Williams, vous me promettez d'être raisonnables tous les deux?

Le soir même, les amoureux allèrent souper à l'auberge *Old Country*, l'hôtellerie populaire, tenue par un couple d'Écossais sympathiques, où Patrick et son compagnon de voyage allaient loger durant leur séjour dans la capitale. Ellen retrouva son cousin avec plaisir, mais elle éprouva surtout une immense joie à marcher au bras de Patrick sous un ciel étoilé, car une nuit claire avait succédé à cette journée tempétueuse.

Après avoir donné à sa cousine des nouvelles de Drummond, Eugène Paul laissa le couple en tête-à-tête.

— Tu peux rester avec nous, si tu veux, suggéra timidement Ellen.

— Non, non, je vais aller visiter la ville...

Ébloui par les façades ouvragées d'édifices couronnés de dômes impressionnants et par l'ouvrage imposant des remparts, Eugène erra des heures durant dans les rues de la capitale. Le jeune homme, élevé en pleine forêt sur les bords de la rivière Saint-François, s'émerveilla devant les hautes maisons de pierre, collées les unes contre les autres, mais il admira surtout, dans la nuit claire, les portes des fortifications, leurs tourelles et leurs créneaux.

À l'auberge *Old Country*, Patrick, lui, ne se lassa pas de regarder Ellen. Depuis trois mois, jamais il n'avait réussi à recomposer son image de façon satisfaisante. Toujours un détail échappait à sa quête. Maintenant qu'elle se trouvait devant lui, sous l'éclairage émouvant de la chandelle placée sur la table, il comprit que le détail en question, ce n'était ni le bleu de ses yeux, ni le dessin de sa bouche, ni cette façon qu'elle avait de pencher la tête en souriant, mais bien ce qui anime l'être tout entier, qui l'illumine et en est le mystère inviolable en même temps que la réalité : l'âme. De temps à autre, Patrick, pour se convaincre qu'il ne rêvait pas, effleurait du revers de la main le visage d'Ellen. Il lui raconta les difficultés que le vent, le froid et la neige leur avaient causées durant le voyage. Elle écoutait, ravie, aussi remplie de lui qu'il l'était d'elle. Ils restèrent ainsi une heure à échanger leurs sentiments, après quoi il la raccompagna chez sa tante, car elle avait promis de ne pas rentrer tard. «Demain, nous visiterons la ville», dit-elle en montant, à reculons, les marches de l'escalier.

* * *

Le lendemain et les jours suivants furent parfaitement ensoleillés. On eût dit que le ciel avait épuisé sa réserve de neige. Depuis les ruelles au pied de la falaise jusque sur les plus hauts remparts de la Citadelle, la ville entière resplendissait dans la lumière; la fumée des cheminées montait droite et lente dans le ciel bleu, par-dessus les toits de fer-blanc des églises, des couvents et des édifices publics. Le fleuve n'était plus qu'une immense plaine blanche et l'on voyait, en direction de Lévis, sur l'autre rive, poindre le vert des sapins balisant la route enneigée qu'on avait tracée sur le pont de glace.

Eugène Paul partit de nouveau à la découverte de la ville et Patrick vint retrouver Ellen, rue de Buade. Elle s'emmitoufla dans une longue pèlerine doublée de fourrure dont elle releva le capuchon au moment de sortir. «*Oh! what a glorious day!*», s'écria-t-elle. Puis elle courut jusqu'au milieu de la place de la basilique. Elle s'arrêta soudainement pour demander:

— Où allons-nous?

— Emmène-moi où tu voudras! dit Patrick.

— Alors, suis-moi! dit-elle en l'entraînant vers un magasin de la côte de la Fabrique, en face.

À l'auberge, la veille, Ellen avait noté que Patrick portait un chandail troué et elle voulait lui en acheter un neuf. Il eut beau protester, disant que la chose n'était pas nécessaire, il quitta la boutique avec un nouveau lainage anglais à col roulé, du genre de ceux que portent les marins.

L'éclat du soleil, dont la ville avait été privée depuis des semaines, incitait les gens à sortir.

Sur les remparts, les promeneurs croisaient des soldats anglais, fusil à l'épaule; autour du petit séminaire, des collégiens en redingotes noires, lisérées de blanc, mêlaient leurs silhouettes à celles de prêtres, coiffés de leurs larges chapeaux d'ecclésiastiques; des religieuses enroulées dans des capes noires, brunes ou grises, traversaient deux par deux les places enneigées et saluaient les enfants tirant derrière eux leurs toboggans ou leurs traîneaux. Les clochettes et les grelots des voitures accompagnaient de leurs tintements les voix des citadins qui s'interpellaient joyeusement... La surabondance de neige tombée depuis des semaines faisait l'objet de toutes les conversations et l'on se réjouissait de voir de nouveau le bleu du ciel.

Ellen et Patrick se trouvaient dans la rue du Parloir quand l'angélus du midi sonna au clocher du couvent des Ursulines. Les cloches des églises paroissiales se firent aussi entendre, emplissant l'air sec de cette splendide journée d'hiver de leurs vibrations d'airain. Tandis que dans leur couvent les moniales chantaient les versets du *Magnificat*, les amoureux s'arrêtèrent un moment pour écouter, en même temps que l'écho retentissant et harmonieux des cloches, les modulations du chant qui s'élevait en eux. Ils s'engagèrent ensuite dans la rue Saint-Louis, puis ils descendirent la rue Sainte-Ursule jusqu'à la porte Saint-Jean. Tout près se trouvait une humble auberge où ils allèrent manger. Patrick avait peu d'argent, mais Ellen avait économisé depuis son arrivée à Québec en prévision de sa visite. Durant l'après-midi, les amoureux poursuivirent leur balade à l'intérieur des fortifications.

Quand Patrick ramena Ellen chez sa tante, l'obscurité enveloppait la silhouette opaque des hautes maisons de la rue de Buade.

* * *

Le lendemain était jour de la Chandeleur, que l'on fêtait en ce temps-là en grandes pompes. La place de la basilique Notre-Dame fut bientôt grouillante de fidèles venus assister à la messe commémorant la présentation de Jésus au Temple et la purification de la Vierge Marie. Ellen avait manifesté le désir d'accompagner Patrick à l'office religieux. Puisqu'elle devrait se convertir au catholicisme afin de pouvoir épouser le jeune Irlandais, elle souhaitait se familiariser au plus tôt avec les usages de la religion catholique romaine. Elle avait visité la basilique, mais n'avait jamais assisté à d'autres offices religieux que ceux de la cathédrale anglicane, à Québec, ou du pasteur Wood, à Drummond. Maureen O'Connor, la vieille bonne Irlandaise, se réjouit d'apprendre qu'Ellen irait entendre la messe à l'église catholique. «Tu vas voir, lui dit-elle, c'est très beau et très émouvant.»

Quand Patrick vint chercher Ellen, il fut surpris de voir une si grande foule converger vers l'église. Des carrioles de toutes sortes et des berlots se succédaient devant la basilique-cathédrale. On voyait aussi des voitures fermées et chauffées, surmontées d'un tuyau en tôle servant de cheminée; celles des notables ressemblaient à des carosses. Le conducteur descendait du siège surélevé qu'il occupait, à l'avant, et venait ouvrir la porte à de belles dames richement vêtues. Les femmes de la bourgeoisie, enveloppées dans des fourrures, tenaient le bras de leurs maris, coiffés de chapeaux de castor, tandis que les gens du peuple, portant des manteaux d'étoffe du pays ceinturés de vulgaires cordons, se confondaient avec les religieux et religieuses enveloppés dans leurs amples costumes.

Patrick ne fut pas moins impressionné qu'Ellen en entrant dans la basilique. Là-bas, à l'extrémité de la haute nef principale, le maître-autel à colonnes torsadées attira d'abord leur attention : surmonté d'une gigantesque couronne couverte de dorures, l'ensemble sculptural, au milieu duquel s'élevait une statue de la Vierge, baignait dans la lumière. En effet, tout n'était que flambeaux, cierges et lampions dans le chœur strié de rayons de soleil jouant à travers les vitraux. Un grand nombre de prêtres, religieux et chanoines entouraient l'évêque, monseigneur Pierre-Flavien Turgeon, dont la mitre dorée scintillait comme une étoile au milieu de ce déploiement de magnificence, contrastant avec les humbles fidèles et les paroissiens pauvres qui remplissaient les deux nefs latérales et les bas-côtés de la basilique. Eugène Paul, qui avait tenu à assister à la messe, se trouvait parmi eux.

Alors que la chorale, soutenue par les accords des grandes orgues, entonnait le *Magnificat anima mea Dominum*, des volutes de fumée montèrent des encensoirs d'argent que les célébrants agitaient autour de l'autel, emplissant l'église d'une odeur exotique et pénétrante. Envoûtée et sidérée à la fois, Ellen ne voulut pas s'avancer pour prendre place dans un banc et le couple resta debout à l'arrière de la basilique bondée.

Après la messe, les amoureux vinrent prendre le repas du midi chez la tante Elizabeth. Le marchand George Williams n'avait pas les scrupules de son beau-frère loyaliste; il lui importait peu que le futur mari de sa nièce fût protestant ou catholique. La plupart de ses employés étaient des Canadiens français habitant les faubourgs.

Si l'homme d'affaires déplorait l'alcoolisme et la dépravation des mœurs qui régnaient dans ces quartiers pauvres de la basse-ville, il n'y recrutait pas moins des ouvriers soumis et zélés qui contribuaient à l'augmentation de sa petite fortune. Il trouva Patrick Lavelle plutôt sympathique. Il lui offrit même l'usage d'un cheval et d'une voiture, pour aller faire une promenade avec Ellen. «Vous devriez aller voir les chutes Montmorency», suggéra-t-il en sortant de table.

* * *

La carriole était rouge, le cheval était noir, la neige était blanche et le ciel était bleu comme les yeux d'Ellen.

Patrick ne connaissait pas le chemin qui menait à Montmorency, mais il n'eut qu'à suivre les nombreuses voitures qui s'y dirigeaient, dans un concert de grelots et de clochettes. Au milieu du XIXᵉ siècle, la balade dominicale aux chutes Montmorency, l'hiver, était devenue l'un des loisirs favoris de la bourgeoisie québécoise, qui allait y montrer ses plus beaux attelages: chevaux empanachés, berlines et bogheis montés sur patins, et même des troïkas rappelant la Russie impériale, mais surtout d'innombrables carrioles aux couleurs vives qui rutilaient sous le soleil.

Ellen et Patrick aperçurent au loin la montagne de glace que les embruns congelés formaient au pied des chutes. Ils ne résistèrent pas à l'envie de grimper jusqu'au sommet du gigantesque cône que des adolescents dévalaient sur leurs traîneaux. Des tons de pastel sillonnaient cette masse translucide, derrière laquelle des trombes d'eau soulevaient un nuage blanchâtre.

Le bruit sourd de la cataracte ajoutait à l'exaltation qui s'emparait des glisseurs et des badauds. Ah! la belle journée pour Ellen et Patrick! Du haut de la pyramide de glace, ils contemplèrent le désert de neige qui s'offrait à leur vue et d'où émergeait la pointe de l'île d'Orléans.

En fin d'après-midi, les voitures reprirent le chemin de la ville. Les carrioles glissaient sur une étendue de blanc que les feux du soleil couchant tintèrent successivement de jaune, de rose puis de violet. Enfin, l'obscurité descendit sur le paysge et l'on ne vit plus qu'un cortège de lanternes se diriger vers Québec. Blottie contre Patrick sous les peaux de fourrure, Ellen, euphorique, aurait voulu que cette promenade n'eût pas de fin.

* * *

Le lundi, Patrick et Eugène Paul commencèrent à préparer leur départ, prévu pour le lendemain. Après avoir acheté quelques provisions, ils se rendirent chez un sellier pour faire réparer les sangles de leur étriers. Dans la rue des Remparts, leurs selles sur l'épaule, ils furent interpellés rudement par un soldat anglais, alors qu'ils venaient de passer la porte de la Canoterie. L'Habit rouge, baïonnette au fusil, croyant avoir affaire à des voleurs, employa un ton impérieux qui choqua le jeune

Irlandais. Patrick avait dû quitter son pays à cause de ces Anglais qui y régentaient tout, et il n'accepta pas qu'on lui parlât sur ce ton. La moutarde lui monta vite au nez et il répliqua vertement au militaire.

Une engueulade s'ensuivit durant laquelle le fils de l'Irlandais abreuva l'armée anglaise tout entière d'épithètes peu flatteuses. Excédé, le soldat appela un compagnon à son aide et ils appréhendèrent Patrick.

— Pourquoi m'arrêtez-vous ? demanda ce dernier.

— Pour crime de lèse-majesté, dit l'un des soldats.

— Je n'ai rien fait de mal ! protesta Patrick.

— Tu as insulté l'armée anglaise, dit l'autre militaire.

— Nous ne sommes pourtant pas en Angleterre ici, plaida le jeune homme.

— En effet, et quant à moi, j'aimerais bien m'y retrouver plutôt que de passer l'hiver dans cette fichue contrée, grommela le premier soldat. Mais, ajouta-t-il, la reine règne ici comme à Londres et l'on injurie pas impunément ses soldats ! Viens, suis-nous !

Ne voulant pas aggraver son cas, Patrick suivit docilement les militaires jusqu'à la Citadelle. Désemparé, Eugène Paul courut prévenir Ellen. Elle était seule en compagnie de la bonne quand il frappa à la porte de George Williams.

— Que se passe-t-il ? demanda Ellen en apercevant son cousin. Où est Patrick ?

— Ils l'ont arrêté !

— Qui ça ?

— Des soldats anglais !

— *Oh no! What happened?* demanda Ellen.

Eugène lui raconta la péripétie. La jeune fille, soulagée d'apprendre qu'il s'agissait d'un incident plutôt banal, demanda à la bonne de ne rien raconter à sa tante de ce qu'elle venait d'entendre.

Mauren O'Connor était dans tous ses états. «*My God! My God!*», ne cessait-elle de répéter. Ellen s'habilla bien vite et quitta précipitamment la maison. Elle demanda à son cousin de ne pas l'accompagner.

— Oui, mais... où vas-tu? demanda Eugène.

— Ne t'inquiète pas, dit-elle, et va m'attendre à l'auberge.

La jeune fille releva le capuchon de sa houppelande et prit la direction de la Citadelle. Elle marchait vite, très vite. Elle savait que le lieutenant Cook était en service, il le lui avait dit la semaine précédente en prenant le thé chez sa tante. Parvenue à la porte Saint-Louis, elle monta sur les remparts et courut vers l'entrée principale de la forteresse. Deux gardes l'y interceptèrent. «Je veux voir le lieutenant Cook», dit-elle. Les soldats connaissaient le penchant de l'officier pour la jeune fille. On la conduisit aussitôt auprès du lieutenant, dans une grande pièce austère.

Christopher Cook se tenait debout devant une énorme cheminée; sanglé dans sa tenue d'officier, il tournait le dos à la porte qu'on referma derrière Ellen. L'épée que le lieutenant portait à son côté lançait des reflets chatoyants sous les flammes.

— Qui est-ce? demanda le militaire sans se retourner.

— C'est moi, répondit faiblement Ellen, restée près de la porte.

— Je n'ai pas bien compris, dit l'officier, apparemment imperturbable.

— C'est moi, Ellen, précisa la jeune fille d'une voix plus ferme.

— Je vous attendais, dit le lieutenant toujours sans se retourner.

— Vraiment?...

— Eh oui, j'ai su que votre amoureux irlandais est à Québec. Ainsi donc, les tempêtes de neige ne l'ont pas empêché de tenir sa promesse.

— C'est un homme de parole, risqua Ellen.

— Vous devez être très heureuse?

— Euh... oui, mais...

Le lieutenant enchaîna rapidement:

— C'est aussi un jeune homme ardent et plein d'impétuosité. Cela pourrait lui causer des ennuis.

— Oui, peut-être...

— Dites-moi, demanda l'officier, impassible, avez-vous aimé votre promenade aux chutes Montmorency, hier?

— Beaucoup.

— Il faisait très beau, n'est-ce pas?

— Euh... oui, en effet.

Ellen soupçonna le lieutenant de vouloir lui faire perdre contenance. Mais elle était anglaise comme lui et elle n'en fit rien.

— Je viens d'apprendre que ce colon irlandais de Headville se permet d'injurier les soldats de Sa Majesté. Que pensez-vous de cela? demanda le lieutenant.

— Eh bien... ce sont des mots qui lui auront probablement échappé...

— Cela risque d'être fâcheux pour lui, précisa le jeune officier.

— Et pour moi aussi, ajouta Ellen.

— Sans doute, puisque vous l'aimez...

Christopher Cook attendit une réaction à ses paroles, mais Ellen ne broncha pas. Il poursuivit:

— Faire un si long voyage pour revoir son amoureuse et se retrouver à la Citadelle... Quel dommage!

— En effet... se contenta de dire Ellen.

— Il ne s'agit pas, bien sûr, d'une offense criminelle, mais tout de même, on ne se moque pas impunément de l'armée anglaise.

— Vous allez intervenir, n'est-ce pas?

— Pourquoi le ferais-je? demanda le militaire.

Ellen hésita un moment avant de s'écrier faiblement:

— Parce que je l'aime!

— Est-ce une raison suffisante? dit le lieutenant d'une voix grave.

— Je ne sais pas... balbutia la fille du capitaine Watkins. Et elle ajouta: C'est à vous d'en juger.

Ellen comprit qu'elle ne ferait pas flancher le lieutenant en lui opposant la même rigidité qu'il lui témoignait; s'étant approchée de lui, elle mit la main dans son dos en disant doucement:

— Il doit partir demain pour rentrer à Headville.

Christopher Cook ressentit comme une brûlure la main d'Ellen posée sur lui. Il aimait la jeune Watkins depuis la première fois qu'il l'avait vue, chez son père, à Drummond. Il avait obtenu du commandant de la Citadelle, pour rester auprès d'elle, qu'on prolongeât son séjour à Québec, jusqu'à l'été suivant. Il la voyait une fois par semaine, quand il venait prendre le thé ou jouer aux cartes chez les Williams. Elle ne restait la plupart du temps que quelques minutes en leur compagnie et se retirait ensuite dans sa chambre. Et voilà qu'il tenait entre ses mains le sort du jeune homme qu'elle aimait. Craignant de flancher si son regard rencontrait celui de la jeune fille, Christopher Cook lui tournait volontairement le dos. Ellen dut deviner cela, car elle vint se placer devant lui en redisant, cette fois d'une voix émue :

— Il doit partir demain...

— Tenez-vous tant à son départ ? demanda ironiquement le lieutenant.

— Vous savez bien que non, et je ne vous cacherai pas que, si je le pouvais, je partirais avec lui !

— Vous l'aimez à ce point ? murmura Christopher sur un ton compatissant.

— Si vous avez quelque considération pour moi, s'il vous plaît, faites quelque chose ! supplia Ellen.

La jeune fille avait rabaissé le capuchon de sa pèlerine et ses longs cheveux blonds, défaits, ondulaient sur ses épaules. L'émotion accentuait le bleu de ses yeux et teintait de rose ses joues enfiévrées. Le lieutenant Cook eut du mal à résister à son regard embué et à sa voix frémissante. Mais il tenait à la faire languir comme lui-même languissait depuis des mois. Il appela un garde. Un soldat parut et se mit au garde-à-vous.

— Ramenez mademoiselle ! ordonna l'officier.

— Mais... Christopher, murmura Ellen.

— Tiens, vous vous souvenez de mon prénom, dit le lieutenant, narquois. Je verrai ce que je peux faire, ajouta-t-il. Revenez à quatre heures cet après-midi.

Ellen quitta la Citadelle l'âme en peine. Elle alla vite retrouver son cousin à l'auberge *Old Country* et l'informa des résultats de sa démarche.

Eugène comprenait assez bien l'anglais, mais il ne le parlait qu'approximativement, sa mère ayant adopté la langue française de son mari.

— *Well,* dit-il dépité, *maybe we are stuck in Québec...*

— *No, I don't think so,* dit sa cousine.

— Ben oui, mais si y décident de le garder?

— Non, dit Ellen, ce qu'il a fait ne mérite pas l'emprisonnement.

— Je sais, mais avec l'armée anglaise, des fois...

— Je suis sûre que Christopher va le libérer cet après-midi.

— Qui c'est ça, Christopher? demanda Eugène.

Sa cousine lui dit qu'elle connaissait bien le lieutenant Cook, l'officier du corps de garde, à la Citadelle. Elle lui raconta la visite qu'il avait faite à Drummond au mois d'octobre et lui dit qu'elle avait fait le voyage à Québec en sa compagnie.

— Ah oui, Patrick m'a raconté les problèmes qu'y a eus à Sorel avec ce soldat anglais... Apparemment qu'y est pas commode?

— Je suppose qu'il fait son devoir, dit la fille du capitaine.

— Mais... comment tu vas faire pour le convaincre de nous laisser partir demain?

Après un moment d'hésitation, Ellen avoua:

— Il est amoureux de moi...

— Ah bon... dit Eugène d'un air entendu.

Ellen rentra à la maison de son oncle. Elle mit la bonne, Maureen, au courant des événements et lui rappela qu'elle n'en devait rien dévoiler à personne. La vieille Irlandaise s'inquiéta du sort de Patrick et imagina le pire. « Mais non, lui dit Ellen, le lieutenant Cook va tout arranger, j'en suis sûre! »

* * *

À la Citadelle, Patrick se tourmentait. On l'avait mis dans une cellule infecte et froide, réservée aux soldats récalcitrants. Son compagnon d'infortune, un Écossais moustachu, tempêtait sans arrêt contre ses supérieurs, contre la reine, contre ce pays du Canada, surtout, dont il maudissait le climat. Il félicitait les Français d'avoir compris qu'il n'y avait rien d'autre à faire que de grelotter «*in this damned country!*».

Après le dîner, le lieutenant Cook vint rendre visite à Patrick. Il fit d'abord sortir l'autre prisonnier, puis il demanda cyniquement :

— Et alors, Irlandais rebelle, comment apprécies-tu ton cachot ?

Faisant allusion à son compagnon d'infortune, Patrick répondit :

— Je ne voudrais pas être un soldat anglais !

— Nous avons pourtant la noble tâche de défendre la patrie, dit le lieutenant.

— Mais vous avez également le méprisable travail de vous emparer de celle des autres ! enchaîna le prisonnier d'une voix rageuse.

— Les hommes ne méritent de posséder que ce qu'ils savent conquérir ou défendre ! proclama l'officier anglais.

— En irait-il de même pour ce qui est des conquêtes amoureuses ? demanda ironiquement Patrick, qui connaissait les sentiments du lieutenant envers Ellen.

Le visage de Christopher Cook s'assombrit. Il se savait battu sur ce terrain. Il avait tout tenté, depuis des mois, pour se faire aimer d'Ellen, mais ni ses gentillesses, ni le prestige de l'uniforme d'officier, ni la perspective d'une brillante carrière militaire n'avaient ouvert la moindre brèche dans le cœur de la jeune fille.

Le lieutenant ne répondit pas à la question de Patrick. Il tourna les talons et, au moment de sortir, il dit :

— Elle est venue me voir tantôt...

Patrick s'élança vers la porte de la geôle, qui se referma aussitôt dans un grincement métallique.

— C'est vrai ? s'écria le jeune Irlandais, s'accrochant aux barreaux de la lucarne du cachot.

— Elle doit revenir cet après-midi, dit Christopher Cook sans se retourner, car il ne voulait pas voir le bonheur soudainement apparu sur le visage de son prisonnier.

* * *

Il n'était pas quatre heures quand Ellen se présenta à la guérite de la Citadelle. La jeune Anglaise s'était coiffée soigneusement. Le long manteau rouge qu'elle portait rehaussait l'éclat de son teint de nacre. Un soldat l'accompagna à la salle de garde. Christopher Cook l'y attendait.

— Vous êtes en avance, fit remarquer le lieutenant.

— Peut-être... un peu, oui.

— Et impatiente de le revoir, je suppose.

— Vous avez raison.

Le militaire qui accompagnait Ellen était resté en retrait.

— Allez chercher le prisonnier Patrick Lavelle ! lui ordonna Christopher.

— Ainsi donc, vous allez le libérer ? demanda Ellen, la mine réjouie.

— Oui, se contenta de répondre le lieutenant.

— Vous êtes gentil. Merci. Merci beaucoup.

Elle voulut poser un baiser sur la joue de l'officier anglais, mais il s'éloigna, stoïque.

Quelques minutes plus tard, Patrick entrait dans la pièce, escorté par deux soldats. Ellen courut vers lui. Christopher renvoya les gardes.

— Sais-tu, demanda le lieutenant à Patrick, à qui tu dois la liberté?

— Je la dois d'abord à mon père, qui a eu l'heureuse idée de quitter un pays souffrant sous la domination anglaise, répondit Patrick.

— Tu es encore arrogant. Tu oublies que nous dominons ici également, dit l'officier.

— Peut-être, mais nous ne sommes pas prisonniers dans une île. Ce continent est si vaste, et il y a tout près les États-Unis d'Amérique, qui ont été fondés sur la liberté!

— Songerais-tu à y émigrer? demanda Christopher.

— Je suis très heureux dans le *township* de Grantham, dit Patrick.

— Eh bien, tu peux y retourner. Tu es libre. C'est à Ellen que tu le dois.

— Oh! dit Patrick, ému, je lui dois beaucoup plus que cela.

— L'amour, peut-être? demanda l'officier anglais.

Patrick ne répondit pas.

Le lieutenant se retourna vers l'âtre.

— Partez! ordonna-t-il aux amoureux.

Ellen et Patrick quittèrent joyeusement la Citadelle. Ils coururent sur les remparts déjà enveloppés de brunante et se dirigèrent vers l'auberge *Old Country*, au pied de la côte de la Montagne. Ils y retrouvèrent Eugène Paul, tout heureux de revoir son compagnon de voyage.

Ils prirent le souper ensemble, tous les trois, après quoi Patrick vint reconduire Ellen chez sa tante. Ils se firent leurs adieux le soir même, car les deux voyageurs devaient partir à l'aube, le lendemain. Maureen O'Connor avait préparé des sucreries pour Patrick; les larmes aux yeux, elle les lui donna en lui souhaitant bon voyage. Le fils de l'Irlandais salua une dernière fois George Williams et sa femme, après les avoir remerciés de toutes leurs gentillesses, puis Ellen accompagna son amoureux au pied de l'escalier.

— Tu seras prudent en route, n'est-ce pas?

— Mais oui, sois sans crainte.

— Tu me le promets?

— Solennellement. D'ailleurs, le retour sera plus facile, nous connaissons le chemin.

— Tu vas m'écrire en arrivant chez toi?

— Bien sûr. Je te raconterai notre voyage, mais je te dirai surtout combien je t'aime!

— *I love you... I love you...*

Patrick s'arracha des bras d'Ellen et retourna à l'auberge.

Sous un soleil radieux, Patrick Lavelle et son compagnon mirent deux fois moins de temps pour rentrer à Headville qu'il ne leur en avait fallu pour venir à Québec.

10

Jamais printemps ne parut si lointain à Ellen et si lent à venir pour Patrick. Aux grands froids secs de février succéda un mois de mars neigeux qui prolongea l'hiver. Il fallut attendre avril pour assister à la fonte des neiges. À Headville, les chemins restèrent impraticables pendant des semaines. Les basses terres furent longtemps inondées par le débordement de la rivière Noire et l'unique sentier menant à Drummond ne redevint carrossable qu'au début du mois de mai.

À Québec, la ville entière étincelait sous le soleil d'avril. Dans la haute-ville, le ruissellement de tant de neige fondue roulait les graviers dans les rues en pente raide, en faisant un clapotis semblable à celui des ruisseaux. Des adolescents s'amusaient à endiguer ou à dévier le cours de cette eau miroitante; les enfants y faisaient voguer toutes sortes de petits bateaux de leur fabrication. Dans les quartiers populaires de Saint-Roch et de Saint-Sauveur, les rues se transformaient en bourbiers et l'on voyait partout apparaître les saletés et détritus accumulés tout au long de l'hiver.

Les ruelles au pied du cap Diamant restèrent long-temps inondées par les torrents d'eau qui s'écoulaient le long de la falaise.

Les petites gens saluaient pourtant avec enthou-siasme l'arrivée des beaux jours. Certains, ignorant le dicton «En avril, ne te découvre pas d'un fil», sortaient en bras de chemise, tout heureux de sentir de nouveau les rayons de plus en plus chauds du soleil. Il y eut bien encore quelques giboulées, mais les forces vives du printemps reprirent vite le dessus. Au milieu du mois, on commença à surveiller le fleuve: la débâcle était proche.

Personne plus qu'Ellen Watkins ne souhaitait le départ des glaces et la reprise de la navigation. Malgré l'interdiction de sa tante, elle descendit un jour dans la basse-ville. Elle s'y trouva au milieu d'une grande ani-mation, car la nouvelle de la rupture du pont de glace l'avait précédée. Elle suivit la foule qui accourait de partout, et dont les cris de joie se mêlaient au fracas de l'embâcle emporté par les eaux. De gigantesques blocs de glace partaient à la dérive, s'entrechoquaient ou s'empilaient les uns sur les autres dans leur fuite vers le golfe, vers la mer. Non seulement des navires arrive-raient bientôt d'Europe, mais la batellerie reprendrait, les goélettes remonteraient le fleuve jusqu'à Montréal. Bientôt, oui, mais quand? Ellen écouta les conversa-tions autour d'elle, espérant entendre des prévisions à ce sujet, mais elle ne comprit rien au langage exubérant et précipité des Canadiens français. Elle longea les quais jusqu'au *Market Hall*. Là, on l'informa que la navigation fluviale reprendrait peut-être la semaine suivante. Un officier de l'immigration lui suggéra de s'adresser au capitaine Charles Bourget, qui habitait tout près. Elle alla frapper à la porte du vieux marin et lui exprima sa hâte de rentrer à Drummond. Il lui apprit qu'il lui faudrait attendre au moins une dizaine de jours, avant que le fleuve ne soit suffisamment libéré de ses glaces pour permettre la navigation des goélettes.

Mais le capitaine parlait en français, et Ellen n'arrivait pas à traduire tout ce qu'il disait. Il précisa, en essayant de soigner son élocution :

— D'après moé, ça ira pas avant le cinq ou le six de mai. *Do you understand?* demanda-t-il à la jeune fille.

Ellen fit signe que non. Il montra les cinq doigts d'une main et dit :

— *Five...* au mois de mai.

— Ah bon, fit Ellen. *The fifth of May?*

— *Yes... maybe.*

Ellen réserva une place.

On était le 20 avril. La fille du capitaine Watkins remonta vers la haute-ville le cœur léger. Avant de rentrer chez sa tante Elizabeth, elle s'arrêta dans une auberge pour y écrire une lettre qu'elle alla vite mettre à la poste. Même si le service postal n'était pas très rapide — on avait émis, l'année précédente, les premiers timbres-poste canadiens —, elle espérait que Patrick recevrait sa missive à temps pour lui permettre de venir la chercher à Sorel. Puisqu'il était entendu que leur nièce pourrait rentrer à Drummond dès la reprise de la navigation, George Williams et sa femme ne s'opposèrent pas à ses préparatifs de départ.

À Headville, où le printemps arrive un peu plus tôt qu'à Québec, la fonte des neiges était terminée ; des vents doux asséchaient la terre gorgée d'eau ; le soleil plongeait jusqu'au creux des forêts encore effeuillées et les fougères commençaient à dérouler leur tapis de verdure dans les sous-bois. Espérant recevoir des nouvelles d'Ellen, Patrick sellait chaque jour son cheval pour se rendre au village, où l'on venait d'ouvrir un bureau de poste.

Chemin faisant, il entendait le coassement des grenouilles parmi les joncs et les roseaux des marécages qu'il contournait. Ce chant de la vie renaissante, qui semblait monter de la terre même, faisait frissonner toutes les fibres de son être, décuplait en lui l'ardeur de la jeunesse et accentuait la fièvre de son attente amoureuse.

* * *

Patrick reçut la lettre d'Ellen le 3 mai. Il partit le jour même, car l'état des chemins était incertain. Il passa une première nuit à Saint-David, d'où il repartit tôt le lendemain. En fin de journée, il arrivait à Sorel. Une grande activité régnait dans la petite ville portuaire. Déjà, quelques bateaux venus de Montréal avaient accosté, apportant des marchandises longtemps attendues par les commerçants de la région.

Patrick se rendit au *Relais*. Il avait l'intention d'y réserver deux chambres pour le lendemain soir, mais l'hôtellerie était bondée de fêtards. En effet, l'équipage d'un navire de la marine anglaise, venu ravitailler la garnison du lieu, avait envahi l'auberge. Une quinzaine de marins se disputaient les faveurs de trois filles légères. Patrick tourna les talons et guida son cheval jusqu'à la forge de Lucien Salvail, qui l'avait reçu à souper l'automne précédent. Le maréchal-ferrant, heureux de revoir le jeune Irlandais, l'invita de nouveau à sa table. Durant le repas, la femme du forgeron, émue par l'histoire d'amour d'Ellen et de Patrick, offrit de les héberger.

* * *

Un peu avant six heures du matin, le 5 mai, Ellen Watkins quittait la résidence de la rue de Buade. La veille, des employés de son oncle avaient transporté la malle de la jeune fille et l'avaient chargée à bord de la goélette du capitaine Bourget, *La Marie-Anne*. Ellen fit ses adieux à Maureen O'Connor et promit à la vieille Irlandaise de lui écrire pour lui annoncer la date de son mariage. Elle monta ensuite dans la berline de son oncle. Comme il faisait un temps superbe, George Williams abaissa la capote de la voiture. La fille du capitaine Watkins admira encore une fois la façade de la basilique Notre-Dame et jeta un dernier regard sur les murs d'enceinte de la ville. Émue, elle entendit les sonneries mélodieuses de l'angélus du matin qui se répondaient de clocher en clocher, dans l'air doux du mois de mai.

La berline descendit la côte de la Montagne et se dirigea vers le port. Le début de la saison de navigation créait un va-et-vient perpétuel et bruyant dans le quartier ; les débardeurs étaient déjà à l'ouvrage et de nombreux badauds arpentaient les quais du bassin Louise, où des pêcheurs matineux avaient jeté leurs lignes. Le commerçant Williams connaissait bien le capitaine Bourget. Il lui confia sa nièce. «Prends-en bien soin!», dit-il au marin avant de remonter en voiture. Ellen sauta à bord de la goélette alors que le soleil se levait derrière les falaises de Lévis. «À moins d'imprévus ou d'un contretemps, lui dit le capitaine, on devrait être à Sorel en fin d'après-midi.»

Quand la goélette sortit du port, un jeune lieutenant de l'armée anglaise, muni de jumelles, regarda longtemps le petit bateau remonter le fleuve.

* * *

La prédiction du capitaine Bourget se confirma : la goélette arriva à Sorel alors que sonnait l'angélus du soir. Sur le quai, Patrick attendait fébrilement depuis des heures la venue de *La Marie-Anne*. Son cœur tressaillit quand il put lire enfin ce nom sur le flanc d'un bateau qui venait. Mieux encore, il reconnut Ellen sur le pont : appuyée contre le mât de beaupré, elle avait baissé le capuchon de sa houppelande et ses cheveux flottaient au vent. Patrick se rappela la figure de proue du *Derry*, le brigantin qui l'avait amené d'Irlande. Ellen avait à la main un grand mouchoir blanc qu'elle agitait, tandis que Patrick criait le nom de sa bien-aimée. Rayonnante de bonheur, Ellen aida à lancer les amarres sur le quai. Après avoir attaché le câble qu'il avait saisi, Patrick sauta dans le bateau pour l'aider à débarquer.

— *At last! At last!* s'écria Ellen en se blottissant contre son amoureux.

— Enfin toi! murmura Patrick.

— J'ai cru que le printemps ne viendrait jamais! dit-elle.

— Mais il est venu! Tu es là! *I love you so much!* répéta plusieurs fois Patrick durant leur étreinte.

— Je t'aime! dit-elle en français.

— J'ai reçu ta lettre avant-hier, dit Patrick. J'étais si heureux!

Le capitaine Bourget, ému, observa la scène du coin de l'œil. Ces retrouvailles lui rappelèrent sa jeunesse, ses premiers retours d'Europe, quand il était marin sur le bateau d'un armateur anglais de Québec, et que sa fiancée venait l'attendre sur le quai.

Avec un de ses hommes, il déchargea la malle d'Ellen, qu'un charretier apporterait à Drummond quelques jours plus tard, car le chemin de Yamaska se transformait progressivement en route de campagne et on inaugurait, cette année-là, un service de transport hebdomadaire entre le port de Sorel et le chef-lieu du *township* de Grantham.

Patrick entraîna Ellen dans une promenade autour du *Royal Square*. Ils croisèrent quelques soldats de la garnison, en quête d'aventure. La soirée était douce et claire.

— Dis-moi, demanda Patrick, as-tu prévenu tes parents de ton arrivée?

— Pas du tout, dit Ellen.

— Ah non?

— Si je l'avais fait, ils auraient envoyé quelqu'un me chercher. Et je ne voulais voir personne d'autre que toi!

— J'ai trouvé une maison où dormir ce soir.

— Où ça?

— Chez le forgeron, monsieur Salvail, là où j'ai couché l'automne dernier.

La femme de Lucien Salvail fut on ne peut plus heureuse de rencontrer enfin la jeune Anglaise dont Patrick lui avait parlé avec tant de ferveur. Elle prépara aux amoureux un copieux repas qu'elle les laissa partager en tête-à-tête. Elle donna à Ellen la chambre de la parenté. Patrick dormit sur un divan, dans la cuisine.

Le couple prit la route tôt le lendemain matin. Patrick aimait voyager au petit matin. Le lever du jour éveillait en lui un profond sentiment d'existence, depuis l'aube indécise et pâle jusqu'aux lueurs rosées de l'aurore.

Ellen apprit de lui à reconnaître différents chants d'oiseaux et ne se lassa pas de l'entendre parler de la beauté des choses ou de ses projets d'avenir. Ne pouvant faire galoper le cheval qu'ils montaient ensemble, ils revinrent lentement. Après avoir passé une nuit à Saint-David-d'Yamaska, chez l'habitant qui avait hébergé le jeune Irlandais l'avant-veille, ils reprirent leur route vers Drummond.

À la hauteur de Headville, Patrick bifurqua en direction du huitième rang. Il voulait permettre à Ellen de se reposer un peu. Ses parents et sa sœur Brigit accueillirent la jeune fille avec joie. Honora leur servit un léger repas. Patrick attela un cheval pour faire le reste du trajet en voiture. Il conduisit Ellen jusqu'à l'allée bordée d'arbres qui menait chez elle. Avant de se quitter, les amoureux se donnèrent rendez-vous, le samedi suivant, sous le chêne de leurs amours.

11

Le capitaine Watkins montra aussi peu que possible son mécontentement en apprenant que Patrick Lavelle avait accompagné Ellen depuis Sorel jusqu'à Drummond. Il ne voulait pas gâcher les retrouvailles de sa femme et de leur fille, mais il n'en médita pas moins un moyen de se débarrasser définitivement du jeune Irlandais. Le loyaliste n'eut toutefois pas le temps de mettre son projet à exécution : il mourut subitement, le samedi matin, alors qu'il était à prendre le petit déjeuner avec sa femme.

Quand Patrick vint retrouver Ellen, durant l'après-midi, sous le chêne dominant la rivière, il vit que ses yeux étaient rougis de larmes. Inquiet, il sauta en bas de son cheval et accourut vers elle. «*What's the matter?*», demanda-t-il. «*My father died this morning*», lui annonça-t-elle d'une voix éteinte. Enroulée dans sa longue cape bleue, blottie contre son amant, étouffant ses sanglots, elle expliqua que son père avait été foudroyé d'une crise cardiaque, le matin même.

Patrick partagea la peine d'Ellen, mais il ne put s'empêcher de ressentir un grand soulagement en apprenant que l'obstacle à leurs amours venait de disparaître. Tandis qu'il l'étreignait, à la fois heureux et malheureux, il leva la tête vers le ciel bleu par-delà le doux feuillage de mai.

«*Dear mine*, dit-il tendrement, *it is so sad. I love you so much.*» Il raccompagna Ellen chez elle et ne voulut plus la quitter. Il envoya un jeune homme à Headville, pour annoncer la nouvelle à ses parents.

* * *

Les funérailles de James Watkins eurent lieu le surlendemain, dans la belle église anglicane dominant la rivière Saint-François. Ses amis loyalistes entourèrent l'événement d'un décorum qu'on n'avait pas vu, à Drummond, depuis la mort du fondateur du lieu, le major général Heriot. Devant le cercueil recouvert du drapeau britannique, le pasteur Wood, dans une vibrante homélie, loua la loyauté du défunt envers la Couronne, rappela son sens du devoir et exalta son courage dans l'adversité.

Malgré le mépris que Watkins avait toujours montré envers les Irlandais catholiques, Terence et Honora Lavelle assistèrent au service funèbre, avec leur fils Patrick. Ellen avait insisté pour que ce dernier se tînt auprès d'elle, à l'avant du temple, durant la cérémonie. Douze miliciens formèrent une haie d'honneur quand on porta leur capitaine en terre.

Les restes du fidèle sujet de la Couronne d'Angleterre reposent toujours dans le vieux cimetière protestant de Drummondville, et l'on peut lire encore sur la pierre

tombale, quoique les ans en aient atténué la clarté,
l'inscription suivante :

JAMES WATKINS
Captain in H.M. 7th Batalion
Township Militia
1784-1853

* * *

Après la mort du capitaine Watkins, la population anglaise ne cessa de décroître dans la région. Les loyalistes
resteront encore longtemps majoritaires dans les
townships situés plus au sud, non loin de la frontière
américaine, mais les Canadiens français envahiront rapidement les cantons de Grantham et de Wickham,
ceux aussi, voisins, de Simpson et de Wendover.

La mère d'Ellen ne s'objecta nullement au mariage
de sa fille. Durant l'été, les amoureux se virent une ou
deux fois par semaine. Patrick passait parfois la nuit du
samedi chez les Watkins et ne rentrait chez lui qu'après
avoir assisté à la messe, le lendemain. À la fin du mois
d'août, il emmena Ellen et sa mère dans le huitième
rang. Il leur montra où il en était rendu dans la construction de sa maison, sur le lot que l'Administration publique lui avait concédé, près de la terre de ses parents.

Le grand jour fut fixé au 1er octobre. La veille, la jeune
Anglaise avait abjuré le protestantisme et fait sa profes-
sion de foi au catholicisme, en présence de Terence
Lavelle et de Joseph Caya. L'acte, signé par l'abbé
Charles Belcourt, se lit comme suit dans les registres de
la paroisse Saint-Frédéric, à Drummondville :

Le 30 septembre 1853, nous prêtre curé missionnaire, soussigné, autorisé à cet effet par Sa Grandeur Monseigneur Thomas Cook, Évêque de Trois-Rivières, avons reçu la profession de foi de Hélène Watkins, âgée de 17 ans, fille de feu James Watkins et de Eleanor Tarley, de Drummond, et l'avons absoute des censures qu'elle avait encourues par la profession d'hérésie.

Dans la sacristie de Drummondville, en présence de Terence Lavelle et de Joseph Caya, soussignés.

On notera que le curé missionnaire de Drummond a écrit le prénom Ellen en français — Hélène — dans son acte de profession de foi. Ainsi se manifestait, depuis la Conquête, la sourde résistance des Canadiens français : abandonnés par la mère patrie, laissés à eux-mêmes sur le vaste continent nord-américain, groupés autour de leurs clochers le long du fleuve ou plus loin dans les terres, ils s'inventaient presque en secret un pays. N'étaient-ils pas devenus, eux aussi, comme les Lavelle, des exilés en terre d'Amérique ? Ironie de l'histoire, quelques années après le rapport Durham, qui vouait les conquis de 1760 à une rapide assimilation, un émigré irlandais catholique ayant fui le joug anglo-saxon amenait à s'intégrer avec lui dans la nation francophone d'Amérique l'unique fille d'un capitaine de milice, fidèle sujet de la Couronne d'Angleterre et ardent défenseur de l'Église anglicane. Et l'évêque qui autorisait la jeune Anglaise à entrer dans le giron de l'Église catholique romaine s'appelait Cook, comme le lieutenant de l'armée d'occupation qui avait tout tenté pour se faire aimer d'elle.

Par délicatesse, Patrick n'assista pas à la cérémonie

au cours de laquelle sa bien-aimée serait proclamée hérétique. Il accompagna plutôt sa mère au magasin général, où elle voulait faire quelques achats. Le marchand James Anderson fit une mauvaise blague sur le mariage. Patrick s'en offusqua et quitta l'établissement en claquant la porte. Il conduisit Honora à la maison des Watkins, puis il vint attendre Ellen à la sortie de la chapelle. Elle s'accrocha à son bras. «*Let's go to our oak!*», dit-elle. Ils marchèrent lentement jusqu'à l'extrémité du village.

«Voici notre arbre du bien et du mal!», s'écria joyeusement Ellen. Les futurs mariés restèrent là une heure à ébaucher des rêves.

Un voisin avait offert de s'occuper des bêtes chez Terence durant les jours qu'il passa à Drummond avec sa femme. Les Lavelle furent hébergés chez les Watkins, dans la maison de celui qui avait aidé à mater les Patriotes à Saint-Denis, seize ans auparavant, et dont l'âme toute britannique s'était révoltée à l'idée que son unique fille pût épouser un Irlandais catholique.

* * *

Le samedi 1er octobre 1853, l'abbé Belcourt bénit l'union de Patrick Lavelle et d'Ellen Watkins. Mary et son mari, Antoine Corriveau, étaient là, ainsi que Brigit et son futur époux, Honoré Bourbeau. Le notaire Edward Ennis, ami du défunt James Watkins, servit de père à Ellen. Sa grande amie, Dorothy McCaffrey, fut sa dame d'honneur. Des amis de Patrick, partis du huitième rang avant l'aube, avaient fait le trajet jusque sur les bords de la rivière Saint-François. Plusieurs vieilles femmes pieuses et de nombreux curieux assistèrent aussi à la messe du mariage.

Au sortir de la chapelle, Ellen ressemblait à une communiante dans la longue robe blanche qu'elle avait cousue avec l'aide de sa mère. Au bras de son époux à la forte carrure, au teint cuivré, aux mains larges et noueuses, elle paraissait plus petite encore; son visage, d'une blancheur diaphane, rayonnait dans la tendre lumière de ce premier jour d'octobre. Patrick portait magnifiquement un bel habit de serge bleu marine. Un large foulard, noué autour du cou en guise de lavallière, lui donnait l'allure d'un jeune seigneur. Il resta un moment sur les marches de la chapelle, s'imprégnant du paysage environnant, écoutant le bruit des cascades tout près, puis il entraîna Ellen vers la voiture qu'Antoine Corriveau avait enrubannée de blanc. Il n'eut aucun mal à soulever sa jeune épouse pour l'asseoir délicatement sur le siège avant. Terence et Honora prirent place sur la banquette arrière, avec la mère de la mariée. Le cortège, formé d'une dizaine de voitures, se mit enfin en marche vers Headville.

Ah! la sublime journée pour Ellen et Patrick! Le temps pour eux avait suspendu son vol, selon le vœu du poète. C'était le début de l'été indien. Le ciel avait en ce samedi la pâleur lumineuse qu'on lui voit souvent en octobre, dans la vallée du Saint-Laurent. Il régnait dans l'air cette douceur remplie des derniers parfums de la nature. De légères nappes de brume restaient suspendues au-dessus des clairières. Dans les arbres, les taches de jaune, de violet, de rouge et d'ocre enluminaient le paysage en camaïeu. Un tapis de feuilles mortes couvrait déjà le sol dans les sous-bois. La forêt s'animait des chants d'oiseaux et l'on voyait s'enfuir devant les chevaux les lièvres effarouchés. « Regarde, *look!* », dit Patrick en pointant le ciel. Ellen leva la tête et vit un vol d'outardes dessinant son V majuscule en direction du sud. « *Oh! it is so beautiful!* »

Un ami de Patrick, fervent chasseur, avait emporté son fusil au cas où un animal se trouverait en chemin à portée de son tir. Le nouveau marié lui interdit de faire feu sur un chevreuil qu'ils aperçurent peu de temps après avoir quitté Drummond. « Pourquoi donc? », demanda le copain. « On ne tue pas le jour de mes noces », se contenta d'expliquer Patrick.

Le soir, on prit le souper et l'on fêta chez Terence. Les hommes burent de la bière et les femmes, du vin de gadelles. Vers dix heures, chacun ayant regagné son chez-soi, les nouveaux époux partirent à leur tour. Ellen embrassa sa mère, qui resta à coucher chez Terence. Avant de quitter son père, Patrick s'agenouilla devant lui avec sa jeune épouse pour recevoir une bénédiction aussi solennelle que celle du jour de l'An. Rendus chez eux, Ellen tint le fanal, près de la petite étable en bois rond, pendant que Patrick dételait. Ce dernier prit ensuite sa femme dans ses bras puissants et la transporta jusqu'à la maison. « *This is your home* », dit-il en la posant sur le plancher de la cuisine. « *It is our home* », précisa-t-elle en souriant. Il alluma une chandelle, puis il éteignit le fanal pour ne pas enfumer la pièce. Il y eut un court moment de gêne entre eux. « Je vais me changer », dit Ellen en esquissant un sourire enveloppant. Elle apporta le bougeoir dans la chambre aménagée au sud-est, à l'abri des vents de l'hiver. Patrick resta debout à la fenêtre de la cuisine. À la lisière du champ, la forêt qu'il avait fait reculer d'une centaine de mètres dressait un mur opaque dans la nuit animée des vibrations d'un faible clair de lune.

Cinq minutes plus tard, un lueur blafarde envahit la pièce. On vivait encore en ce temps-là, quand la nuit tombait, dans un éclairage moyenâgeux : les formes s'estompaient jusqu'à n'être plus que des ombres floues, les couleurs se confondaient en demi-teintes monochromes. Patrick se retourna et vit Ellen dans l'encadrement de la porte de chambre ; la faible lumière de la bougie qu'elle tenait à la main teintait de jaune pâle sa robe de nuit en flanelle blanche et faisait danser des ombres sur son visage.

Vision féerique. La jeune femme avait défait ses longs cheveux et penchait légèrement la tête. Ses lèvres minces et roses esquissaient un sourire d'une infinie douceur. On eût dit une toile de Georges de La Tour. Ébloui et ému, Patrick contempla ce spectacle plus beau qu'un chef-d'œuvre. Les nouveaux mariés restèrent un moment à distance, immobiles ; rien ne venait divertir leurs âmes et ils étaient l'un et l'autre comme une pierre précieuse dont on n'a jamais fini de découvrir les mille facettes. Dans la solitude et le silence de leur maisonnette de colons, ils allaient bientôt s'abandonner aux gestes de l'amour, devenir à leur tour le premier homme et la première femme, s'enlacer, s'élancer à la poursuite de l'inaccessible étoile, naître et renaître ensemble d'une même étincelle. Seule la flamme de leur amour, profond et véritable, guiderait leurs gestes gauches et ardents.

— *I could spend the night looking at you*, murmura Patrick.

Oui, il aurait pu passer des heures à contempler ce tableau en demi-tons, fait d'ombres et de lumière mouvantes, sans jamais arriver à en épuiser la beauté.

— *Don't you know I wish otherwise*, dit Ellen.

Le tempérament passionné de la jeune Anglaise lui avait fait désirer ardemment ce moment où elle pourrait enfin s'abandonner à son amour comme un bateau se livre à la mer. Elle devina le bouillonnement tumultueux et chaotique chez son bien-aimé et elle ne souhaita plus qu'une chose : mêler l'agitation de son cœur au désir de Patrick et se laisser emporter avec lui dans ce courant torrentiel.

Le fils de l'Irlandais s'approcha, dénoua son foulard, qu'il n'avait pas encore enlevé, et l'enroula autour du cou de sa jeune femme. « *You are my prisoner* », dit-il en riant.

Puis il souleva Ellen et la transporta dans la chambre.

* * *

Le lendemain de leur nuit de noces, le mariage d'Ellen Watkins et de Patrick Lavelle était consommé. Ils s'étaient fondus l'un dans l'autre tout naturellement, comme le jour se glisse dans la nuit, comme le bleu et le rouge, certains soirs à l'horizon, font le violet et comme les eaux du fleuve se mêlent à celles de la mer.

Habitué à se lever tôt, Patrick s'éveilla le premier. Il huma le parfum des cheveux de sa femme, posa un baiser sur son front, puis il sortit de la chambre sur la pointe des pieds, s'habilla et se dirigea vers l'étable. Il s'arrêta, chemin faisant, pour jeter un coup d'œil aux alentours ; les choses lui parurent différentes, comme si la nuit les avait changées. Après avoir nourri les bêtes —

deux chevaux, une vache, trois moutons, deux cochons, des poules et un coq —, il revint à la maison, chargea la pompe à eau, remplit la bouilloire, alluma le poêle et prépara le café d'orge. Il couvrit ensuite la table avec la nappe en lin qu'Ellen avait reçue en cadeau de noce de son amie Dorothy McCaffrey, et il plaça devant son couvert quelques violettes des bois qu'il avait cueillies derrière l'étable.

La veille, au moment du départ des nouveaux mariés, Honora avait donné à son fils un pain de sa fournée et un pot de confitures de fraises des champs. «Tiens, avait-elle dit, apporte donc ça pour votre déjeuner demain. »

Alors que Patrick tartinait une tranche de pain, Ellen parut dans la cuisine.

— Bonjour, mon amour, dit-elle d'une voix embrumée, avec ce fort accent anglais qu'elle ne perdit jamais.

— *Did you sleep well?* demanda Patrick.

— *Like a child...* Mais je ne suis plus une enfant. Depuis la nuit dernière, je suis femme.

Patrick sourit à cette allusion à leur nuit de noces.

— Je suis ton femme, ajouta-t-elle en allant se recroqueviller dans ses bras.

— Ta femme, corrigea Patrick.

— Ah oui?

— Oui, femme, c'est féminin, et il n'y a rien de plus féminin que toi.

Les nouveaux époux prirent leur premier petit déjeuner en amoureux, puis la vie les enchaîna aussitôt à son cours, au gré des travaux et des jours, des mois et des semaines, car il n'y avait en ce temps-là nulle oisiveté dans les bois du canton de Grantham. On serait pétrifiés de nos jours à l'idée de devoir s'autosuffire ainsi qu'ils le faisaient. En plus d'inventer leur vie sur le plan matériel, ils devaient puiser en eux-mêmes la première et l'ultime joie, celle d'exister; nulle distraction ne venait les soustraire au bruissement de leur être, nulle rumeur ne couvrait le murmure de leurs âmes et, à moins d'avoir quelque vice secret, nulle frivolité n'encombrait leurs cœurs. À quoi rêvaient-ils? Dans quel tissu se drapait leur vie intérieure? Le temps était-il plus lent alors, et le poids de l'existence, plus lourd ou plus léger? Étaient-ils heureux dans la forêt qu'ils repoussaient un peu plus chaque année, afin de pouvoir cultiver la terre? Mais qu'est-ce, le bonheur?

* * *

Le mois d'octobre, cette année-là, fut d'une exceptionnelle douceur, interminable *Indian Summer* au cours duquel Patrick s'employa à mieux isoler sa maison et à parachever la minuscule grange-étable que des amis l'avaient aidé à construire. Ellen agrémenta les fenêtres de rideaux colorés, fila de la laine pour faire des tricots en prévision de l'hiver et termina un édredon. Elle aimait ces occupations, car elles lui permettaient de s'envelopper dans la volupté de la rêverie. Il fit tellement chaud, certains jours de l'été indien, qu'on mangea dehors à l'heure du midi. Le beau temps extraordinaire, sujet de toutes les conversations, incitait les colons à se rendre visite.

Un jour qu'Ellen et Patrick étaient à prendre une collation sur le perron, ils invitèrent des passants, Alexandre Janelle et sa femme, à se joindre à eux. Le couple revenait du village où de nouvelles maisons s'ajoutaient de chaque côté de la rue principale. Un magasin général et une forge de maréchal-ferrant venaient d'ouvrir leurs portes et l'on projetait la construction, l'année suivante, d'une chapelle.

Alexandre avait hérité des biens de son père, pionnier du canton, mort quelques années auparavant, et on le considérait comme un cultivateur florissant. Il pouvait se vanter en effet de posséder huit bêtes à cornes, quatre chevaux, une basse-cour importante, et il cultivait une trentaine d'arpents d'une terre généreuse. Sa femme, Mathilde, avait le pouce vert, et plusieurs espèces de fleurs enjolivaient son potager.

Tandis que les deux hommes s'entretenaient à l'étable des travaux des champs, Mathilde informa Ellen des dernières nouvelles cueillies au village. Pendant tout ce temps, sa fillette de cinq ans, Elzire, resta sagement assise sur une marche du perron.

Quand les hommes revinrent du bâtiment, Patrick demanda à l'enfant :

— Quel âge as-tu, ma belle ?

— Je ne m'appelle pas Mabelle, mais Elzire, dit la petite.

Les deux couples rirent de bon cœur à la réplique de l'enfant.

— Eh bien, si tu t'appelles Elzire, tu restes ma belle quand même ! s'exclama Patrick en soulevant la fillette à bout de bras pour l'asseoir sur les épaules de son père.

* * *

Au beau temps du mois d'octobre succédèrent les jours sombres, pluvieux et froids de novembre. En fin d'après-midi, la tombée du jour rendait encore plus lugubre le spectacle désolant des grands carrés noirs des labours, au milieu des bois défeuillés. Ellen devait allumer tôt les bougies pour continuer à filer la laine ou à tricoter. Matin et soir, Patrick allait faire le train à l'étable, le fanal à la main. Les pluies rendirent les sentiers de la forêt et le chemin du huitième rang impraticables jusqu'aux premières gelées.

Dans la nuit du 3 décembre, la neige se mit à tomber. Quand Patrick se leva vers quatre heures du matin pour ranimer le feu dans le poêle, il se précipita à la fenêtrre, car il s'émerveillait encore des premières neiges, s'en enveloppait l'âme quand elles survenaient la nuit et ne se lassait pas d'observer le rideau ondoyant que tissait, entre la maison et la forêt, la chute tranquille des flocons. Par les journées ensoleillées du mois de janvier, il se réjouissait de voir les grands vents charroyer une poudrerie lumineuse dans les champs.

En février, au soleil couchant, tandis que les étendues de neige se teintaient de rose et s'enluminaient d'or, le jeune Irlandais, ébloui, admirait la beauté changeante du paysage qui s'enfonçait lentement dans l'ombre. Ces images effaçaient progressivement en lui celles de son Irlande natale ; son être faisait corps et âme maintenant avec ce plat pays du canton de Grantham, à peine modulé par de douces inclinaisons du sol. Le peu qu'il avait connu de l'Irlande s'estompait dans sa mémoire ; seules des ombres impalbables le rattachaient à cette *Ireland* à laquelle il songeait, en cette nuit de première neige, se rappelant surtout le jour où sa famille s'était embarquée à Cobh.

Après avoir mis un morceau de hêtre dans le poêle, Patrick souffla la chandelle, s'assit dans la berceuse près de la fenêtre et contempla le blanc de la neige dans le noir de la nuit. Un souvenir d'enfance lui revint en mémoire : un oncle se trouvait à la maison et causait avec son père, près de l'âtre. Terence avait prononcé le mot Canada. « *You should leave, if you have a chance to do so* », avait dit l'oncle.

Réveillée à son tour, Ellen vint retrouver son mari dans la cuisine.

— *Isn't that beautiful!* s'exclama-t-elle en regardant par la fenêtre.

— *Indeed*, se contenta de répondre Patrick.

— *I wish you'd rock me like a child*, suggéra Ellen.

Il la berça durant de longues minutes, en chantonnant une vieille mélodie irlandaise, puis il la porta jusque dans le lit. Elle l'attira tout contre elle dans la chaleur du matelas de plumes. Cette nuit-là fut conçu le premier enfant d'Ellen Watkins et de Patrick Lavelle, un garçon qui naquit le 28 août de l'année suivante et qu'ils prénommèrent Terence, comme son grand-père paternel.

12

Le premier Lavelle né en terre canadienne fut mis au monde par la femme d'Alexandre Janelle, Mathilde. Elle-même mère de quatre enfants, elle avait appris de sa mère le métier de sage-femme, qu'elle eut l'occasion de pratiquer abondamment dans le canton, sa réputation s'étendant à des kilomètres à la ronde. L'enfant fut aussi le dernier du lieu à recevoir le baptême à l'église de Drummond. En effet, les colons ayant obtenu l'autorisation de monseigneur Cook, évêque de Trois-Rivières, de construire une chapelle, et l'assurance qu'un prêtre missionnaire viendrait y célébrer la messe dominicale, on se mit à l'ouvrage ausitôt après les récoltes. Aldée Leclair, du chemin de Maska, dirigea la corvée. Homme à la stature imposante et au verbe sonore, faiseur de terres et coureur des bois d'une force herculéenne, Aldée mena les travaux avec entrain, en laissant échapper de temps à autre le seul juron qu'on lui entendît jamais proférer: «Calvinsse!» Lui et son cheval César devinrent légendaires dans le canton; on leur prêta des exploits homériques qu'ils n'accomplirent sans doute jamais, tant il est vrai qu'il suffit à un homme de surpasser un peu les autres pour devenir à leurs yeux un géant.

Patrick Lavelle et son père aidèrent à la construction de la chapelle, dans laquelle on célébra la première messe le 8 décembre 1854, le jour même où le pape Pie IX proclama le dogme de l'Immaculée Conception.

Deux ans plus tard eut lieu l'érection civile de la municipalité.

En 1856, on recensait à Headville 98 familles, dont une vingtaine installées au village qui prenait forme. On pouvait déjà s'approvisionner au magasin général d'Auguste Cotnoir, faire carder la laine ou moudre sa farine au moulin de Xavier Carle, se rendre à la boutique du forgeron Albert Duff ou aller faire planer son bois au moulin à scie que venait d'ouvrir Euclide Corriveau.

Après la construction de la chapelle, les colons arrivèrent en plus grand nombre. En 1860, quand le premier curé résidant vint prendre possession de la paroisse que lui avait confiée l'évêque, il dénombra 145 familles et 986 âmes. Étaient du nombre celles des quatre enfants qui s'étaient ajoutés à la famille de Patrick et d'Ellen : William-James, Mary-Jane, Hélène et Patrick II, qu'on appela toujours Patsy.

Cette année-là, Patrick entreprit de construire une nouvelle maison, plus spacieuse, à deux pignons, sur le modèle de celles qu'on commençait à voir s'élever dans la région. Est-ce à cause des difficultés de cette entreprise qu'on retarda de quatre ans la venue de l'enfant suivant, un garçon né le 2 septembre 1864, et qu'on prénomma John ? Ce fut encore Mathilde Janelle qui procéda à la délivrance, aidée cette fois de sa plus jeune fille, Elzire. Cette dernière, alors âgée de quatorze ans, allait bientôt être pensionnaire dans un couvent de Saint-Hyacinthe, où elle pourrait réaliser son rêve de devenir maîtresse d'école.

Patrick était absent au moment de l'accouchement, qui survint inopinément. Il avait dû se rendre au village pour y faire forger des gonds de portes de grange. Après avoir quitté la forge, il se fit interpeller par le maître de poste, Henri Brochu:

— Patrick!

— Oui, qu'est-ce qu'y a?

— J'ai un petit paquet pour ton père.

— Ah oui...

— Ouais, puis ça vient de pas mal loin.

— Pas de l'Irlande au moins?

— Non, non, pas d'aussi loin que ça.

— D'où, d'abord?

— Ça vient des États.

— Ah bon, ça doit venir de mon oncle Andrew.

— Y travaille-tu pour le gouvernement des États-Unis, lui?

— Non. Pourquoi vous me demandez ça?

— Parce que c'est un envoi du Congrès américain.

— Puis c'est adressé à mon père?

— Oui, oui, tiens, regarde!

Intrigué, Patrick rentra bien vite au huitième rang où il porta le colis à son père. Terence déficela le paquet sous l'œil intéressé d'Honora.

— *What is it?* demanda-t-elle.

— *Wait a minute...*

Terence parcourut d'abord la lettre du gouvernement de Washington, qui commençait ainsi: «*We have the regret to inform you...*» Alors, il marmonna: «*Bad news!*»

L'Irlandais savait qu'une guerre civile avait éclaté aux États-Unis, mais il ignorait que son jeune frère s'était engagé dans l'armée de l'Union. Il l'apprit en même temps que la nouvelle de sa mort.

Le colis, qu'il laissa ouvert sur la table, renfermait une médaille dans un boîtier et un chapelet dans son étui. Avant d'expirer, durant la bataille de Fredericksburg, Andrew Lavelle avait donné à un camarade l'adresse de Terence dans le *township* de Grantham. Celui qui avait recueilli son dernier souffle et à qui il avait confié ses dernières volontés était un tout jeune homme, presque encore un adolescent, comme il s'en trouvait beaucoup dans les armées du Nord et du Sud, qui s'affrontaient dans des batailles meurtrières.

En plus de la missive accompagnant la *Medal of Honor*, Terence trouva aussi un mot du compagnon d'armes de son frère. Dans cette lettre écrite d'une main quasi enfantine, le survivant relatait brièvement les circonstances entourant la mort de celui qui lui avait sauvé la vie :

Dear Sir,

I was beside your brother Andrew when he died as a hero, after saving my life in a meadow near the Rappahannock River, at Fredericksburg. He did not suffer very long. He had just enough time to ask me to let you know of his death, and I promised him to send you the rosary he had given me. If I survive this horrible war, I will remember him all my life.

Gratefully yours,
James West

Terence prit la médaille en bougonnant. «*A hero!*», dit-il, sur un ton à la fois dérisoire et révolté. Il remit la médaille dans le coffret qu'il tendit à son fils : « *Keep it as a souvenir of your uncle.* » Patrick voulut dire quelques mots de sympathie, mais son père donna un léger coup de poing sur la table. « *A dead hero!* », dit-il en hochant la tête. Il mit le chapelet et l'étui dans sa poche et se retira dans sa chambre. Sa femme Honora l'y suivit.

Patrick rentra chez lui, heureux de n'avoir pas émigré dans un pays où avait éclaté la guerre civile. Devenu canadien-français, il avait acquis de ce peuple le goût pour la quiétude en toutes choses et avait adopté leur philosophie du « p'tit train va loin ». Parvenu à la maison, il s'étonna de ne pas voir d'enfants dehors. Puis, il aperçut, près de l'étable, le cheval et la voiture des Janelle. « Dis-moi pas qu'Ellen aurait accouché! », pensa-t-il. Il entra en coup de vent et se dirigea vers la chambre où sa femme reposait, le nouveau-né entre les bras. Près du lit se tenaient Mathilde Janelle et sa fille, Elzire, ainsi que les cinq enfants qui admiraient leur nouveau petit frère. « C'est un garçon! », dit Ellen en apercevant Patrick dans l'encadrement de la porte. Il se précipita vers le lit près duquel il s'agenouilla. Il embrassa sa femme sur le front, puis il fit un signe de croix sur celui du bébé et rendit grâce à Dieu. Mathilde Janelle assistait pour la sixième fois à ce rituel, qui émut beaucoup sa fille, Elzire.

13

Le sixième enfant de Patrick et d'Ellen, John, fut le premier à avoir été baptisé dans la nouvelle église de la paroisse. En effet, la chapelle étant devenue trop petite, on achevait la construction d'une église en pierre, d'inspiration gothique. L'architecte de Québec qui avait tracé les plans de l'édifice vint en superviser l'exécution par les habitants du village, aidés de deux tailleurs de pierre et de quelques ouvriers spécialisés. Le chantier avait des dimensions imposantes pour l'époque et l'on vint même des cantons voisins pour assister à la progression des travaux. La haute façade de l'édifice, à toit en pignon, était flanquée de tours en saillie surmontées de clochers dont les flèches pouvaient être vues à des kilomètres à la ronde.

Quand l'église fut terminée, on décida de changer le nom trop profane de Headville pour celui de Saint-Germain. Bien peu de paroissiens surent que leur saint patron — sa statue occupait une niche au-dessus de la porte principale —, né à Autun, fut évêque de Paris en l'an 555 et fonda, avec Childebert Ier, l'église Saint-Vincent, devenue plus tard Saint-Germain-des-Prés. Les habitants de Headville se contentèrent de l'appellation beaucoup moins poétique de Saint-Germain-de-Grantham. Leur village se peuplait, les rangs aussi.

L'agriculture progressait, de nouveaux instruments aratoires, révolutionnaires pour l'époque, faisaient leur apparition: moissonneuse et faucheuse mécaniques, charrue de fer. Les espaces cultivés s'agrandissaient au fur et à mesure que reculaient les bois des alentours et le regard du colon, devenu paysan, se portait de plus en plus loin dans cette plaine ondulante. Le village, construit sur une faible élévation en pente très douce, dominait les terres les plus basses, situées le long de la rivière Noire, dont la crue printanière causait bien des maux aux agriculteurs riverains. À une dizaine de kilomètres vers le sud, on pouvait voir l'agglomération naissante de Wickham, sur le premier coteau marquant le soulèvement du sol en direction des Appalaches lointaines.

Au nord du village, le haut du huitième rang s'enfonçait dans d'épaisses forêts. La vie des Lavelle, comme celle des autres habitants, se déroulait dans un isolement presque total, et bien peu de nouvelles leur parvenaient du monde extérieur. Ils apprirent toutefois, en 1865, la fin de la guerre de Sécession, aux États-Unis. L'année suivante, ils surent qu'un gigantesque incendie avait rasé plus de deux mille maisons des quartiers Saint-Roch et Saint-Sauveur, à Québec. En 1867, ils suivirent avec intérêt les événements qui menèrent à la création, le 1er juillet, de la Confédération canadienne. On fêta au village, ce jour-là. Le curé, qui était conservateur, fit sonner longuement les cloches, au grand déplaisir de certains parents des Patriotes de 1837. Les passions politiques n'avaient pas dans le canton de Grantham une ardeur aussi intense qu'à Montréal ou à Québec, mais certains habitants, au risque de se faire des ennemis, exprimaient ouvertement leurs convictions.

Les noms de John A. Macdonald et de George-Étienne Cartier revenaient souvent dans les conversations des paysans, avec celui de Pierre-Olivier Chauveau, premier ministre de la nouvelle province de Québec. Certains, moins nombreux, préféraient évoquer le souvenir de Papineau, de Chénier et du chevalier de Lorimier. Mais les considérations sur la politique cédaient vite le pas aux préoccupations de la vie quotidienne.

Chez Patrick Lavelle, un autre garçon, Nazaire-Augustin, et une fille, Brigitte, étaient venus allonger la liste des enfants. Les deux aînés, Terence et William-James, âgés maintenant de quatorze et douze ans, aidaient leur père aux travaux de la ferme. Mary-Jane avait dix ans et secondait sa mère dans la maison, mais elle fréquentait aussi, avec Hélène et Patsy, la première école du rang. Elzire Janelle y enseignait. La jeune fille de dix-sept ans se trouvait privilégiée d'avoir un emploi si près de chez elle, car cela lui évitait de devoir habiter à l'école, comme la plupart de ses consœurs. Elle n'en devait pas moins s'occuper de l'entretien des lieux, en plus d'enseigner à une trentaine d'enfants dont les aînés avaient presque son âge. Dès le début, elle aima son rôle d'institutrice, se fit respecter des plus grands par son doigté et aimer des plus petits en leur montrant une attention maternelle.

La première école du huitième rang était un petit bâtiment en bois rond que les colons avaient construit lors d'une corvée, au cours de l'été. L'étage était aménagé pour loger la maîtresse, mais Elzire n'y habita jamais. Au rez-de-chaussée se trouvait l'unique classe, au milieu de laquelle on avait installé une fournaise à bois. Le mobilier, fait à la main, était rudimentaire et le matériel scolaire, à peu près inexistant. Comme il n'y avait pas de tableau noir, Elzire insista pour que chaque élève ait une petite ardoise dans un cadre de bois. Patrick Lavelle dut argumenter longtemps avec les commissaires pour les convaincre d'acheter les craies nécessaires, des crayons et des cahiers. La première année fut héroïque, autant pour les élèves que pour la maîtresse. Les garçons plus âgés regimbaient devant l'obligation de s'asseoir avec «des enfants d'école». En ce temps-là, à dix ou onze ans, les fils travaillaient comme des hommes avec leur père, sur la ferme, et ils en tiraient une juste fierté; les filles, elles, apprenaient à cet âge les secrets culinaires de leurs mères, qu'elles assistaient dans les travaux domestiques. Plusieurs parents ne voyaient d'ailleurs pas l'intérêt, pour leurs enfants, d'apprendre à lire et à écrire. «Su' a terre, ces afférées-là, qu'ossa donne?», pensaient les plus ignares. Patrick n'était pas de cet avis et encourageait ses enfants à étudier sérieusement. «On en sait jamais trop», répétait-il.

En fin d'après-midi, Elzire Janelle accompagnait parfois jusque chez eux les petits Lavelle, causait avec leur mère et se faisait aider par elle dans l'étude de l'anglais. Les nombreuses maternités avaient peu altéré la silhouette d'Ellen Watkins; à trente ans, son visage conservait une fraîcheur éclatante, le blond de ses cheveux avait à peine foncé et le bleu de ses yeux était plus intense encore que dans sa jeunesse. Quand Patrick la regardait à la dérobée, il lui semblait revoir la jeune fille qui lui avait déclaré son amour autrefois, sous le chêne, près de Drummond. Depuis leur mariage, il n'avait jamais manqué d'y faire un pèlerinage avec Ellen, en octobre. Cette année-là, plutôt que de partir en voiture, comme d'habitude, Patrick, sans prévenir sa femme, sella deux chevaux.

C'était un samedi merveilleux de lumière et de douceur. «Tu es fou!», protesta gaiement Ellen en le voyant sortir les deux bêtes de l'étable. Les plus jeunes enfants, qui n'avaient jamais vu leur mère monter à cheval, assistèrent au départ de leurs parents avec de grands yeux ébahis; les plus âgés applaudirent et lancèrent des cris de joie quand elle lança son cheval au galop. Elzire Janelle, qui rentrait du village avec son père, éprouva un léger sentiment d'envie en voyant le couple disparaître au tournant du huitième rang. Alexandre Janelle ne put s'empêcher de dire: «C'est du drôle de monde, ces Irlandais-là!»

Le sentier menant à la rivière Saint-François traversait des terres à moitié déboisées et d'autres restées en friche, autour du village, après quoi il s'engageait dans une forêt dense jusqu'à Drummond, qui n'était encore qu'une bourgade. Mais la présence de la rivière donnait au lieu un charme que n'eurent jamais les villages environnants. Le chêne sous lequel Ellen et Patrick s'étaient promis autrefois l'un à l'autre se trouvait sur une hauteur dominant les rapides; après s'y être arrêtés un moment, ils descendirent un ravin jusqu'au bord de l'eau et laissèrent leurs chevaux s'y abreuver. Tandis qu'ils s'enlaçaient, étendus dans l'herbe haute et la verge d'or, Ellen demanda:

— *Do you still love me?*

Patrick s'étonna qu'elle lui ait posé la question en anglais, car elle parlait maintenant couramment, comme lui, la langue française.

— Bien sûr, répondit-il.

— *Do you love me as much as in the past?*

— Mais oui, *I love you.* Tu le sais bien que je t'aime, *don't you know it?*

Ellen insista :

— *As much as the first time we were here?*

— *Even more,* dit Patrick.

— J'étais si jeune, alors, ajouta-t-elle, pensive.

Il l'étreignit de toutes ses forces et lui redit l'unique poème anglais qu'il connaissait et qui commençait ainsi : *You are the end and the beginning...*

Parfois, quand il devenait lyrique, Patrick retournait à sa langue maternelle. Ou plutôt, c'est elle qui lui revenait. Des mots gaéliques ayant l'accent des voix anciennes, celles de ses grands-parents, se frayaient un chemin en lui comme l'eau d'un ruisseau dans la montagne et se mêlaient à la langue anglaise qu'on l'avait obligé à parler, enfant, à l'école. Il en allait de même quand il réfléchissait longuement et intensément : sa langue première s'insinuait dans sa pensée, comme si l'être intime remontait à sa source et retrouvait son origine.

— *Yes, you were so young then...* murmura-t-il.

— On dirait que c'était hier, et pourtant... chuchota Ellen.

— *Let's go!* dit enfin Patrick en entraînant sa femme vers les chevaux.

Le couple profita d'autant plus de ces moments que la vie d'habitant était ardue et laissait bien peu de loisir. Après avoir passé une heure près de la rivière, Ellen voulut aller saluer le vieux notaire Ennis, qui lui avait servi de témoin à son mariage. Ce dernier, tout heureux de revoir la fille de son ancien camarade, remit à la jeune femme des documents ayant appartenu à son père. Elle l'en remercia vivement.

En sortant de chez le notaire, Ellen aperçut Dorothy McCaffrey dans la rue principale. Elle cria son nom et courut vers elle. Ce ne furent qu'embrassades et épanchements entre les deux amies, qui ne s'étaient pas vues depuis longtemps. Elles se rappelèrent avec émotion des souvenirs d'enfance et de jeunesse. Dorothy, qui habitait la ville de Québec, se trouvait en promenade chez ses parents. Elle avait épousé un militaire anglais, Francis Carson ; ce dernier projetait de retourner en Angleterre et elle se désolait de devoir s'expatrier.

Patrick accompagna ensuite Ellen chez sa mère, qu'ils trouvèrent assez mal en point. Depuis quelque temps, la vue d'Eleanor Tarley baissait de façon inquiétante ; elle avait peine à se guider dans sa propre maison. La vieille femme se laissa convaincre de venir vivre à Saint-Germain, chez son beau-frère, William Wardell. Originaire de Coaticook, Wardell avait épousé la plus jeune sœur d'Eleanor, Sarah. Homme d'affaires prospère, il avait acheté, l'année précédente, le moulin à scie d'Euclide Corriveau, qu'il devait agrandir. En rentrant de Drummond, Ellen s'arrêta chez sa tante Sarah et l'informa de l'état de santé de sa mère. Quelques semaines plus tard, Eleanor Tarley fit encan et vint s'installer chez sa sœur.

Patrick profita de l'occasion pour emmener toute la famille au village, dans une voiture à foin. Les enfants, réunis sur le perron des Wardell, accueillirent avec joie leur grand-mère maternelle, qu'ils voyaient rarement. Il en allait bien autrement des grands-parents Lavelle, qui habitaient tout à côté; les petits-enfants s'y considéraient comme chez eux et il se passait rarement une journée sans que l'un ou l'autre traversât «chez pépère». Ils y étaient toujours les bienvenus, car Terence aimait les enfants. À soixante-sept ans, il était encore assez vigoureux pour faire sauter les plus petits sur ses genoux ou les lever à bout de bras.

Quand deux ou trois enfants se rendaient chez lui, ils parlaient français entre eux, mais ils s'adressaient en anglais à leur grand-père. Honora, elle, parlait le français avec les enfants et l'anglais avec son mari. Cela faisait un chassé-croisé approchant parfois la cacophonie, mais les rires des petits harmonisaient le tout en une musique agréable à l'oreille des grands-parents.

* * *

Né avec le siècle en Irlande, Terence avançait en âge dans un rang de campagne isolé du Canada français, qu'il avait aidé à défricher. Cette contrée était restée pour lui celle de l'expatriation. Certes, il s'y trouvait heureux, mais il porta toute sa vie dans son cœur la blessure de l'exil. Quand il eut soixante-dix ans, son fils organisa une grande fête. Mary et Brigit y prirent part avec leurs familles, moins nombreuses que celle de leur frère Patrick, à laquelle s'était ajouté un neuvième enfant, une fille qu'on avait prénommée Élisabeth. Des voisins se joignirent aux réjouissances. Le mari de Brigit, François Picotin, avait apporté son violon. Après le souper, on transporta les meubles de la cuisine dans une pièce voisine, et tous s'en donnèrent à cœur joie dans des danses endiablées.

L'allégresse atteignait son comble chez les Lavelle quand deux inconnus frappèrent à la porte. Les étrangers avaient provoqué une grande stupeur dans l'après-midi, au village. L'un d'eux, surtout : c'était un Noir. Dans la rue principale, les rideaux de toutes les maisons s'étaient soulevés à leur passage. Qui donc pouvaient bien être ces étranges personnes ? Et d'où arrivaient-elles ?

Les habitants de Saint-Germain-de-Grantham n'eurent pas été plus étonnés par la venue d'un Martien que par l'arrivée de ce Noir dans leur patelin. Les deux hommes n'avaient pas fait cent pas dans la rue principale que déjà la nouvelle de leur présence avait fait le tour du village. Ils s'arrêtèrent au bureau de poste pour s'informer de l'endroit où habitait Terence Lavelle. Henri Menu, qui ne parlait pas l'anglais, les dirigea vers la maison de William Wardell. Des enfants amusés et intrigués les suivirent à distance. De temps à autre, le Noir s'arrêtait, se retournait et éclatait d'un rire tonitruant en montrant deux rangées de dents d'une parfaite blancheur. « *Come on! Come on!* », lui disait alors son compagnon. « Kamon, kamon », répétaient gauchement les enfants, en éclatant de fous rires.

Lorsqu'ils furent parvenus chez les Wardell, l'un des deux hommes, celui qui était blanc, se présenta : « *My name is James West. I am an American from Pennsylvania.* » Il expliqua qu'il avait été sauvé autrefois, à la bataille de Fredericksburg, par le frère de Terence Lavelle, et qu'il désirait rencontrer ce dernier. Wardell invita d'abord les deux Américains à prendre une bouchée. Il apprit que le Noir, Abraham Brown, ancien esclave d'une trentaine d'années, s'était enfui de la Georgie pour s'enrôler dans un régiment de la *U.S. Colored*

Infantry. Il avait pris part à la capture de Fort Fischer, dans les Carolines. «*We fought like hell!*», raconta le Noir, un géant de plus de deux mètres, en serrant ses poings énormes. «*And now, I am a free man! A free man!*», répétait-il d'une voix de fausset, qui contrastait avec sa carrure imposante.

Après s'être restaurés, les voyageurs reprirent leur baluchon. Leur passage dans le huitième rang ne créa pas moins d'émoi qu'au village. Il n'y avait personne chez Terence Lavelle, mais un passant leur indiqua la maison de Patrick, où se déroulait la fête. Quand ils frappèrent à la porte, on crut à l'arrivée de retardataires. Un enfant, le petit John, se précipita pour aller ouvrir. En apercevant le géant noir, il s'écria: «Popa, popa, venez voir!» Les étrangers furent bientôt entourés par toute la maisonnée. Le jeune Américain — James West avait alors vingt-cinq ans — se présenta à Patrick Lavelle et lui dit le but de sa visite. «*The man you are looking for is my father*», dit Patrick.

James West se dirigea vers le vieil Irlandais, assis dans la berceuse près du poêle. Abraham Brown resta en retrait, assiégé par les enfants qui n'avaient d'yeux que pour lui. Terence posa sa pipe sur la petite table, à côté du hachoir à tabac, et se leva pour saluer le visiteur. Après avoir échangé quelques paroles, les deux hommes se donnèrent longuement l'accolade, au grand étonnement des paysans, qui n'avaient jamais vu chose pareille. Quelques minutes plus tard, on fit un cercle autour du jeune homme et on l'écouta relater les événements de la guerre de Sécession. La voix du visiteur s'altéra quand il se mit à raconter comment le frère de Terence lui avait sauvé la vie, au plus fort de la bataille de Fredericksburg. Patrick cessa alors de traduire les paroles de l'étranger, mais tous écoutèrent dans un silence religieux: «*I was only sixteen then and full of dreams...*»

James West était parti au front à l'âge de seize ans, le cœur léger. Son âme chevaleresque rêvait de hauts faits et de gloire. L'armée du Potomac, forte de 122 000 hommes, devait prendre la ville de Fredericksburg, défendue par 78 000 confédérés.

Mais après trois jours de féroces et sanglants combats, ce fut la déroute des forces de l'Union. Durant la retraite, dans un chemin creux au bord de la rivière, le voisin de James West s'était jeté sur lui en criant: «*Watch out!*», et il avait reçu la balle qui autrement eût atteint le jeune soldat. «*Why did you do that?*», avait demandé James West. «*Because... because... you're much too young to die...*», avait répondu Andrew Lavelle, agonisant dans un fossé. Quelques minutes plus tard, le soleil avait percé les brumes du matin et inondé d'une douce lumière les collines de la Virginie. Tandis que les canons des deux armées tonnaient encore, James West, tremblant de frayeur, avait aperçu les reflets irisés des perles de rosée dans les hautes herbes où il s'était réfugié. C'est en pleurant qu'il avait recueilli le chapelet de son sauveur, lui promettant de le faire parvenir à son frère, au Canada, dans le *township* de Grantham.

* * *

Les visiteurs restèrent plus d'un mois chez Terence Lavelle, aidant aux travaux des champs et de la ferme. Parfois, l'aînée des filles de Patrick apportait aux étrangers les friandises qu'Ellen avait préparées à leur intention. Mary-Jane venait d'avoir quinze ans. Elle avait hérité des traits délicats de sa mère, mais elle tenait de son père une ossature robuste. Douée d'un tempérament fougueux et d'une nature passionnée, elle ne restait pas indifférente aux attentions des jeunesses du voisinage, qui tournaient autour d'elle. Comme elle parlait l'anglais, elle pouvait converser avec les deux Américains. Avec James West, surtout. Ils s'éprirent secrètement l'un de l'autre. Quand arriva le mois de septembre et qu'Abraham Brown voulut repartir, son compagnon décida de prolonger son séjour dans le huitième rang. Mais le Noir ne rentra pas seul aux États-Unis.

On se trouvait, dans ces années-là, en plein milieu du mouvement migratoire des Canadiens français vers les U.S.A. Jos Thibodeau, un colon qui tirait le diable par la queue dans le dixième rang, avait décidé d'émigrer aux *States*. Un cousin l'invitait à le rejoindre à Manchester, dans le New Hampshire. «Icitte, y a de l'ouvrage en masse dans les *factories*, pis à part de ça que la paye est pas pire», lui avait-il écrit quelques mois auparavant. L'habitant analphabète avait fait relire plusieurs fois cette phrase par sa femme, Régina. «T'es sûre que c'est ça qu'y dit?», demandait-il à la mère de ses six enfants. «Ben oui, ben oui!», l'assurait-elle, car elle n'en pouvait plus de cette vie misérable et rêvait, elle aussi, de quitter ce pays rude et cette terre ingrate, d'abandonner à leur sort veaux, vaches, cochons, couvées, et de se retrouver dans une de ces villes américaines dont elle avait vu des images dans un almanach. «Là, au moins, y a du monde!», soupirait la femme du colon. Régina imaginait des rues illuminées, le soir, des magasins débordants de marchandises à la mode; elle songeait à la facilité de l'existence au milieu d'un va-et-vient enivrant, car elle crevait non seulement de misère, mais aussi d'ennui dans ce dixième rang qui était le bout du monde.

Le canton de Grantham, en effet, ne ressemblait en rien à ces lieux idylliques qu'exaltaient les poètes patriotiques canadiens-français et qu'illustraient les peintres de l'époque.

Il fallait aimer beaucoup ce coin de pays pour lui trouver quelque charme ; on y était loin des sublimes beautés que l'on découvre du haut du cap Diamant, à Québec, loin aussi des attraits bucoliques de l'île d'Orléans ou des paysages enchanteurs autour des villages, le long du fleuve. Dans cette morne plaine encore à moitié couverte de forêts, ceux dont le cœur ne battait pas au rythme de la nature, et dont l'âme s'accommodait mal de la solitude, se lassaient bien vite. De toute façon, cet espace restreint au sud du fleuve Saint-Laurent ne pouvait suffire à absorber des familles qui proliféraient, plus fécondes que les terres souvent ingrates qu'elles s'acharnaient à cultiver. Pour ce qui est du commerce et de l'industrie, il fallait pour s'y adonner des connaissances et des capitaux que les paysans n'avaient pas. Aussi des vagues d'habitants canadiens-français avaient-elles commencé à déferler vers le Sud, vers les U.S.A., où l'industrialisation battait son plein. L'ancienne Nouvelle-France allait fournir un prolétariat ignorant et soumis à la Nouvelle-Angleterre.

Jos Thibodeau fit donc encan. C'était un dimanche après-midi. Le curé annonça la nouvelle en chaire, d'une voix triste : un autre de ses paroissiens trahissait ses aïeux, partait à la conquête du rêve américain, à la poursuite de chimères, au risque d'y perdre son âme.

Patrick Lavelle se rendit à l'encan, dans l'espoir d'acheter une ou deux bêtes à cornes. «C'est des animaux aux flancs creux, dit-il à son père, mais je vas les remplumer!» Les deux Américains, pour se distraire, l'accompagnèrent. Quand Thibodeau fit part de son appréhension à l'idée d'entreprendre un si long voyage, Patrick lui suggéra d'emmener avec lui Abraham Brown. Le Noir séjournait dans le huitième rang depuis à peine un mois et il avait déjà appris quelques mots de français. Il pourrait être fort utile aux émigrants en cours de route, et davantage encore quand ils parviendraient en sol américain.

Le lendemain matin, après avoir barricadé la maison qu'un voisin s'occuperait de vendre plus tard, Jos Thibodeau, sa femme Régina et leurs six enfants montaient à bord d'une charrette chargée du peu de biens qu'ils possédaient et prenaient la direction des *States*, guidés par un ancien esclave de la Georgie.

14

Patrick Lavelle et sa femme ne furent pas surpris, un soir du mois de novembre, d'entendre Mary-Jane leur révéler ses sentiments pour James West. Patrick lui demanda :

— Est-ce que ça fait longtemps que... ?

— Je l'aime depuis la première fois que je l'ai vu, chez pépère Terence.

— Mais lui, demanda la mère, est-ce que... ?

— Y m'aime aussi, dit Mary-Jane.

— Ouais... marmonna Patrick, c'est vrai qu'on peut pas empêcher un cœur d'aimer.

L'Américain de vingt-cinq ans avait tout pour séduire une jeune fille romanesque et passionnée : sa qualité d'étranger, certes, mais aussi de beaux yeux pers, des cheveux noirs ondulés et une allure de grand adolescent qu'accentuaient des traits finement ciselés. Sa présence au fin fond du canton de Grantham avait de quoi faire rêver : il venait de la lointaine Pennsylvanie et il avait combattu héroïquement durant la guerre de Sécession. Le jeune homme s'habillait de restes d'uniformes militaires, mélange de costumes des soldats du Nord et du Sud; il ceinturait d'une lanière de cuir une redingote bleu nuit ornée d'épaulettes et sur laquelle on ne voyait plus que quelques boutons dorés, portait un pantalon gris à rayures rouges et chaussait des bottes de cavalerie privées de leurs éperons.

Le soir, quand il causait avec le vieux Terence sur le perron à l'arrière de la maison, il mettait son képi et racontait au vieil Irlandais des épisodes mouvementés de la guerre civile américaine.

Ellen pouvait difficilement reprocher à sa fille de s'être amourachée de l'étranger. N'avait-elle pas elle-même, à seize ans, bravé la colère de son père et enfreint des interdits auxquels obéissaient presque toutes les jeunes filles?

Quant à Patrick, il avait l'âge de James West quand il avait épousé Ellen, alors qu'elle avait à peine dix-sept ans. D'ailleurs, à part sa religion protestante, que pouvait-on reprocher à l'Américain? Depuis trois mois qu'il logeait chez Terence, le jeune homme, quoique plutôt frêle, avait montré une énergie à toute épreuve. Travailleur infatigable, il soulageait Terence des tâches les plus ardues; cavalier remarquable, il partageait avec lui et son fils leur passion des chevaux.

Mary-Jane aussi aimait l'équitation. C'était son seul amusement. Que de chevauchées n'avait-elle pas faites sur le bel étalon pommelé dont elle prenait grand soin, qu'elle brossait et étrillait chaque jour; il n'est pas de prés ou de sentiers des environs qu'elle n'eût pas parcourus. Elle montait sans selle, avec une adresse consommée et une aisance remarquable. Le cheval obéissait au moindre commandement de la voix ou de la main. «Allez, hue!», disait-elle, et la bête s'élançait, crinière au vent. L'été, après le souper, elle allait souvent faire une courte randonnée. Les rayons obliques du soleil couchant teintaient d'une lumière jaunâtre la poussière soulevée par les sabots du cheval galopant sur le chemin du huitième rang.

À quoi rêvait-elle durant ces courses à travers bois ou dans les champs? Songeait-elle déjà à fuir ce monde clos? Elle savait que son père était venu d'un pays lointain, au-delà des mers. Depuis que James West logeait chez le grand-père, il lui parlait de ces U.S.A. pour lesquels il s'était battu, lui décrivait les villes qu'il y avait vues, évoquait les rivières et les collines de sa Pennsylvanie natale. Il accompagnait parfois Mary-Jane dans ses promenades équestres. Le vieux Terence le laissait monter son meilleur cheval. Il les regardait s'éloigner sur le chemin poussiéreux en se rappelant sa jeunesse, en Irlande. Quand leurs silhouettes disparaissaient au détour du rang, il rentrait à la maison en marmonnant: «*There is nothing like youth!*»

Est-ce à l'occasion d'une de ces équipées que survint l'irréparable? Si les parents de Mary-Jane n'avaient point sourcillé en apprenant la passion amoureuse de leur fille, ils sursautèrent quand elle leur révéla qu'elle était enceinte.

— Oh non! s'exclama la mère.

— Ouais, tu parles d'une histoire! bougonna Patrick.

Ellen se retira dans sa chambre avec sa fille. Elle avait à discuter avec elle de choses intimes, car elle aussi se savait de nouveau enceinte. S'étant assurée durant l'interrogatoire de l'état de Mary-Jane et informée des intentions de son amoureux, elle vint retrouver son mari dans la cuisine et lui exposa la situation: oui, leur fille était bel et bien enceinte de dix semaines. Toutefois, non seulement James West voulait-il l'épouser, mais il était disposé pour cela à embrasser la religion catholique. « Ah bon... », se contenta de dire le père, soulagé. On fit venir James West. Le jeune homme confirma les dires de Mary-Jane.

Le lendemain, Patrick Lavelle et l'Américain se rendirent au village pour y rencontrer le curé Baillargeon. Avant de diriger cette paroisse, le prêtre d'une cinquantaine d'années avait été missionnaire itinérant dans la région des Bois-Francs. L'abbé, qui avait partagé la vie rude des défricheurs et des bûcherons dans les chantiers, se dévouait sans compter auprès de ses nouveaux paroissiens. Homme des bois tout autant qu'homme d'Église, il n'avait pas la vision apocalyptique du péché de la chair qui hantera plus tard tant de curés canadiens-français. Il accueillit sans le sermonner l'amoureux de Mary-Jane. Du reste, comment s'acharner contre une faute pour ainsi dire providentielle, puisqu'elle entraînait la conversion d'une âme à la religion catholique? Avant de rentrer au huitième rang, Patrick emmena son futur gendre au magasin général pour lui acheter un habit de noce, cadeau de Terence.

Un mois plus tard, le 15 décembre 1870, le curé célébrait le mariage de Mary-Jane Lavelle, fille mineure d'Ellen Watkins et de Patrick Lavelle, d'une part, et de James West, fils majeur de Dora Mitchell et d'Anthony West, d'autre part. Le vieux Terence servit de témoin à l'Américain. On fit une noce intime chez Patrick. Les jeunes époux habitèrent chez le grand-père, en attendant...

* * *

L'hiver et le printemps passèrent. L'été suivant, coïncidence troublante, Ellen et sa fille accouchèrent toutes
deux le même jour, la mère, d'un onzième enfant et la
fille, de son premier. On était le samedi 20 juillet 1871.
Ce fut une dure journée pour Mathilde Janelle et sa fille
Elzire, qui accueillirent les deux enfants en ce bas
monde, l'un à dix heures de l'avant-midi et l'autre, à
sept heures du soir. Heureusement, malgré l'énerve-
ment, tout se déroula sans problème. Ellen eut une fille,
qu'elle prénomma Anne, et Mary-Jane accoucha d'un
garçon qu'elle souhaitait appeler James, comme son
mari, mais ce dernier préféra donner à son fils le prénom de celui qui l'avait sauvé d'une morte certaine,
autrefois, près de la rivière Rappahannock.

En prenant dans ses bras son fils nouveau-né, James
West ne put s'empêcher de revoir en pensée le
brouillard matinal enveloppant les collines de la Virginie, aux alentours de Fredericksburg, le matin du 17
décembre 1862. « *Ya,* songea-t-il tout haut, *Andrew will
be your name.* »

Il était entendu que Mary-Jane et son mari parti-
raient aux États-Unis dès que le bébé serait en mesure
d'entreprendre le voyage. James West voulait retourner
vivre dans sa Pennsylvanie natale ; ce pays des U.S.A. lui
était d'autant plus cher qu'il avait combattu pour en
conserver l'intégrité. Sa famille cultivait la terre sur les
hauteurs verdoyantes des environs de Williamsport et il
lui tardait de revoir des paysages chers à son cœur.

Au milieu du mois de septembre, on se prépara au
départ. Terence junior irait conduire sa sœur, son mari

et leur enfant en voiture à Sorel. Là, ils prendraient un bateau pour Montréal, et ensuite le train vers les U.S.A. et la Pennsylvanie.

Ellen prépara des victuailles et l'on chargea le barda dans le boghei. Des voisins et des amis se joignirent à la parenté pour les adieux. Elzire Janelle et sa mère voulurent voir une dernière fois le bébé Andrew, qu'elles avaient aidé à mettre au monde. Les petits frères et sœurs de Mary-Jane étaient désemparés de la voir partir. Elle avait été pour eux, comme l'étaient autrefois les filles aînées de familles nombreuses, une seconde maman. «Mary-Jane, demandaient-ils en pleurnichant, pourquoi tu t'en vas?»

Avant de monter dans la voiture, James West vint serrer la main du vieux Terence, qui se tenait en retrait avec sa femme Honora.

— *Take good care of her*, dit l'arrière-grand-père.

— *And of him*, ajouta Honora, en montrant le bébé que Mary-Jane tenait dans ses bras.

— Je vais prendre soin d'eux comme de la prunelle de mes yeux, dit le jeune Américain.

Terence Lavelle vérifia une dernière fois l'attelage. Ellen fit promettre à sa fille d'écrire souvent. «Oui, oui», répéta Mary-Jane.

Alors que Terence junior allait donner l'ordre au cheval d'avancer, Patrick s'approcha de la voiture. Il sortit de la poche de son pantalon un petit boîtier.

— Tiens, dit-il en le tendant à son gendre, c'est la *Medal of Honor* de mon oncle Andrew. Mon père me l'avait donnée le jour où on l'avait reçue par la poste. Tu la remettras à ton fils quand il sera grand.

Ému, James West ne sut que dire: «*I will, I promise!*» Puis, il dit à Terence junior: «*Let's go!*»

La voiture s'éloigna lentement sur le chemin du huitième rang. Les plus jeunes enfants coururent à sa suite un moment, puis ils revinrent tristement à la maison : Mary-Jane s'en allait aux États...

Patrick Lavelle vit donc partir en même temps aux U.S.A. sa fille aînée et son premier petit-fils. Cela se passait en un lieu perdu des *townships* de la nouvelle province de Québec, où l'on venait de fonder une paroisse et où prenait forme un village isolé. Sut-on à Saint-Germain-de-Grantham que la garnison anglaise quitta cette année-là la ville fortifiée de Québec ? Et l'année suivante, comment Patrick Lavelle et ses enfants auraient-ils pu apprendre qu'Arthur Rimbaud publiait à Paris *Une saison en enfer ?* Dans le canton de Grantham, il y avait quatre saisons : un court été, un hiver interminable qui grugeait l'automne et rognait le printemps. Est-ce pour cela que l'exode vers le Sud prenait chaque année plus d'ampleur ? Des familles entières quittaient le Québec en direction des villes industrielles de la Nouvelle-Angleterre. Les capitalistes de l'industrie du textile y accueillaient ce *cheap labor* en se frottant les mains d'aise.

Patrick Lavelle, qui avait connu très jeune le déracinement et l'exil, ne songeait nullement à quitter ce coin de pays du *township* de Grantham. Il s'y attachait au contraire chaque jour davantage. Les années les plus difficiles étaient passées ; il aimait la quiétude et le sentiment de liberté que lui procurait sa vie de colon et de paysan. Sa terre avait désormais des dimensions suffisantes pour assurer la subsistance de sa nombreuse famille et il trouvait son bonheur dans la lenteur même de l'existence. L'année 1873 allait pourtant être remplie d'épreuves cruelles.

Ce fut d'abord, au printemps, la mort de la mère d'Ellen, chez les Wardell où elle habitait toujours. Puis, par un beau soir d'été, celle de son père. Alors que Terence menait les vaches aux champs en compagnie de son petit-fils John, il eut une syncope fatale. L'enfant de dix ans, affolé, courut à toutes jambes jusqu'à la maison. Il entra en s'écriant :

— Pépère est tombé ! Pépère est tombé !

— Où ça ? demanda Patrick.

— Là-bas, dans le champ des vaches !

— Viens nous montrer où c'est qu'il est !

Quand Patrick arriva auprès de son père, en compagnie de ses deux fils aînés, Terence junior et William-James, c'était fini. Le petit John demanda : « Y est-tu mort, pépère ? » « Oui, y est mort », dit gravement Patrick en hochant la tête. Il se signa et fit une prière, après quoi il demanda à ses deux grands garçons de transporter le corps de leur grand-père chez lui, où il les précéda pour annoncer la nouvelle à sa mère. Il marcha rapidement, enjamba des rigoles, sauta une clôture de perches. Mille pensées se bousculèrent dans son esprit, mille images y défilèrent en succession rapide et fugace : une masure dans la campagne irlandaise, des murets de pierre couronnés de fleurs sauvages, des bosquets enrobés de brouillard, des chevaux galopant librement dans la verdure, un lever du jour sur la rivière Lee, un pub à Cork, le port de Cobh et la voilure du *Derry*, un petit matin froid et blême dans la forêt, en compagnie d'Indiens abénaquis, son père embrassant l'oncle O'Sullivan au magasin général de Drummond, la première cabane dans le huitième rang.

Patrick annonça sans détour la funeste nouvelle à sa

mère. Puis, la tête dans les mains pour cacher ses larmes, il attendit l'arrivée de ses fils.

— *Don't cry*, lui dit sa mère. Elle ajouta, en français : « Il n'a pas souffert, et il est mort en compagnie du petit John, qu'il aimait tant. »

Après avoir étendu la dépouille mortelle de leur grand-père sur son lit, William-James et le jeune Terence allèrent enfourcher chacun un cheval. Ils galopèrent à fond de train, l'un en direction de chez sa tante Mary, sur le chemin de Maska, l'autre à travers bois vers le dixième rang où habitait Brigit. Une heure plus tard, les deux sœurs éplorées étaient aux côtés de leur mère.

Honora Moynohan fit elle-même la toilette du cadavre de son mari. Elle entrelaça dans ses mains jointes le chapelet de son jeune frère Andrew, qu'il avait reçu autrefois des États-Unis. La mort n'était pas en ce temps-là l'événement scandaleux qu'elle est devenue depuis, et l'on prenait tout son temps avec les défunts, que l'on ne colorait pas de fards, comme avec la vie, qu'on ne maquillait pas non plus.

Dans la chambre mortuaire, on veilla pieusement la dépouille à la lueur de chandelles et de lampions qui accentuaient la lividité du cadavre. Le curé fut prévenu ; conduit par Israël Duff, un villageois qui s'était réservé le privilège de le mener partout où on le réclamait, le prêtre récita les prières d'usage. Il avait apporté avec lui le bénitier servant pour la liturgie. Il le laissa aux Lavelle. « Vous le rapporterez à l'église pour les funérailles », dit-il avant de partir.

Les habitants du huitième rang vinrent s'agenouiller tour à tour devant la dépouille de celui qu'ils avaient toujours appelé l'*Irlandais*. Chacun aspergeait le corps d'un coup de goupillon avant de retourner dans la cuisine, où l'on conversait à voix basse.

Tous y allaient de souvenirs et d'anecdotes concernant le défunt et s'accordaient pour dire qu'on venait de perdre «un ben bon diable». Des voisins passèrent la nuit en prières en compagnie d'Honora, de Patrick et de ses sœurs, Mary et Brigit. Mathilde Janelle et sa fille Elzire furent de ceux-là.

Le matin des funérailles, le menuisier Arsène Labbé apporta dans le huitième rang le cercueil qu'il avait fabriqué la veille. Les enfants de Patrick, réunis chez leur grand-père, assistèrent à la mise en bière. Ils répondirent tristement à l'ultime prière que fit leur grand-mère devant le cercueil encore ouvert, et regardèrent ensuite le menuisier en clouer le couvercle. Les coups de marteau résonnèrent lugubrement dans la maison parmi les pleurs. Des hommes transportèrent la boîte dehors et la placèrent dans une charrette à quatre roues que conduisit Patrick. On eût dit un cortège derrière le caisson emportant un général d'armée mort en pleine gloire. Nul drapeau pourtant ne recouvrait le cercueil, enveloppé de tissu noir. La famille de Patrick prenait place une voiture de ferme menée par le jeune Terence. La grand-mère Honora suivait dans un boghei avec William-James. Les habitants qui ne pouvaient assister aux funérailles s'agenouillaient près du chemin au passage du défilé et disaient en chœur: «Que les âmes des fidèles défunts reposent en paix, par la miséricorde de Dieu. Amen.»

À l'église, le curé Baillargeon fit un sermon émouvant. Il évoqua la lointaine Irlande, pays d'origine du défunt et de ses enfants, rappela le rôle qu'y avait joué saint Patrice, premier missionnaire et saint patron de l'île. Il assura les Lavelle de sa sympathie dans leur épreuve, et de ses prières pour les aider à la surmonter.

Ayant fui à quarante ans l'indigence et l'indignité auxquelles le condamnaient les *landlords* anglais du *County Cork*, Terence Lavelle avait accompli à sa mort, sur les terres arides du canton de Grantham, la tâche qu'il s'était fixée en émigrant en Amérique : donner la liberté à son fils et à ses filles. Aussi est-ce en pleurant que ceux-ci virent descendre son cercueil dans la fosse du cimetière, derrière l'église de Saint-Germain-de-Grantham.

15

La mort du vieux Terence laissa un vide immense dans la vie de ses enfants et petits-enfants. On écrivit la triste nouvelle à Mary-Jane, en Pennsylvanie. À la fin du mois d'août, il fallut lui écrire de nouveau pour lui en apprendre une bien plus affligeante encore: Ellen, sa mère, avait été emportée, à trente-sept ans, par une fièvre aussi foudroyante que mystérieuse.

C'était un samedi. Alitée depuis la veille à cause d'un mal étrange, Ellen avait souhaité, à l'heure du midi, qu'on allât chercher Elzire Janelle. La maîtresse d'école, quoique de treize ans plus jeune qu'elle, était devenue sa grande amie et sa confidente. Elzire tenta du mieux qu'elle put de soulager la femme de Patrick, lui prépara des tisanes et des compresses, l'entoura de soins affectueux et incessants dans l'espoir de faire tomber la fièvre. Elle crut après un certain temps avoir réussi, mais en fin d'après-midi, l'état de la malade s'aggrava soudainement. Patrick envoya chercher sa mère. Elzire demanda l'aide de la sienne. Des voisins, alertés, vinrent aux nouvelles.

Le jeune Terence sella vite un cheval et galopa à bride abattue jusqu'à Drummond, où un médecin s'était installé quelques mois auparavant.

William-James attela un boghei pour aller quérir le curé au village. Ce dernier arriva juste à temps pour administrer les derniers sacrements à la mourante. Quand Terence junior revint, accompagné du docteur, il était trop tard. Le médecin ne put qu'assister, impuissant et ému, à un spectacle affligeant : agenouillé près du lit, effondré, Patrick sanglotait. Il gardait dans sa main celle, déjà refroidie, de sa femme. Elzire Janelle, désemparée, se tenait debout derrière lui, au milieu des enfants en pleurs. En même temps que sa peine, la maîtresse d'école devait surmonter le trouble qu'avait provoqué chez elle un vœu formulé par l'agonisante. En effet, avant de rendre le dernier soupir, Ellen avait fait signe à son amie de s'approcher. Elzire s'était penchée vers elle. « Plus proche », avait dit faiblement Ellen avant de lui souffler péniblement à l'oreille : « Je... je te les confie... eux... et lui... »

Puis elle avait fermé les yeux pour toujours.

Personne d'autre n'avait pu entendre la confidence d'Ellen, ni le curé, ni Patrick, ni sa mère Honora, ni celle d'Elzire, ni les enfants éplorés dans un coin de la chambre. La jeune fille resta sidérée : au désarroi que jetait en elle la mort de son amie s'ajoutait l'émoi qu'y avaient semé ses dernières paroles. Elle était d'autant plus bouleversée qu'au moment de l'ultime épanchement de la moribonde, une image s'était insinuée dans son esprit, lui rappelant un léger mouvement d'envie de son cœur : celle d'Ellen et de Patrick partant à cheval pour se rendre à Drummond, sous le chêne de leurs amours.

Elzire sortit de la chambre en même temps que le

docteur. Célibataire dans la jeune trentaine, Armand Dumouchel, après avoir pratiqué la médecine à Québec, où il avait fait ses études, venait de s'établir à Drummond; la population augmentait depuis quelques années dans ce chef-lieu, et il aurait l'occasion d'y pratiquer amplement son art. En voyant Elzire au pied du lit, le jeune médecin avait été frappé par sa contenance assurée en un moment aussi accablant. Quand ils se trouvèrent dans la cuisine, il fut séduit par la gravité du regard de la jeune fille, par la finesse de ses traits, par sa voix posée et mélodieuse.

— Quelle tristesse! dit le docteur.

— En effet, c'est catastrophique! ajouta Elzire, refoulant ses larmes.

— Une vraie tragédie! déclara le médecin.

— Est-ce que je peux vous offrir quelque chose à boire, avant que vous repreniez la route? demanda Elzire.

— Ah oui, je prendrais volontiers un café, dit le docteur.

Armand Dumouchel déposa sa trousse sur la table et ajouta:

— Je ne m'habitue pas à la mort de ces jeunes femmes, mères de famille nombreuse.

Elzire fit bouillir de l'eau, prépara le café et offrit une galette à la mélasse au docteur. Elle lui apprit qu'elle était l'amie de la défunte et que Patrick restait seul avec dix enfants, l'aînée de ses filles ayant épousé, à seize ans, un Américain de passage qui l'avait emmenée en Pennsylvanie.

Les circonstances ne permettaient pas à Armand Dumouchel de manifester un intérêt trop vif pour la jeune femme; il sut quand même, avant de quitter la maison des Lavelle, qu'elle se nommait Elzire Janelle, qu'elle habitait le huitième rang, qu'elle avait étudié à Saint-Hyacinthe et qu'elle était maîtresse d'école.

* * *

Les semaines suivantes furent pénibles pour Patrick Lavelle. Après avoir supporté bravement les premiers jours de deuil, il sombra progressivement dans un grand abattement et une tristesse infinie ; s'il avait fait face à la mort d'Ellen avec courage, son absence lui devint bientôt intolérable et le plongea dans un profond désarroi. Tout dans la maison lui parlait d'elle. Il découvrit à quel point elle avait été le pôle autour duquel tournait la vie même. La vie même, c'étaient les enfants qu'ils avaient eus, bien sûr, mais aussi l'infinité de petites choses partagées quotidiennement, depuis l'aube jusqu'à la fin du jour, le moindre regard échangé, les gestes lents d'Ellen sculptant l'espace quand elle mettait la table, et sa voix qui faisait une douce musique en disant les choses les plus banales.

En ce temps-là, l'existence était faite d'occupations continuelles et de menus travaux chaque jour répétés ; aussi, la présence réciproque des êtres se nouait-elle en une gerbe d'une densité inextricable, car quoique l'homme et la femme eussent alors des rôles bien définis, il n'est pas d'activités où l'un et l'autre n'aient été mêlés, comme dans l'amour même.

Durant cette période d'accablement, Patrick tourna en rond comme une bête égarée. Il perdit l'appétit et les tâches les plus anodines lui devinrent un fardeau. Il ne se rasait plus que rarement et portait des semaines durant les mêmes vêtements. Après le souper, il allait arpenter sa terre et ne rentrait à la maison qu'à la nuit tombante. Un soir qu'il errait ainsi dans son champ, il vit venir une ombre, celle d'Amélie Neiderer. Vieille fille de quarante-deux ans, Amélie n'avait jamais cessé d'aimer Patrick. Son existence s'était rapetissée au fur et à mesure qu'avaient passé les années. Elle vivait seule dans la maison de ses parents, morts depuis une dizaine d'années. On la voyait s'affairer autour des bâtiments, toujours vêtue de noir ou de gris. Elle cultivait un grand potager, entretenait sa basse-cour, cuisait son pain, fabriquait ses chandelles de suif, tuait elle-même, au mois de novembre, l'un des quelques cochons qu'elle gardait, salait sa provision de lard et s'encabanait pour l'hiver. Les enfants du huitième rang voyaient en elle une sorcière. Seuls les plus braves osaient s'aventurer autour de sa maison. Le dimanche, elle attelait une vieille jument à un antique boghei pour se rendre à la messe la plus matinale, celle du vicaire.

Patrick avait toujours gardé pour la fille de John Neiderer et de Marie Atécouando une affection à laquelle s'était mêlée, avec le temps, cette sorte de tendresse que l'on éprouve pour ceux qui ont partagé l'émerveillement de notre adolescence et les élans fougueux de notre première jeunesse. Jamais pourtant ces sentiments ne s'étaient teintés des couleurs vives que leur donne l'amour. Il s'attristait de voir Amélie s'étioler comme une plante qui manque d'air ou de lumière. Il savait qu'elle l'aimait toujours. Malheureux à son tour, il comprenait la tristesse de la compagne de ses jeux d'enfant, mais il restait tout aussi impuissant à atténuer son malheur qu'à guérir le sien.

— Ça fait plusieurs soirs que je te vois marcher tout

seul dans ton champ, dit Amélie en s'approchant de Patrick.

Ce dernier répondit indifféremment:

— Ouais, j'aime ça prendre l'air...

— Tu sais, ajouta-t-elle, si je peux faire queq'chose pour toi...

— Je te remercie ben, mais je pense pas.

— Pourtant, si tu voulais...

— Mais non, le temps va tout arranger.

— Je pourrais aller te donner un coup de main, aider ta plus vieille, m'occuper des enfants, suggéra-t-elle.

Amélie saisit alors le bras de Patrick et voulut s'accrocher à lui.

— Non, Amélie, se contenta-t-il de dire d'une voix grave.

Et il enleva doucement sa main.

— Ben oui, mais maintenant que t'es veuf, on pourrait peut-être...

— Non, non, ça change rien, trancha Patrick.

— Tu peux pas rester tout seul avec une trâlée d'enfants!

— On verra ben, dit-il avant de poursuivre son chemin.

Amélie Neiderer rentra chez elle l'âme aussi triste que vingt ans plus tôt, le jour où elle avait voulu forcer l'amour de Patrick, derrière la grange-étable qu'il était en train de chauler.

Pendant des semaines, Terence junior et William-James durent s'occuper seuls du train-train de la ferme. Hélène, maintenant âgée de quinze ans, en plus de vaquer aux travaux domestiques, devait également veiller sur ses jeunes frères et sœurs. Les premiers temps, des femmes de voisins et amis vinrent l'aider. Les tantes

Mary et Brigit rendirent visite plusieurs fois à leur frère, le suppliant de se faire une raison. Elzire Janelle aussi se montra secourable. Désolée de voir le père de ses petits élèves s'abandonner à une telle mélancolie, elle se retint toutefois de lui manifester une trop grande amitié, à cause des convenances, mais aussi par crainte de réveiller en elle un sentiment qu'elle n'osait nommer. Et puis, surtout, les dernières paroles d'Ellen l'obsédaient.

* * *

Six semaines après la mort de sa femme, Patrick se rendit au village, où il n'était pas retourné depuis les funérailles, sauf pour assister à la messe dominicale. Après être allé se recueillir au cimetière, il passa au bureau de poste. Henri Menu lui remit une lettre de Mary-Jane. Sa fille aînée, après avoir exprimé sa douleur de n'avoir pu être auprès de lui dans des moments difficiles, l'exhortait au courage. Le maître de poste confia aussi à Patrick une lettre adressée à Elzire Janelle. «Le père Janelle vient pas souvent au village, puis sa fille encore moins», précisa Menu en lui remettant la missive.

Patrick regagna le huitième rang. Il pensa d'abord aller porter le courrier chez les Janelle, mais chemin faisant, cette lettre adressée à la maîtresse d'école l'intrigua. Il en vérifia le cachet d'oblitération. Qui donc, à Drummond, avait bien pu écrire à la jeune fille? Il sourit en se posant cette question, car elle lui révélait une évidence à laquelle il dut alors se rendre: Elzire Janelle ne le laissait pas indifférent. Mieux encore, elle le fascinait. Était-ce un signe du destin, il se rappela l'avoir vue une première fois, tout comme son Ellen, quand elle n'avait que cinq ans. Il revit l'enfant d'alors et réentendit sa réplique: «Je ne m'appelle pas Mabelle, mais Elzire.» Il l'avait prise dans ses bras et l'avait assise sur les épaules de son père.

Patrick s'étonna qu'un si lointain souvenir lui revînt en mémoire avec une telle acuité. Mille questions soudain surgirent dans son esprit: pourquoi cette fillette était-elle devenue plus tard la maîtresse d'école de ses enfants et la meilleure amie de sa femme?

Pourquoi aussi, quand elle venait voir Ellen, évitait-elle son regard à lui? Pourquoi encore, quand leurs yeux se croisaient par hasard, baissait-elle les siens avec pudeur? Et pourquoi, enfin, à vingt-quatre ans, n'était-elle pas encore mariée? Elle était pourtant une «ben belle fille», pensa Patrick.

Elzire n'avait pas l'éclat rayonnant d'Ellen, ni son caractère primesautier, mais plutôt une beauté grave, presque sévère; il émanait de son être une douceur séduisante et de son sourire, un charme discret. Ses cheveux noirs, séparés au milieu et souvent coiffés en toque, encadraient un visage aux traits fins et réguliers. Elle n'était pas rieuse, et pourtant son regard candide s'animait parfois curieusement, comme si une vive émotion émergeait des profondeurs de son être. Mais ce sourire singulier, Patrick l'avait vu surtout s'adresser aux enfants qu'elle accompagnait à leur retour de l'école; à Ellen aussi, quand les deux femmes conversaient ensemble par les beaux soirs d'été.

Le fils de l'Irlandais s'étonna de songer à ces choses et d'y trouver un plaisir trouble. Il s'abandonna d'autant plus librement à ces considérations que le souvenir de sa défunte femme y était intimement mêlé. Depuis sept ans qu'Elzire Janelle enseignait à ses enfants, il s'était rarement passé une semaine sans qu'elle vînt à la maison. Au début, elle ne s'y arrêtait que quelques minutes. Plus tard, s'étant liée d'amitié avec Ellen, elle restait parfois des heures en sa compagnie à faire de la broderie ou du tricot. Combien de fois Patrick n'avait-il pas entendu leurs éclats de rire, alors qu'elles causaient ensemble sur le perron. Il s'était imprégné insensiblement de cette autre présence féminine, sans que son amour pour Ellen n'en fût nullement affecté. Elle s'ajoutait tout simplement à la vie ordinaire, l'ornant de sa jeunesse réservée.

Elzire avait à peine dix-sept ans quand elle était entrée pour la première fois dans l'école que les habitants du huitième rang venaient d'achever de construire. Patrick était là pour l'accueillir, avec d'autres parents d'écoliers et les commissaires. Elle était arrivée en compagnie de ses père et mère et de monsieur le curé. Ce dernier avait fait un petit discours pour souligner la grandeur de la vocation de maîtresse d'école et il avait invité les enfants à lui être obéissants. Les élèves avaient vite découvert, sous des apparences timides, une jeune fille énergique et une volonté ferme. Qui sait... si jamais Patrick songeait à refaire sa vie, peut-être que... Depuis qu'il avait perdu sa femme, le fils de l'Irlandais se sentait nu comme un ver. Avant, il avait toujours été enrobé d'existence. Ellen et les enfants avaient été la réponse à toutes les questions entourant les mystères de la vie. Rien n'éclairait plus désormais les êtres et les choses, et le bonheur ne lui serait rendu que dans le regard enveloppant d'une femme et dans les rires de petits enfants.

* * *

Patrick n'eut pas le temps d'épuiser ses pensées que déjà l'école était en vue. Saisi d'une vive émotion en apercevant au loin le petit bâtiment, il ralentit le pas de son cheval et consulta sa montre. Il était près de quatre heures. Il s'arrêta près d'un boisé, à l'abri des regards indiscrets. Il vit bientôt les enfants sortir en trombe du tambour, comme une volée de moineaux s'envole d'un buisson. Quand les élèves se furent dispersés, il s'approcha. Voyant Elzire passer devant une fenêtre, il hésita un moment. Il transgressait un interdit en se présentant ainsi à l'école, car aucun homme autre que son père ou monsieur le curé n'était autorisé à visiter seul la maîtresse. Mais il ne put résister au désir qui déjà couvait en lui, tel un feu sournois sous la cendre. Cette lettre mystérieuse venant de Drummond, en plus d'exciter sa curiosité, lui servait providentiellement de prétexte. Il contourna l'école et s'arrêta à l'arrière. On était à la fin d'octobre, mais le temps restait doux. Alertée par les hennissements du cheval, Elzire parut dans la porte-moustiquaire. Sa silhouette ressemblait à une image floue qui évoque le rêve ; à cause de cela — et aussi sous l'influence des sentiments qui l'habitaient —, Patrick eut l'impression de découvrir une nouvelle Elzire.

— J'arrive du village, s'empressa-t-il de dire. Le maître de poste m'a donné une lettre pour toi.

Parce qu'il avait connu Elzire enfant, Patrick la tutoyait. Elle le vouvoyait cependant, marque de respect qu'on apprenait autrefois à montrer aux personnes plus âgées que soi.

— Une lettre pour moi ? dit Elzire, intriguée.

— Ouais, c'est Menu qui m'a demandé de te l'apporter.

— Savez-vous d'où elle vient? demanda la maîtresse d'école.

— Ah! ça, j'ai pas idée...

Patrick se garda bien d'avouer qu'il avait vérifié la provenance de l'envoi. Il sauta en bas de la voiture et se dirigea vers l'école, la lettre à la main. Elzire ouvrit la porte. Il lui tendit l'enveloppe, mais il resta planté sur le perron.

— Vous n'entrez pas? demanda la jeune femme, oubliant le règlement qui lui interdisait d'accueillir un homme à l'école.

— Ah... si tu m'invites...

Ils parlèrent d'abord des enfants. Elle lui dit la joie qu'elle éprouvait en voyant s'illuminer leurs visages, quand ils avaient compris une règle de grammaire ou résolu un problème d'arithmétique.

— Je sais que t'es une bonne maîtresse d'école...

Elzire, rougissante, voulut protester, mais Patrick enchaîna:

— Oui, oui, tous les enfants le disent, même ceux qui aiment pas ben gros la classe.

— Je fais du mieux que je peux...

Tandis qu'ils conversaient ainsi, Patrick jetait de temps à autre un regard vers le rebord du tableau noir, sur lequel Elzire avait déposé l'enveloppe. Enfin, n'y tenant plus et ne voulant pas éterniser sa présence répréhensible, il dit sur un ton aussi détaché que possible:

— Cou' donc, tu sais toujours pas qui c'est qui t'a écrit...

Elzire eut alors ce sourire d'une infinie douceur qui, cette fois, ne pouvait s'adresser qu'à lui.

— Ça vous intrigue? demanda-t-elle.

— Non, non, protesta vivement Patrick, seulement...
Elle alla prendre l'enveloppe et l'ouvrit.

C'était une lettre du docteur Dumouchel. Ce dernier n'y allait pas par quatre chemins et déclarait avec fougue ses sentiments amoureux. Ayant fait ses études classiques au Petit Séminaire de Québec, il employait un style ampoulé où les comparaisons et les métaphores le disputaient à l'usage du subjonctif :

Depuis que je vous ai vue, écrivait-il, *le monde a changé. Comment aurais-je pu imaginer qu'il existât une jeune femme comme vous dans un rang de colonie. Votre maintien, votre allure altière, votre front si noble et vos yeux si beaux, votre sourire aussi m'ont chaviré le cœur...*

Elzire, d'abord incrédule et stupéfaite, resta muette. Elle se ressaisit enfin pour dire :

— C'est une lettre à laquelle je ne m'attendais pas du tout...

Patrick se tenait debout au fond de la classe. Il avait observé la moindre des réactions d'Elzire pendant qu'elle lisait, l'avait vue froncer les sourcils. Il demanda :

— C'est pas des mauvaises nouvelles, au moins ?

— Non, non...

— T'as l'air tout à l'envers pourtant, fit-il remarquer.

— Ah oui... ?

— Ben oui, on dirait que le plafond t'est tombé sur la tête !

Après un moment d'hésitation, Elzire eut un petit rire nerveux :

— Figurez-vous, dit-elle, que... c'est le docteur qui m'écrit...

— Le docteur... Quel docteur ? demanda Patrick.

— Celui qui vient de s'installer à Drummond...

— Le docteur Dumouchel?

— Euh... oui...

— Y a-tu quelqu'un de malade chez-vous? demanda Patrick.

— Mais non, euh...

— Ah... Pourquoi c'est que...?

Puis, se ravisant, Patrick ajouta:

— Excuse-moi, c'est pas de mes affaires...

Elzire ne savait pas comment se tirer d'embarras. Alors même qu'elle jouissait de la présence interdite de Patrick, elle recevait une lettre invraisemblable du jeune médecin qu'elle avait rencontré le jour de la mort d'Ellen. Elle se tourna vers le tableau noir pour ajouter:

— Si je me fie à ce qu'il m'écrit dans sa lettre...

— Ben oui, qu'est-ce qu'y peut ben avoir tant à t'écrire? ne put s'empêcher de demander Patrick.

— Eh bien... aussi drôle que ça puisse paraître... j'ai l'impression qu'il est amoureux de moi et...

Elzire n'acheva pas sa phrase. Elle espérait que Patrick — monsieur Lavelle, ainsi qu'elle l'appelait — ajouterait quelque chose qui la sortirait de ce pétrin, mais elle entendit plutôt la porte claquer. Elle se retourna. Patrick n'était plus là. Elle courut à la fenêtre et vit son cheval partir comme à l'épouvante, entraînant le boghei dans une nuée de poussière. Elle eut d'abord un mouvement de désarroi. Puis elle sourit, revint à son pupitre et poursuivit la lecture de la lettre enflammée du docteur:

Depuis le soir où je vous ai rencontrée, dans des circonstances malheureusement tragiques, il ne se passe pas une heure sans qu'il me semble entendre le son harmonieux de votre voix. Même les cloches de nos églises n'ont pas un timbre aussi limpide, et le chant des oiseaux est moins mélodieux que les paroles qui sortent de votre bouche exquise. Quant à votre regard, mademoiselle, il a des reflets semblables à ceux des lacs de montagnes sous le soleil de juillet.

La lettre se poursuivait ainsi interminablement. Elzire la lut distraitement, la remit dans son enveloppe et rentra chez elle, plus troublée par la visite de « monsieur Lavelle » et par son brusque départ que par la littérature amoureuse délirante du docteur Dumouchel.

$$* * *$$

À partir de ce jour, Patrick reprit le collier des travaux de la ferme avec entrain. Le choc subi en apprenant que le docteur de Drummond était amoureux d'Elzire l'avait sorti de sa torpeur ; il redevint l'homme conquérant qui avait fait reculer la forêt, essouché, brûlé des abattis, construit sa maison et les bâtiments de ferme, épierré les champs, semé et récolté, bâti une chapelle, une église et une école du rang. Il se remit à fredonner comme autrefois en faisant le train et à bercer ses petits enfants, le soir, avant d'aller les mettre au lit. Ses fils aînés se réjouirent de le voir vaquer à sa besogne quotidienne. Sa fille Hélène, elle, remarqua qu'il se rasait de nouveau chaque jour avec soin. Elle ne manqua pas non plus de constater qu'il tournait autour de la maison, à l'heure où les enfants rentraient de l'école en compagnie de leur maîtresse. Durant des semaines, Elzire et Patrick ne s'adressèrent plus toutefois que des salutations timides, chacun fuyant le regard de l'autre et l'observant furtivement.

À quarante-cinq ans, le fils de l'Irlandais était droit comme un chêne. Ses épaules et son dos avaient élargi avec les années, ses mains avaient grossi, gonflées par les rudes travaux. Sa chevelure, toujours abondante et ondulée, avait tourné au châtain clair. Les traits anguleux et burinés de son visage avaient la fermeté particulière aux Celtes. Des sillons commençaient à creuser ses joues et lui donnaient cet air de maturité que les jeunes femmes aiment chez l'homme dans la force de l'âge.

Et c'est sans doute pour cela qu'Elzire se tourmentait davantage au fur et à mesure que se précisait et s'accentuait en elle un sentiment qui l'effrayait et la réjouissait à la fois : elle était amoureuse d'un homme de quarante-cinq ans, elle qui n'en avait que vingt-quatre, un homme qu'elle connaissait depuis l'enfance, un voisin presque, qui avait été le mari de sa meilleure amie et qui était père de onze enfants. Et cet homme était amoureux d'elle ; de cela elle était sûre, depuis le moment où il avait laissé claquer la porte en quittant précipitamment l'école. Ellen avait-elle deviné cela ? Était-ce la raison de sa troublante confidence, juste avant d'expirer ? Quoi faire ? Quoi dire ? Et à qui ?

* * *

Quelques jours après avoir reçu la lettre enflammée du docteur Dumouchel, Elzire se confia à sa mère.

— Tiens, dit celle-ci, tu m'avais pas dit ça...

— Le maître de poste avait remis la lettre à monsieur Lavelle qui me l'a donnée en passant.

La mère voulut savoir en quels termes le jeune médecin exprimait ses sentiments. Sans lui révéler la prose extravagante du docteur, Elzire lui dit qu'il semblait vraiment amoureux d'elle. Madame Janelle se réjouit à l'idée que sa fille pourrait devenir la femme d'un docteur ; elle invita Elzire à lui répondre au plus tôt :

— Si j'étais toi, ma fille, je retarderais pas.

— Ben oui, mais maman...

— Un docteur, on rit pas !

— Tout de même, souligna Elzire, je l'ai vu une fois seulement.

— Justement, plaida la mère, si tu veux le voir une deuxième fois, faudrait lui écrire au plus vite, autrement...

— Qu'est-ce que vous voulez que je lui écrive ?

Madame Janelle ne comprenait pas que sa fille n'exultât pas d'avoir reçu une déclaration d'amour enflammée d'un homme aussi important que le premier médecin du canton de Grantham.

— Tu pourrais commencer par lui dire que sa lettre t'a fait plaisir.

— Plus ou moins, dit Elzire en faisant la moue.

— Voyons donc ! protesta la mère.

— Je sais pas quoi penser...

— Chose certaine, ma p'tite fille, un docteur, c'est un bon parti !

— Vous voudriez quand même pas me voir marier un homme seulement parce que c'est un bon parti, comme vous dites ?

— Non, mais l'amour, tu sais...

La mère laissa en suspens ces mots qu'elle avait dits sur le ton de la sagesse résignée que les personnes âgées prétendent enseigner à la jeunesse.

— Qu'est-ce que vous voulez dire? demanda Elzire.

— Je veux dire qu'on n'aime pas nécessairement un homme la première fois qu'on le voit.

— Non, mais on peut avoir une idée.

— Ah! dit la mère d'un air entendu, c'est sûr que si t'attends d'avoir le coup de foudre...

Le coup de foudre ne pouvait plus frapper Elzire. Il n'y avait pas la moindre place ni pour le docteur Dumouchel ni pour personne d'autre dans ses pensées, car Patrick Lavelle l'occupait tout entière.

Tout de même, elle se crut obligée, ainsi que le lui avait dit sa mère, de répondre au médecin. «Invite-le à venir faire un tour, avait suggéré madame Janelle, ça t'engage à rien. Un homme instruit, qui est allé à l'université, ça peut pas te faire de mal de le voir une autre fois.»

Le lendemain, Elzire resta à l'école après la classe. Elle marcha longuement entre les rangées de bancs avant de s'asseoir à son pupitre pour rédiger, de sa plus belle écriture, une lettre polie. Elle prit d'abord dans le tiroir une petite plume neuve, l'engagea dans le porte-plume en bois qu'elle porta à sa bouche et mordilla en se creusant les méninges. Quoi écrire? Finalement, elle trempa la plume dans l'encrier et rédigea ceci:

Monsieur,

Ne pas répondre à votre lettre serait manquer à la plus élémentaire civilité. Vous ne m'en voudrez pas, j'espère, de ne pas donner à la mienne le ton enflammé de la vôtre. Si on ne doit pas freiner les élans d'un cœur noble et généreux, il ne faut pas non plus, dans le seul but de ne pas lui déplaire, feindre des sentiments qui ne seraient pas authentiques. Aussi, si j'ai été flattée par les compliments excessifs que vous exprimez dans votre missive, je ne saurais montrer un enthousiasme qui ne serait pas parfaitement sincère. Nous ne nous sommes vus qu'une fois, dans des circonstances malheureuses. Mes parents et moi, nous serions heureux de vous accueillir à la maison, où j'habite avec eux, si jamais vous passiez dans le huitième rang de Saint-Germain-de-Grantham.

Bien à vous,
Elzire Janelle

Malgré la froideur de la lettre d'Elzire, le jeune médecin s'empressa de répondre à son invitaion. La semaine suivante, son cheval trottait sur le chemin du huitième rang vers la maison des Janelle. Les habitants reconnurent bien vite l'attelage étranger. Quand on sut que c'était celui du docteur Dumouchel, on se demanda qui, « dans le huit », pouvait bien être malade au point de faire venir le médecin de Drummond.

* * *

Au temps de la colonisation, les rares nouvelles circulaient fort lentement dans le canton de Grantham. Occupés à bûcher et à essoucher, les habitants laissaient les rumeurs s'égarer dans les forêts ou s'empêtrer dans les bosquets. Les potins commencèrent à se propager de plus en plus rapidement au fur et à mesure que s'agrandissait le village et que s'allongeait la rue principale, voie royale du bavardage ; on eût dit que les maisons, plus rapprochées, se relayaient les bruits et les échos. Aussi, dès le lendemain de la visite du docteur

Dumouchel chez les Janelle, tout le village crut qu'il courtisait Elzire.

Patrick Lavelle se trouvait à la forge d'Albert Duff quand Euclide Robidas, un habitant du huitième rang renommé pour ses racontars, s'amena en claironnant :

— Pour moé, on va perdre notre maîtresse d'école ben vite !

— Qu'est-ce qui te fait dire ça ? demanda le forgeron.

— Ça a l'air que la p'tite est en amour !

— En amour avec qui ? demanda rudement Patrick, qui aidait le maréchal-ferrant à faire rougeoyer un morceau de métal dans la soufflerie.

— Qu'ossé, t'es pas au courant ? demanda Robidas.

— Au courant de quoi ?

— À propos d'Elzire, la fille à Janelle !

— Non, je suis au courant de rien, déclara sèchement Patrick.

— Pourtant, si y a quelqu'un qui devrait savoir...

— Justement, dit Patrick, elle a ramené les enfants de l'école à la maison pas plus tard qu'hier après-midi.

— Ouais, mais c'est pas l'après-midi qu'on va voir les filles, c'est le soir ! expliqua malicieusement l'habitant potinier.

Le maréchal-ferrant intervint alors :

— Tu nous annonces ça comme une vérité, mais je vois pas de gars à Saint-Germain qui pourrait...

Le colporteur de nouvelles interrompit le forgeron pour dire que, précisément, il ne s'agissait pas de quelqu'un de Saint-Germain.

— Ah !... Qui c'est que ça peut ben être d'abord ? demanda Albert Duff, cependant que Patrick, feignant l'indifférence, tendait l'oreille.

— C'est le docteur Dumnouchel, de Drummond! annonça triomphalement Euclide.

Patrick faillit échapper sur les pieds d'Albert Duff le morceau de fer rougi qu'il tenait sur l'enclume et que martelait le forgeron.

— Voyons, Lavelle, qu'est-ce qui te prend? lui demanda ce dernier, mécontent.

— Excuse-moi, dit Patrick, j'ai été distrait un instant.

Le forgeron s'empara des tenailles et continua à battre le métal d'où fusait une gerbe d'infimes flammèches. Euclide Robidas reprit son rôle de nouvelliste, interrompu par la gaucherie de Patrick:

— Ben oui, imaginez-vous donc que la p'tite est en amour... Avec un docteur, on rit pas!

— Es-tu sûr de ce que tu racontes, toé là? demanda Albert Duff.

— Beau dommage! Y en a qui ont vu le médecin partir de chez Alexandre, hier soir.

— Peut-être que le père Janelle est malade, suggéra le forgeron.

— Penses-tu, y est pétant de santé puis solide comme le roc. Je l'ai vu à matin, y s'en allait aux bâtiments. Non, non, la mère d'Elzire a dit à la sœur de ma femme que sa fille a reçu une lettre d'amour à n'en plus finir, l'aut' jour.

Tandis qu'Euclide rapportait avec ironie les élans amoureux du docteur Dumouchel, Patrick sentait son cœur aussi brûlant que le fer rougi sous le soufflet de la forge; craignant que les clients ne vissent son malaise, il sortit en vitesse de la boutique. La dernière phrase d'Euclide Robidas bourdonnait dans ses oreilles; ces paroles, surtout: «... sa fille a reçu une lettre d'amour à n'en plus finir...» Ainsi, la lettre qu'il avait lui-même apportée à Elzire était donc une lettre d'amour! C'était pour ça qu'elle avait dit: «... j'ai l'impression qu'il est amoureux de moi...» Patrick crut mieux comprendre les réticences et la gêne, depuis ce jour-là, de la maîtresse d'école, et il n'arrivait pas à admettre que madame Janelle se fût permis de révéler ainsi le contenu de la lettre du docteur.

Mais une autre question, bien plus douloureuse, te-naillait Patrick Lavelle: pourquoi... pourquoi Elzire avait-elle accueilli chez elle le jeune docteur?

16

Au lendemain de la visite importune d'Euclide Robidas
à la forge du village, Patrick Lavelle se jeta à corps perdu
dans les plus durs travaux : scier et fendre du bois de
chauffage, réparer des clôtures et creuser des fossés,
nettoyer l'étable avant les grands froids. Il espérait
échapper ainsi aux pensées qui autrement lui eussent
rongé l'âme et le cœur. Pourtant, même au milieu
d'une telle activité, son imagination œuvrait sournoise-
ment, et la fatigue accumulée ne le libérait pas de la
hantise qui grandissait en lui : non seulement le docteur
Dumouchel avait-il écrit une lettre d'amour à Elzire,
mais elle l'avait invité chez elle. Cette évocation obsé-
dante lui broyait le cœur entre chaque coup de masse
sur les piquets de clôture, elle l'accablait entre chaque
pelletée de terre qu'il soulevait en curant les fossés et
provoquait en lui des sursauts de rancœur entre chaque
bûche qu'il fendait en s'élançant de toutes ses forces.
Aussi, au milieu du mois de novembre, quand vint le
temps de porter à l'école du rang le bois de chauffage,

plutôt que de laisser ses fils s'acquitter de cette tâche, Patrick décida de s'en charger lui-même. Il voulait en avoir le cœur net : Elzire aimait-elle, oui ou non, ce jeune médecin de Drummond ?

* * *

C'était un samedi froid et sombre, une de ces journées où l'on sent l'automne glisser rapidement vers l'hiver, au point qu'on ne s'étonnerait pas de voir tomber une première neige. Depuis quelques jours, des gelées blanches couvraient le sol dans les petits matins blêmes. Même à l'heure du midi, le temps restait frisquet. Les oiseaux migrateurs s'étaient enfuis vers le sud, un vent pénétrant sifflait dans les arbres défeuillés, et la terre noire des labours se figeait dans le paysage plat et aride du huitième rang à moitié défriché du canton de Grantham. Dans les champs au loin, le gris des granges se confondait avec celui du ciel.

Il était entendu qu'Elzire serait là pour accueillir les frères Lavelle et leur indiquer comment corder le bois à sa convenance, dans le petit hangar à l'arrière de l'école. Assise à son pupitre, elle collait des étoiles et des angelots dans les cahiers des élèves méritants, en attendant l'arrivée de Terence junior et de William-James. Le climat maussade et la mélancolie de la nature s'accordaient parfaitement avec la tristesse de la maîtresse d'école : depuis quelque temps, Patrick Lavelle, s'il ne la fuyait pas, évitait son regard quand elle raccompagnait les enfants à la maison. Il lui était même arrivé à deux reprises de quitter les lieux sans la saluer. Elle soupçonnait les raisons de l'attitude de «monsieur Lavelle», mais elle n'aurait jamais osé aborder la question avec lui.

C'est à cela que songeait Elzire quand les clochettes d'un attelage se firent entendre sur la route. Peut-être étaient-ce les frères Lavelle? Elle quitta son travail et se rendit à la fenêtre. À sa grande surprise, elle reconnut la silhouette de Patrick, debout dans la voiture. Son cœur se mit à battre plus fort. Elle comprit l'aveu qu'il lui faisait en venant porter le bois lui-même, la sachant seule.

Vite, elle alla prendre un petit miroir dans son pupitre, replaça son chignon, vérifia les plis de sa longue jupe de lin marron et noua autour de son cou un fichu de même couleur. Jamais elle n'avait été aussi nerveuse, pas même le premier jour où elle avait enseigné. Les clochettes tintèrent de plus en plus fort. Elle ne songea pas un instant à l'entorse qu'elle ferait au règlement lui interdisant de recevoir un homme à l'école. Elle entendit la voix de Patrick ordonnant au cheval d'arrêter: «Wooo... back up!» Enfin, la voiture s'immobilisa. L'institutrice feignit de s'occuper à corriger des travaux d'élèves. Patrick frappa à la porte.

— Oui, qui est-ce? demanda Elzire, d'une voix mal assurée.

— C'est moé, Patrick Lavelle.

— Ah oui...

— J'apporte le bois de chauffage.

— Entrez, dit la jeune femme.

En proie à une grande exaltation, Elzire fit un effort suprême pour garder une contenance assurée. Patrick entra dans la classe en se frottant les mains.

— Ouais, dit-il, y était temps de t'apporter ton bois, on gèle quasiment!

— Y m'en reste encore un peu de l'hiver dernier, dit Elzire.

La voix de la jeune fille tremblait légèrement. Patrick crut que c'était à cause du froid qui régnait dans la pièce. Elzire n'avait pas allumé de feu, car elle devait rentrer chez elle aussitôt le bois cordé. La voyant assise à son pupitre, une plume à la main, il s'approcha en disant :

— Je me demande comment tu fais pour écrire avec des mains fines de même... par un temps pareil...

Elle baissa les yeux :

— On s'habitue, vous savez...

— Oui, je sais que les commissaires sont pas mal gratteux.

— C'est pas ce que j'ai voulu dire, protesta Elzire.

— Laisse faire, je suis au courant de l'histoire de ces avares-là. Mais l'hiver prochain, ajouta Patrick, t'auras pas à ménager ton bois parce que je vais t'en fournir, moé.

Les mains de la maîtresse d'école étaient sagement posées sur le pupitre. Patrick les observa un moment. Des mains de jeune femme, délicates, avec de longs doigts fins.

— Si ça a du bon sens, dit-il d'une voix grave et lente, des petites mains blanches de même au fret.

Puis il se dirigea vers la fournaise, au milieu de la place :

— Je vais te faire un bon feu, dit-il.

Elzire voulut protester :

— Mais... euh...

— Mais quoi ?

— Faut aller corder le bois, dit-elle.

— Penses-tu que je vais te laisser corder le bois avec moé ?

— Pourquoi pas ?

— Non, non, dit Patrick, tu me diras comment c'est que tu veux que je le place, puis tu reviendras travailler ici-dedans, au chaud, en attendant que j'aie fini.

Elzire n'osait se lever. Il se fit un silence dans la pièce. Tout en attisant le feu, Patrick se hasarda à demander :

— Dis-moé donc.... ça me regarde peut-être pas, mais... as-tu eu des nouvelles de ton docteur de Drummond ?

— C'est pas «mon» docteur, protesta doucement Elzire.

— Non, mais d'après ce que j'ai entendu dire, ça m'a l'air qu'y aimerait ben ça te soigner, par exemple.

— Ça s'adonne que je suis pas du tout malade, dit-elle, un peu sèchement.

Elzire se pencha de nouveau sur ses cahiers d'élèves, mais elle eut bien du mal à s'intéresser aux devoirs de français qu'elle avait sous les yeux : les fautes d'orthographe les plus évidentes lui échappaient, les accords du singulier et du pluriel n'offraient plus aucun intérêt, le masculin et le féminin se confondaient, les sujets, les verbes et les compléments fuyaient à son attention. La seule présence de Patrick Lavelle la troublait bien davantage que les mots d'amour ronflants du docteur Dumouchel. Elle s'étonna de l'enchantement qu'elle ressentait auprès de cet homme, ivresse qu'elle n'avait jamais connue auparavant. Était-ce cela, aimer ? Être secouée à ce point jusque dans le tréfonds de son être ? Elzire pouvait désormais s'avouer la part que Patrick avait prise dans le bonheur éprouvé autrefois auprès d'Ellen. De peur qu'il ne devinât le ravissement dont sa présence la remplissait, elle tint enfermé à double tour le cri d'amour qu'était tout son être. Mais son visage et sa nervosité la trahissaient. Il est vrai que leur situation était on ne peut plus délicate : Patrick était veuf depuis quelques mois seulement, et leur différence d'âge était grande. Elzire n'était pas sans imaginer le retentissement qu'aurait dans le canton la nouvelle de leurs amours, le remous qu'elle causerait dans sa parenté, l'opposition à laquelle elle devrait faire face dans sa famille et les protestations de ses amis, si jamais...

Ayant fait un bon feu dans la truie, ainsi qu'on appelait familièrement à l'époque les petites fournaises en fonte à flancs concaves, Patrick se dirigea vers Elzire :

— Bon, ben y serait temps de venir me montrer comment tu veux que je corde ton bois !

Elle se leva, alla prendre son châle de lainage accroché à une patère et le mit sur ses épaules. Bien que le hangar fût tout près, elle eut le temps de sentir sur son visage le vent glacial du nord-ouest. Cela l'aida à reprendre ses esprits.

— Ça me surprendrait pas si on avait de la neige aujourd'hui, dit Patrick en ouvrant la porte du petit bâtiment.

— J'ai toujours aimé les premières neiges, dit Elzire.

— Moi aussi, murmura Patrick.

Il faisait presque nuit à l'intérieur du hangar. Elzire trébucha sur le pas de la porte. « Attention ! », dit Patrick, qui la retint de tomber. « J'aurais dû apporter un fanal », ajouta-t-il. Ils étaient quasiment dans les bras l'un de l'autre. Paralysée d'émoi, Elzire sentit la main puissante de Patrick autour de sa taille. Elle resta muette et ne chercha pas à se dégager. Aucun homme n'avait jamais mis la main sur ses hanches ; elle en palpita d'un plaisir trouble. Tout son corps était vierge de sensations, aussi les ressentait-elle avec une intensité décuplée.

— Tu t'es pas fait mal au moins? demanda Patrick.

— Non, non, dit Elzire.

L'instant d'après, la maîtresse d'école regretta de n'avoir pas simulé une entorse et de n'avoir pas laissé sa tête reposer contre la poitrine de Patrick. Le vent râlait en s'engouffrant dans les interstices des planches verticales du hangar, mais Elzire n'en ressentait nullement la morsure et son chant lugubre ne l'effrayait pas. Elle se sentait parfaitement à l'abri. Parfaitement heureuse aussi, comme enveloppée dans un bien-être impénétrable. Oui, c'est cela que serait cet homme pour elle, un abri contre les grands vents de l'existence, un refuge pour la préserver de ses dangers. Enfin, elle se ressaisit pour dire faiblement:

— Je pourrais peut-être aller chercher le fanal...

— Non, non, laisse faire.

Patrick eût voulu la prendre dans ses bras et la transporter jusqu'à l'école, comme une mariée. «Viens», se contenta-t-il de dire en l'entraînant gentiment.

Quand ils furent rentrés dans la classe, il déclara sur un ton décidé et nerveux:

— Bon, ton bois, je vais le corder en deux temps trois mouvements! Tu vas rester icitte puis m'attendre, parce qu'après, j'ai quelque chose d'important à te dire!

Elzire n'eut pas le temps de réagir que déjà Patrick était ressorti. Le ciel devenant de plus en plus sombre, elle alluma une chandelle. Que pouvait-il avoir de si important à lui dire? Quoi d'autre que?... Elle marcha de long en large dans la classe, jetant de temps à autre un coup d'œil vers le hangar. La demi-heure que mit Patrick à faire son ouvrage lui parut une éternité.

Enfin, il revint.

— Ç'a pas été trop long j'espère? demanda-t-il en entrant.

— Non, mais il me semble que vous auriez dû vous faire aider par vos garçons...

— Y en était pas question! trancha Patrick.

— Ah... fit Elzire, qui n'osa demander pourquoi.

— Je voulais qu'on soit tout seuls, toé puis moé.

Décontenancée, Elzire trouva tout de même la force de dire:

— Ça va faire jaser...

— Si les choses se passent comme je l'espère, les gens vont pouvoir jaser à leur goût, dit Patrick.

— Qu'est-ce que vous voulez dire? demanda Elzire, de plus en plus intriguée.

— Premièrement, enchaîna rapidement Patrick, tu vas me laisser savoir si oui ou non t'es en amour avec le docteur Dumouchel. Tout le reste va dépendre de ta réponse.

Elzire resta bouche bée. Il poursuivit:

— T'as pas besoin de te gêner, on est rien que tous les deux icitte, puis je répéterai à personne ce que tu vas me dire.

— Mais... bafouilla-t-elle, c'est que je me demande bien... pourquoi vous tenez à savoir si...

Elzire eût souhaité que Patrick déclarât d'abord lui-même ses sentiments; elle espérait l'entendre dire qu'il l'aimait, qu'il avait voulu la voir seule pour lui en faire l'aveu.

— Je veux le savoir tout simplement, ajouta Patrick, parce que, si tu l'aimes, ça va régler mon problème.

— Votre problème?...

— Oui, y serait mal réglé, c'est entendu, mais au moins on n'en reparlerait plus!

Elzire hésita avant de demander :

— Mais... dites-moi, qu'est-ce que c'est... votre problème ?

— Ah ! c'est sûr que la terre va continuer à tourner, même si je reste pris avec...

Elzire bafouilla de nouveau :

— Oui, mais... si je savais au moins ce que...

— Justement, interrompit Patrick, le pire, c'est de pas savoir !

— De ne pas savoir quoi ? demanda doucement la jeune femme en s'éloignant lentement de la chandelle qui éclairait son visage.

— Ben... de pas savoir si tu l'aimes, répondit Patrick d'une voix sourde.

— Qu'est-ce qui vous fait croire que je pourrais aimer le docteur Dumouchel ?...

— Ah ! c'est certain qu'un jeune docteur, continua Patrick, c'est un bon parti. Tu irais vivre à Drummond. Ça serait pas mal moins dur qu'icitte dans le huit, pour ainsi dire le bout du monde.

Incapable de faire languir Patrick plus longtemps, Elzire, qui s'était réfugiée dans un coin de la classe où la lueur de la bougie l'atteignait à peine, sourit en disant doucement :

— Mais non, je ne l'aime pas...

— Tu dis peut-être ça pour me faire plaisir...

— Non seulement je ne l'aime pas, mais je ne l'aimerai jamais. Je le lui ai dit l'autre soir, quand il est venu à la maison.

— C'est ben vrai ? demanda Patrick, la voix émue.

— Mais oui.

— Tu lui as dit ça ? demanda-t-il, encore incrédule.

— Et il a compris. D'ailleurs, pour ne rien vous cacher, je ne voulais pas le revoir.

— Comment ça?

— C'est maman qui a insisté pour que je l'invite, au moins une fois.

Le cœur de Patrick se dilata d'une joie infiniment douce en entendant la révélation que lui faisait la maîtresse d'école.

— Bon, dit-il d'une voix rassurée, v'là au moins la moitié de mon problème de réglée!

— Seulement la moitié? demanda Elzire, déçue et inquiète.

— Maintenant, je peux ben te dire l'autre moitié...

Patrick bafouilla en ajoutant d'une voix lente et basse:

— L'autre moitié, Elzire, c'est toé...

— Mais je ne vois pas pourquoi je serais...

— Oui, c'est parce que... parce que je pense que...

Patrick hésitait. D'une manière ou d'une autre, le mot qu'il allait dire serait lourd de conséquences.

— Qu'est-ce que vous pensez? demanda la maîtresse d'école, craintive.

Il hésita encore:

— Mettons que... c'est pas tellement une chose que je pense... Ça serait plutôt un sentiment...

Elzire resta silencieuse, attentive à la moindre inflexion de la voix de Patrick. Tandis qu'il retardait son aveu, on entendait le crépitement du feu dans la fournaise et le sifflement du vent au-dehors. Enfin, il se décida à dire, gravement:

— Je sais pas si tu vas rire de moé, Elzire... mais... je t'aime!

Enfin! Enfin il avait lâché le mot qu'elle souhaitait entendre. Elle quitta le coin d'ombre où elle s'était réfugiée et vint se placer dans la lumière de la chandelle. Elle esquissa un sourire plus doux et plus énigmatique encore que celui de la Joconde. Nul peintre jamais ne rendra ce sourire-là, réservé à Patrick Lavelle, émigré d'Irlande en 1840 avec son père, Terence, sa mère, Honora Moynohan, et ses deux jeunes sœurs, Mary et Brigit.

— Vous m'aimez vraiment? demanda Elzire d'une voix caressante.

— Oui. Puis si tu m'aimes pas, dit doucement Patrick, je voudrais le savoir aujourd'hui, tout de suite.

— Et... si je vous aimais?

— Je serais le plus heureux des hommes.

— Alors, dit-elle au comble de l'émotion, nous serions heureux tous les deux.

— Oui, puis les enfants aussi.

Elzire se rappela alors la phrase qu'Ellen lui avait murmurée à l'oreille, juste avant d'expirer. Le temps s'arrêta dans son cœur, sa tête tournait légèrement. Craignant de défaillir, elle se dirigea vers Patrick, mais elle se ressaisit et s'arrêta pour murmurer:

— Moi aussi, je vous aime.

Elle dit ces mots comme malgré elle et les entendit résonner dans son âme. Patrick, lui, les reçut comme une musique, une mélodie sublime faisant contrepoint à celle qui chantait en lui. Elle fit un pas en avant.

— C'est vrai que tu m'aimes? demanda Patrick, rempli d'une grande allégresse.

Elle s'avança encore un peu, comme attirée par un aimant.

— Mais oui, je vous aime, répéta-t-elle dans un souffle.

Elzire était maintenant tout près de Patrick, si près qu'il n'eut qu'à ouvrir les bras pour l'étreindre. Aucun homme jamais ne l'avait enlacée. Elle ressentit une grande chaleur dans tout son être. Les lueurs pâles de la chandelle entremêlaient leur danse, sur les murs de la classe, à celles plus vives provenant de la fournaise. Pendant que l'obscurité descendait sur le canton de Grantham, une grande lumière inondait les cœurs d'Elzire et de Patrick. Des flocons fins et froids se mirent à tourbillonner autour de l'école, comme ceux de la première neige de 1840, quand le fils de l'Irlandais s'était égaré dans les bois avec sa mère, comme ceux aussi de cette nuit de décembre 1853, quand fut conçu le premier Lavelle né au Canada français.

* * *

Alexandre Janelle et sa femme commençaient à s'inquiéter du retard de leur fille. Le père, assis à la fenêtre, la vit enfin venir. Remarqua-t-il son pas plus léger et sa démarche joyeuse, malgré la neige qui s'accumulait sur la route? On eût dit qu'elle dansait.

— Y sont allés te le porter ben tard, ton bois, les jeunes Lavelle, fit remarquer Alexandre.

— Oui, y ont été retardés un peu, répondit évasivement Elzire, craignant que ne parût sur son visage l'agitation de son cœur.

Avant de quitter Elzire, Patrick lui avait dit qu'il parlerait au curé dès le lendemain, après la messe, pour avoir son assentiment et obtenir sa caution morale, car il n'était pas sans prévoir l'indignation que leur projet de s'épouser soulèverait chez les bien-pensants de la paroisse. Il fallait faire vite, car on saurait bientôt qu'il était allé livrer le bois à l'école, à la place de ses garçons, et il craignait qu'Elzire ne soit la victime de médisances. Une fois le curé informé de ses intentions, il verrait le père Janelle. D'ailleurs, ils ne se marieraient pas avant l'été suivant, quand la maîtresse d'école aurait terminé l'année scolaire.

Les enfants Lavelle n'osèrent pas faire remarquer à leur père qu'il avait mis beaucoup de temps à livrer le bois à l'école. Terence et William-James avaient terminé le train, à l'étable, et Hélène — elle avait quinze ans — avait préparé le repas. Elle fut la seule à observer la bonne humeur exceptionnelle de son père.

Chez les Janelle, Elzire resta silencieuse durant le souper. D'ailleurs, elle mangea peu.

— Qu'ossé, t'as pas faim ? lui demanda son père.

— Pas beaucoup, non.

— T'es pas malade, au moins ?

— Mais non, dit Elzire en souriant.

— T'as l'air drôle, y me semble, dit Alexandre.

— Laisse-la donc, dit la mère.

Aussitôt après la récitation du chapelet en compagnie de ses parents, Elzire leur souhaita une bonne nuit et se retira. La neige tombait maintenant abondamment. Cela ajouta au vertige que la jeune femme éprouva en montant à sa chambre. Elle avait été emportée, durant les dernières heures, dans un tourbillon plus étourdissant encore que celui de cette blancheur poudreuse devant sa fenêtre. Elle resta longtemps à regarder les flocons balayés par le vent, ses pensées vagues allant de la surface de la vie jusque dans ses profondeurs. Après être sortie de sa bienheureuse léthargie, elle essaya en vain de reconstituer, dans leur ordre chronologique, les minutes exquises et troublantes qu'elle venait de vivre.

Que s'était-il donc passé? Elle l'avait d'abord vu venir sur la route, debout sur la charge de bois. De cela, elle se souvenait très bien. Mais ensuite?... Ah oui! elle avait entendu les clochettes de l'attelage, elle s'était précipitée à son pupitre, il avait frappé à la porte... Qu'avait-il dit en entrant? Et ce qui avait suivi était-il réellement arrivé?

Elzire Janelle découvrait, à vingt-quatre ans, que l'amour déforme le temps et embrouille la mémoire, qu'il saisit le vif de l'être, s'en empare totalement et le soustrait à la périphérie anecdotique des choses. Patrick ne l'avait pourtant même pas embrassée. Il avait tout juste posé les lèvres sur son front avant de quitter l'école. Peut-être fallait-il être fiancés avant de s'embrasser sur la bouche... Elle alla se placer devant le miroir de sa commode, passa une main sur son front, cherchant la trace du baiser, puis elle effleura ses lèvres du bout des doigts. Elle commença ensuite à se dévêtir. Pour la première fois depuis l'adolescence, elle considéra son corps à moitié nu. Soudain, elle eut froid. Elle enfila sa robe de nuit de flanelle grise, se glissa dans le lit, se recroquevilla sous les couvertures et s'enroula dans son rêve.

17

L'appentis qui s'appuie sur toute la longueur de l'étable, derrière l'église paroissiale de Saint-Germain-de-Grantham, abrite en ce dimanche de novembre 1873 une dizaine de chevaux. Un jeune homme distribue l'eau, le foin ou l'avoine aux bêtes. Comme il faut payer un écot pour ce service, la plupart des habitants choisissent de ne pas dételer et attachent plutôt leur cheval à l'un des poteaux alignés le long de l'étable.

La paroisse entière se presse à la grand-messe dominicale. Quelques retardataires se hâtent vers l'église. Une femme âgée attend que son mari abaisse la grosse clenche de fer et ouvre l'une des portes en ogive qui encadrent l'entrée principale. Derrière eux, un colon secoue sa pipe pour en vider la cendre et le tabac encore fumants. À l'intérieur, les fidèles admirent le retable du nouveau maître-autel, qu'un artiste de Montréal — un Italien — est venu décorer, la semaine précédente, à la feuille d'or. Les paroissiens, endimanchés, forment dans la nef une masse compacte et sombre, contrastant avec le blanc des hautes colonnes cannelées de l'église d'inspiration gothique.

Hommes et femmes sont tous habillés de noir; on dirait une communauté amish de la Pennsylvanie. L'austérité de leurs vêtements s'accorde avec la gravité de leur attitude, dans la solennité des lieux. Enveloppés dans des manteaux ou des capes d'une sobriété sévère, les femmes qui n'ont plus vingt ans paraissent sans âge. Les hommes affichent presque tous sur le front la barre de soleil du paysan qui passe ses journées aux champs, un chapeau sur la tête: le haut de leur crâne est blanc comme neige, alors que le visage, buriné, est aussi cuivré que celui d'un Indien. De temps à autre, on entend le toussotement de ceux et celles qui attrapent un rhume dès les premiers froids. De vieilles femmes sont en prière devant les autels latéraux de la Vierge et de Saint-Joseph. Des enfants chuchotent. «On parle pas dans l'église», leur apprennent leurs mères. Le bedeau, affairé, va et vient dans le chœur.

Engoncés dans des costumes qu'ils ne portent que les dimanches, les habitants attendent que paraissent, venant de la sacristie, le prêtre et les servants de messe. La foule se lève alors.

«*Introibo ad altare Dei*», proclamera le curé Baillargeon d'une voix forte et vibrante, une fois revenu au pied des marches, après avoir placé sur le maître-autel le calice et la patène, recouverts de la pale.

Dans le banc qu'il occupe avec ses dix enfants et sa mère, Patrick Lavelle est fébrile. À peu de distance devant lui se trouvent Alexandre Janelle, sa femme et Elzire. La jeune fille porte une cape noire surmontée d'un capuchon, qu'elle repousse de temps à autre vers l'arrière. Patrick aperçoit alors obliquement son profil.

Bien qu'édifié par l'attitude pieuse d'Elzire, il n'en reste pas moins perturbé par les souvenirs de leur rencontre de la veille.

«Mes bien chers frères…» Le curé, après avoir monté les marches de l'escalier en spirale qui mène à la chaire, commence son sermon.

Patrick écoute distraitement. Il pense à la rencontre qu'il aura avec le prêtre, après la messe. Il espère qu'elle sera brève, car ses enfants et Honora devront l'attendre dehors, et il fait un froid vif. Chemin faisant vers le village, il n'a pas voulu dire à sa mère le but de l'entretien qu'il allait demander au curé. Cette situation l'agace: il n'a pas l'habitude du secret ou de la cachotterie. Homme simple et droit, il a toujours été sincère et franc. Il a aimé Ellen passionnément. Il aimera Elzire de même, sans se poser de vaines questions sur les mystères de l'amour et les méandres de l'existence. Une maîtresse d'école à l'âme noble et généreuse lui offre sa jeunesse, accepte de partager sa vie et de devenir la mère adoptive de ses enfants. Sans doute a-t-il raison de ne pas s'interroger sur le don prodigieux qu'elle lui fera, car il n'y a pas de véritable amour qui ne soit insensé. Pour ce qui est de la vie, la sienne n'a été que labeur incessant et pénible, depuis le jour où il a quitté l'Irlande à l'âge de douze ans. Mais quelles qu'aient été les difficultés à vaincre, Patrick a toujours été heureux, parce qu'il a des aptitudes au bonheur.

«C'est la grâce que je vous souhaite, au nom du Père, du Fils et du Saint-Esprit.» Ainsi se terminaient autrefois, par une invocation à la Sainte-Trinité, les sermons des curés. Ces dernières paroles suivaient toujours une série de circonlocutions et de périphrases convenues allongeant un prône que, généralement, les fidèles avaient trouvé interminable. L'abbé Baillargeon, s'il ne possédait pas les dons oratoires de Bossuet, exprimait d'une voix ferme et convaincante les vérités de l'Évangile. Il expliquait dans un langage coloré les paraboles du Christ, surtout celles qui utilisent de manière allégorique le monde propre aux paysans : la terre, les animaux, la moisson.

La messe sera bientôt dite. Attentive jusqu'à la fin, la foule des fidèles sortira de l'église en silence, mais s'animera en se regroupant sur le perron. On parlera de la première neige tombée la veille et l'on se plaindra de l'arrivée hâtive du long hiver.

Aussitôt après le *Ite, missa est*, Patrick Lavelle s'est dirigé d'un pas décidé vers la sacristie. À l'époque de la colonisation, les rapports entre le curé et ses paroissiens restaient très familiers ; il ne s'était pas encore créé entre les pasteurs et leurs ouailles cette distance respectueuse et craintive qui s'accroîtra au fur et à mesure que l'Église canadienne-française, enivrée par les hauteurs sur lesquelles l'aura portée sa marche ascendante, imposera une autorité souveraine et triomphante.

— Monsieur le curé, est-ce que je pourrais vous parler ?

— Je t'écoute, dit le prêtre, tout en continuant d'ôter ses vêtements sacerdotaux.

Malgré sa nature franche et spontanée, Patrick éprouva d'abord du mal à formuler sa confidence.

— C'est parce que... c'est personnel, puis à part de ça que c'est un peu délicat, dit-il en jetant un coup d'œil autour de lui.

Le curé fit signe aux servants de messe de quitter les lieux.

274

— Dis-moi pas que tu veux te confesser? demanda ensuite le prêtre, sur un ton narquois.

— Non, non. Je voudrais seulement vous dire qu'y m'arrive queq'chose de pas mal important!

— Ah oui? Quoi donc?

— Pour dire le vrai, monsieur le curé, j'aurais jamais pensé que ça se produirait si vite que ça, dit Patrick, incapable de trouver les mots pour faire son aveu.

— Ben oui, mais de quoi s'agit-il? demanda le curé, impatient.

— Figurez-vous que... j'ai trouvé quelqu'un pour remplacer mon Ellen...

— Qu'est-ce que tu me chantes là, toi? s'exclama le prêtre.

— Je veux pas dire que les choses vont se faire tout de suite, s'empressa de préciser Patrick. Non, non, inquiétez-vous pas, ça ira pas avant l'année prochaine.

— Ah bon... fit le curé, soulagé.

— C'est une femme que les enfants vont aimer, j'en suis certain, puis qui va leur faire une ben bonne deuxième mère.

Patrick attendit quelque mot d'encouragement du curé, mais ce dernier resta silencieux. Le fils de l'Irlandais ajouta:

— Vous êtes d'accord avec moé que des enfants, ça a besoin d'une mère, hein?

— Eh oui, soupira l'abbé Baillargeon, tes enfants ont besoin d'une mère, puis toi, t'as besoin d'une femme.

— Je suis ben content de vous l'entendre dire...

— Mais, dis-moi donc, s'enquit le curé, qui est l'heureuse élue?

— C'est justement ça que je suis venu vous annoncer!

— Je trouve que tu mets pas mal de temps à me le faire savoir. Les veuves sont pourtant pas nombreuses dans la paroisse, dit le curé.

— Savez-vous, euh... c'est pas une veuve.

— Ah non ? Dis-moi pas que t'aurais conquis le cœur d'une vieille fille ? demanda le prêtre avec bonhomie.

— Non, non... c'est... c'est une jeune femme.

— Ah bon...

— Pas mal plus jeune que moé...

Patrick hésita un moment avant d'avouer :

— C'est euh... Elzire...

Le prêtre, interdit, s'empêtra dans l'aube blanche qu'il avait commencé à enlever. Le vêtement encore par-dessus la tête, il demanda :

— Pas la fille à Alexandre ?

— Euh... oui.

Le curé alla étendre l'aube sur une table, puis il se tourna vers Patrick. Perplexe, il fronça les sourcils et marmonna gravement :

— Ouais... Elzire... T'as ben raison de dire que c'est une femme pas mal plus jeune que toi !

— C'est pour ça que je voulais vous en parler avant tout le monde. Je voudrais pas qu'on se mette à jaser dans la paroisse.

— Ah ! ça, c'est pas moi qui pourrai empêcher les gens de jaser, fit remarquer le prêtre.

— Non, mais au moins, on saura que vous êtes au courant, puis que vous nous approuvez.

— Mon cher Patrick, je trouve que tu vas un peu vite en affaires. Avant toutes choses, il faudrait que je parle à Elzire.

— Je vais lui dire de venir vous voir.

Patrick se dirigea vers la sortie de la sacristie, mais le curé l'interpella :

— Dis-moi donc, demanda le prêtre, est-ce que ça fait longtemps qu'Elzire puis toi ?...

— Non, non, répondit vivement Patrick. On s'est parlé hier seulement.

— Eh bien, vous avez décidé ça vite !

— Oui, mais comme je vous ai dit, y est pas question de mariage avant l'été prochain.

— Ah ! s'exclama le curé dans un soupir, il est donc vrai de dire que les voies de Dieu sont insondables !

— Puis celles de l'amour aussi, ajouta Patrick.

— Ce sont les mêmes ! trancha sentencieusement l'abbé Baillargeon.

— Je vais demander à Elzire de venir vous voir, répéta Patrick en se retirant.

— C'est ça, c'est ça, grommela le curé.

* * *

Au moment où Patrick sortit de l'église, un soleil pâle parut entre les nuages et répandit une blancheur mate sur les forêts noires autour du village. Cette lumière froide inonda l'unique rue le long de laquelle s'alignaient une vingtaine de maisons, l'école, la forge, le magasin général, l'atelier du menuisier Arsène Labbé et, près du ruisseau, le moulin à carde. Voyant venir son père, William-James fit avancer la voiture. Elzire Janelle y avait pris place, à la demande des enfants. Les Janelle avaient emmené avec eux la grand-mère Lavelle, pour éviter qu'elle ne prenne froid. «Popa, popa, Elzire s'en vient avec nous autres !», s'écrièrent joyeusement les petits.

La maîtresse d'école connaissait la raison du retard de Patrick et elle était impatiente de connaître les résultats de son entretien avec monsieur le curé.

La présence des enfants empêcha les amoureux de causer ouvertement de leur situation ; la jeune femme sut tout de même que le prêtre n'avait apporté aucune objection à leurs amours, mais qu'il tenait à la rencontrer avant d'approuver leur union éventuelle. Heureuse que le curé n'ait pas fait d'opposition à leur projet et désirât s'entretenir avec elle, Elzire, malgré la grisaille de novembre, trouva le chemin du huitième rang plus beau qu'à l'habitude et elle sentit à peine les cahots, sous les bandages métalliques des roues de la voiture de ferme.

* * *

La semaine parut très longue à la maîtresse d'école. Un froid inhabituel l'obligea à chauffer la truie tous les jours. Chaque quartier de bois qu'elle mettait dans le feu lui parlait de Patrick, et elle eut bien du mal à s'appliquer à l'enseignement. Le catéchisme, la géographie, même le français qu'elle aimait tant perdaient de leur attrait, et les élèves ne furent pas appelés très souvent au tableau noir. En fin d'après-midi, quand les enfants avaient tous quitté l'école, elle arpentait rêveusement la salle de classe. Les lueurs de la fournaise dansant au plafond et sur les murs lui rappelaient la minute sublime où elle s'était jetée dans les bras de Patrick. Fallait-il que l'amour soit une puissance invincible, pour lui permettre seulement d'envisager le moment où elle devrait annoncer la nouvelle à ses parents sans s'effrayer des railleries dont elle serait sûrement la victime.

Le dimanche suivant marquait le début de l'Avent. La joie du temps des Fêtes à venir était déjà dans l'air. À la fin de la messe, pendant que les fidèles reprenaient en chœur le refrain du cantique *Venez, divin Messie*, dont le maître chantre massacrait chaque couplet, Elzire Janelle quitta son banc et se dirigea vers la sacristie. Le curé l'accueillit avec bienveillance ; cinq minutes plus tard, elle le suivait au presbytère. L'abbé Baillargeon fit passer sa paroissienne dans le grand salon de la nouvelle cure, une imposante bâtisse de deux étages, en pierre, qu'on achevait de construire à côté de l'église. La pièce était sommairement meublée : un divan à l'ancienne longeait le mur du fond ; à droite se trouvait une armoire en pin, près de laquelle on voyait un prie-Dieu et un crucifix ; devant les fenêtres donnant sur la rue principale, deux fauteuils encadraient une petite table ovale recouverte d'une nappe de dentelle.

— Assoyez-vous, dit le curé en posant son bréviaire sur la table.

— Je ne voudrais pas rester trop longtemps, dit Elzire, mes parents m'attendent dans la voiture.

— Mon doux Seigneur, c'est pourtant vrai. Vous auriez dû les faire entrer, dit le curé.

Un peu embarrassée, Elzire lui fit remarquer que ni son père ni sa mère ne connaissaient le but de sa visite et que...

— Oui, évidemment, dit le prêtre.

— Monsieur Lavelle m'a dit que vous teniez à me voir à propos de...

— Eh bien, oui. Je vous avoue, dit le curé, que mon étonnement a été grand, la semaine dernière, lorsque

Patrick est venu m'annoncer la nouvelle que vous savez.

— Oui, bien sûr.

— Dites-moi, avez-vous bien songé aux obligations que comporteront pour vous un tel engagement?

— J'y ai pensé beaucoup, oui.

— Il faut être bien courageuse, dit le prêtre, pour envisager le mariage avec un homme déjà père de famille nombreuse.

— Étant maîtresse d'école, j'ai l'habitude d'être entourée de beaucoup d'enfants, fit remarquer Elzire.

— Oui, je comprends cela, mais vous n'êtes pas sans savoir que Patrick Lavelle est dans la force de l'âge...

Le curé s'arrêta un moment. Elzire resta silencieuse. Le prêtre ajouta, en insistant sur chaque mot :

— Si la nature devait suivre son cours, d'autres enfants viendraient s'ajouter : les vôtres.

Elzire se contenta de baisser pudiquement les yeux.

— Mais, dites-moi, demanda l'abbé Baillargeon, y a-t-il longtemps que... monsieur Lavelle et vous... enfin, je veux dire, l'amour serait-il né, pour ainsi dire, subitement?

— On peut dire ça, pour ma part, en tous cas.

— Le coup de foudre, quoi?

— Je dirais plutôt une sorte de révélation, dit Elzire.

— Et si je comprends bien, vos parents ne sont pas au courant de...

— Non, s'empressa de répondre Elzire. J'attendais de vous avoir d'abord rencontré. Je vais en parler aujourd'hui à ma mère.

L'abbé Baillargeon n'allongea pas son interrogatoire.

— Je vous souhaite d'avoir la grâce d'état, dit-il. Et si ça peut vous aider, je vais demander à Dieu de vous bénir.

Quand la maîtresse d'école eut quitté le presbytère, le prêtre resta longtemps perplexe en songeant aux arcanes de l'amour humain. Il s'agenouilla sur son prie-Dieu et demanda au Ciel de bénir les amours de la jeune femme et du veuf, père de famille nombreuse.

* * *

Au cours de l'après-midi, alors que son père se trouvait à l'étable, Elzire, après avoir longtemps hésité, révéla à sa mère les raisons de sa rencontre avec monsieur le curé. Rien n'avait préparé Mathilde Janelle à une telle nouvelle ; elle en échappa son tricot, quitta sa berceuse et alla se laisser choir sur une chaise, près de la table de la cuisine, que son bras heurta lourdement. Abasourdie, elle resta d'abord sans voix, hochant la tête. Puis, s'étant ressaisie, elle lança un cri qui contenait tout l'effroi dont elle était remplie :

— Elzire, viens-tu folle ?

Sa fille voulut protester :

— Voyons, maman...

— Y a pas de voyons, maman ! Heureusement que ton père est pas là !

— Justement, je voulais vous l'apprendre à vous avant de...

La mère ne trouvait plus de mots pour exprimer son indignation. Elle bégaya :

— Non, mais... mais... tu y penses pas, Elzire ! Un homme de quarante-cinq ans, père de onze enfants !

— Je sais, oui...

— Tu devrais savoir surtout que ça a pas de bon sens ! T'as rien que vingt-quatre ans ! As-tu perdu la tête ?

Les protestations de la mère se succédèrent en un déferlement d'incrédulité outrée, qui ne fit qu'augmenter lorsque sa fille l'interrompit pour préciser :

— Ben oui, mais maman... y est pas question qu'on se marie tout de suite.

Madame Janelle faillit suffoquer :

— Comment, s'exclama-t-elle, scandalisée, vous parlez déjà de mariage !

— Pas pour maintenant...

Elzire n'eut pas le temps de fournir d'autre précision que sa mère enchaîna :

— Puis ça fait juste deux mois qu'y est veuf !

Et madame Janelle ajouta, d'un air entendu :

— On sait ben, ces Irlandais-là !

— Maman, je vous répète qu'y est pas question de mariage avant l'année prochaine.

— Peut-être, mais y en est question, c'est ça qui est épouvantable ! Ça aura pas plus de bon sens l'année prochaine que cette année ou dans deux ans, parce que l'année prochaine puis toutes les années à venir, vous aurez toujours la même différence d'âge ! Pauv' p'tite fille, gémit enfin Mathilde Janelle.

Elzire n'ajouta rien au discours emporté de sa mère. Elle comprenait sa déception, mais elle n'avait pas prévu une réaction aussi violente.

Un lourd silence se fit dans la cuisine. Madame Janelle ramassa son tricot et retourna lentement à sa berceuse. On eût dit qu'elle avait vieilli de dix ans.

— J'espère au moins, dit-elle en serrant les dents, que votre histoire a pas commencé avant la mort de sa femme...

Sa fille lui dit sur un ton de doux reproche :

— Maman, comment pouvez-vous imaginer une chose pareille?

— Ben... on sait jamais, balbutia Mathilde, légèrement désarmée.

Puis elle ajouta:

— Qu'est-ce que tu penses que le monde vont dire?

— Les gens diront ce qu'ils voudront, mais vous... je vous défends de penser seulement qu'y aurait pu arriver quelque chose avant la mort d'Ellen. D'ailleurs, ajouta Elzire, après une pause, y est rien arrivé depuis non plus...

— Ah non? Pourquoi t'es allée voir monsieur le curé, d'abord?

— En tous cas, c'est pas pour me confesser, parce que j'ai rien à me reprocher.

Elzire tenta d'expliquer du mieux qu'elle put comment l'amour s'était insinué en elle, un amour qui devait sans doute sommeiller au plus profond d'elle-même et qu'elle n'avait jamais osé laisser s'éveiller du temps que vivait sa meilleure amie.

— Ben oui, mais pauv' p'tite fille, se plaignit de nouveau Mathilde, y a onze enfants...

— Je sais, oui. J'ai enseigné aux plus vieux, puis je vous ai aidée à accoucher les six derniers. Quand je m'arrête chez eux, les plus jeunes s'accrochent à moi comme si j'étais déjà leur mère.

— Tant qu'à ça...

— D'ailleurs, monsieur le curé m'a donné sa bénédiction en me disant que j'aurais la grâce d'état, dit Elzire.

— Ouais, y disent toujours ça, mais c'est pas eux autres qui ont les enfants, fit remarquer madame Janelle, avec une moue désabusée.

La mère et la fille restèrent ensuite longtemps silencieuses, l'une tricotant, l'autre penchée sur son travail de broderie. De temps à autre, Mathilde regardait sa fille à la dérobée. Tout en restant hostile à son projet, elle enviait secrètement la passion amoureuse qui illuminait son visage.

* * *

Pendant que se déroulait cette scène chez les Janelle, Patrick Lavelle avait réuni dans la cuisine ses fils aînés, Terence et William-James, et sa grande fille, Hélène. Tenant dans ses bras son dernier-né d'un an et demi, François-Xavier, il leur parla d'abord de leur mère, célébra sa mémoire, évoqua devant eux leurs premières rencontres sous le chêne majestueux, près de la rivière Saint-François. Il décrivit ensuite la journée de leur mariage, à Drummond, et magnifia les années de bonheur qu'il avait connues auprès d'Ellen Watkins. Après leur avoir dit à quel point il l'avait aimée, il se surprit à le répéter en anglais: «*Oh! ya, I loved her so much!*» Puis, il entreprit de faire comprendre à ses grands enfants que leurs petits frères et sœurs avaient besoin, eux aussi, d'une mère aimante.

— John a pas encore dix ans, dit-il, Nazaire en a rien que sept, Brigitte, Lysie, Anne, sont plus jeunes encore. Puis y a le p'tit dernier. Y a le droit lui aussi de connaître la chaleur des bras d'une mère.

— Qu'ossé, avez-vous déjà envie de vous remarier? demanda Terence, sans détour.

— Pas tout de suite, non. Ça ira pas avant l'été prochain.

— Ouais, vous perdez pas de temps, se permit de dire William-James.

— J'ai l'impression que c'est votre mère qui a arrangé ça l'aut' bord, dit le père. Chose certaine, j'aurais jamais pensé pouvoir trouver une remplaçante digne d'elle.

Hélène, qui allait bientôt avoir seize ans, ne fut pas surprise d'entendre les propos de son père. Elle avait observé les regards qu'il portait sur Elzire depuis quelques semaines, quand l'institutrice ramenait les enfants de l'école, et elle croyait connaître l'identité de la digne remplaçante en question. Elle n'osa toutefois pas demander à son père de confirmer ses soupçons. Patrick devina-t-il les pensées de sa fille, il se tourna vers elle pour dire lentement:

— La remplaçante, ça va être Elzire Janelle.

Hélène esquissa un sourire enjoué. Patrick s'adressa ensuite à ses fils:

— Quand ça sera chose faite, l'année prochaine, vous pourrez partir tous les deux, si vous le voulez. Vous m'aurez assez aidé.

Terence, surtout, qui avait dix-neuf ans, songeait à aller faire sa vie, comme on disait autrefois. Il avait douze ans lors de l'ouverture de l'école du rang; il n'avait été l'élève d'Elzire que durant deux ans, le temps d'apprendre à lire, à écrire et à compter. Il avait assisté au départ de quelques colons et à celui de sa sœur, Mary-Jane. Il rêvait de partir à son tour aux U.S.A. Le passage de James West et d'Abraham Brown dans le huit, l'année précédente, l'avait marqué: ces deux jeunes hommes lui avaient paru plus libres, plus sûrs d'eux-mêmes que les habitants de Saint-Germain. Ils avaient parlé avec enthousiasme de leur pays, en

avaient vanté la beauté des paysages et décrit l'animation des villes. «*We fought for all that!*», avaient-ils proclamé fièrement. Terence en avait conclu qu'un pays
pour lequel on accepte de risquer sa vie doit être sans
prix. Dans le huitième rang, on ne se battait ni pour ni
contre personne ; on se débattait plutôt avec la petite
vie quotidienne.

Contrairement à son père, Terence n'éprouvait pas
d'attachement particulier pour le canton de Grantham.
Les forêts qui l'encerclaient — et où il était né pourtant
— ne devinrent jamais pour lui une véritable patrie. Les
States, dont il entendait parler quand il allait faire des
courses à Drummond, lui paraissaient cent fois plus
attrayants. Là-bas, c'était un pays de gagneurs, et il
avait le sentiment de vivre à Saint-Germain dans un
monde de perdants. Autour de lui, tout était désespéré-
ment prévisible. Aller aux U.S.A., c'était partir à l'aventure, découvrir de nouveaux horizons. Il espérait
profiter du fait qu'il parlait l'anglais pour se faire une
situation aux États-Unis, dont le nom même l'envoû-
tait : *États-Unis... United States of America...* Les échos
parvenant de ce pays avaient la fascination du chant
des sirènes. Et il n'y avait pas d'océan entre le canton de
Grantham et les États... Il suffisait de prendre la route
vers le sud, vers un climat plus chaud et une terre plus
généreuse. Là-bas, il y avait aussi des usines, beaucoup
d'usines où l'on pouvait facilement trouver un emploi.

Aucun des trois aînés ne se rebella en apprenant que
leur père épouserait, l'été suivant, Elzire Janelle.

Terence et William-James se rendirent faire le train,
à l'étable. Hélène prit dans ses bras le petit François-
Xavier, qui la réclamait, et alla à la fenêtre. Dehors,
Patsy, âgé de treize ans, veillait sur les jeux de ses petits

frères et sœurs, John, Nazaire, Brigitte, Lysie et Anne. Hélène avait dû les habiller chaudement, car il commençait à faire froid; en les regardant s'amuser, elle songea avec grand soulagement qu'elle ne serait plus seule, l'année suivante, pour s'occuper d'eux.

* * *

Après le souper, Patrick Lavelle endossa son habit du dimanche pour se rendre chez Alexandre Lavelle. Il voulait mettre les choses au point avec le père d'Elzire. Il tenait à lui faire savoir surtout que le curé approuvait leur union éventuelle, et il souhaitait s'expliquer avec lui sur un projet de mariage qui ne manquerait pas d'en choquer plus d'un.

La terre des Janelle se trouvait au bout du rang, à une demi-heure de marche. La nuit était claire. Patrick partit à pied sur le chemin gelé et couvert d'une neige légère, qui craquait sous les bottines. Surpris de le voir arriver endimanché, le père Janelle s'exclama:

— Où c'est que tu t'en vas, changé de même?

Occupée à coudre à la lueur de la chandelle, Elzire comprit que Patrick, comme il le lui avait dit, venait informer ses parents de leurs intentions. Sa mère n'ayant osé aborder le sujet avec son père, elle s'inquiétait de la réaction de ce dernier.

— Je m'en viens vous voir! répondit joyeusement Patrick.

— C'est sûrement pas pour moé que tu t'es habillé comme ça!

— Non, c'est pour votre fille...

Le père Janelle ne réagit pas à ce qu'il crut être une de ces boutades habituelles du fils de l'Irlandais, mais en entendant cela, Elzire eut un léger et brusque mouvement et se piqua le doigt avec l'aiguille qu'elle manipulait. Elle serra les lèvres pour étouffer le petit cri qu'autrement elle eût échappé. Patrick continua, en prenant un ton légèrement solennel :

— Monsieur Janelle, ça fait pas trois mois que je suis veuf, pourtant je m'aperçois que mes enfants, les plus jeunes surtout, ont besoin d'une mère.

Mathilde se fit aussi petite que possible dans sa berceuse. Elle craignait l'orage qu'allait déclencher la révélation qu'elle n'avait pas eu le courage de faire à son mari.

— Ah ! ça, c't'entendu que des p'tits enfants pas de mère, ça fait pitié.

— Oui, monsieur, renchérit Patrick.

— Mais qu'osse tu veux, faut prendre son courage à deux mains ! ajouta Alexandre.

— C'est justement pour ça que j'ai mis mon bel habit, dit Patrick.

— Je vois pas le rapport entre tes enfants puis ton habit du dimanche, fit remarquer le père Janelle.

— C'est parce que... je suis venu vous parler de votre fille.

Depuis qu'Elzire avait refusé les avances du docteur Dumouchel, son père s'était ancré dans la conviction qu'elle resterait célibataire. Ne voyait-on pas certaines maîtresses d'école, partagées entre la vocation religieuse et les attraits du monde, consacrer leur vie entière à l'éducation des petits enfants ? Le père Janelle se réjouissait à l'idée d'avoir auprès de lui, jusqu'à la fin de ses jours, une fille aimante et dévouée, un poteau de vieillesse, comme on disait alors.

— Votre fille, monsieur Janelle, c'est une perle rare, déclara ensuite Patrick, avec emphase.

— Tu nous apprends rien là, hein Mathilde, dit le père d'Elzire en se tournant vers sa femme, qui n'osa lever la tête.

— Non, je sais, ce que je veux vous apprendre, ça serait plutôt que...

Patrick s'interrompit. Elzire et sa mère feignaient d'être absorbées, l'une par son travail à l'aiguille et l'autre, par son tricotage. Elles retinrent toutes deux leur souffle quand Patrick ajouta sur un ton ferme, après s'être raclé la gorge :

— Monsieur Janelle, ce que je suis venu vous annoncer, c'est que votre fille puis moé, on est amoureux.

— Tu me dis pas, dit le vieil habitant, que t'as mis ton bel habit pour venir faire des farces plates de même... On est pas le Mardi gras !

Les deux hommes se faisaient face, près de la porte. Alexandre Janelle, qui était de petite taille, devait lever la tête vers Patrick. Ce dernier répliqua posément :

— Non, monsieur Janelle, je parle sérieusement.

— Es-tu fou, toé ! s'exclama le père d'Elzire.

— On a vu le curé tous les deux, moé la semaine passée, puis elle avant-midi.

Le père Janelle blêmit. Ses jambes fléchirent un instant, puis il se redressa et, se tournant vers sa fille, il vociféra :

— Ah ! c'était donc ça, ta visite au curé !

Pendant que son père s'avançait vers elle, l'air menaçant, Elzire eut un timide hochement de tête et dit d'une voix mal assurée :

— Oui, euh... je voulais rencontrer monsieur le curé avant de vous en parler.

— Ben y me semble que dans ce domaine-là, ma p'tite fille, ton père devrait passer avant le curé!

— Peut-être, oui, murmura Elzire.

— C'est pas l'abbé Baillargeon qui t'a engendrée, c'est moé! s'écria le père.

Patrick intervint pour dire doucement:

— Moé je pense que c'est Elzire qui doit passer en premier...

Alexandre Janelle n'entendit même pas la remarque de Patrick, tant il était emporté. Il continua de s'adresser à sa fille:

— Mais dis-moé donc, Elzire Janelle, qu'est-ce que ça veut dire au juste ces folies-là?

Elzire mit un certain temps avant de répondre:

— Ça veut dire... ça veut dire que monsieur Lavelle puis moi, on s'est aperçus qu'on s'aimait...

— Ah! ben moryeu, ça parle au diable! s'exclama le père Janelle, suffoquant de colère et d'ahurissement. Où c'est que vous avez vu ça, l'amour? Dans la lune? Dans les nuages?

— Voyons, papa...

— Ça fait pas trois mois que sa femme est morte à c't'homme-là, enchaîna le père, puis y a le front de venir icitte, dans ma maison, pour me dire que...

Alexandre Janelle s'arrêta brusquement. Il croyait rêver. Hochant la tête, il demanda à sa fille:

— D'abord, comment ça se fait que lui puis toé, vous auriez pu...?

Hors de lui, le souffle court, le père Janelle n'arrivait pas à terminer ses phrases.

— Papa, dit Elzire, vous devriez bien savoir que l'amour...

— Ouais, je sais que l'amour fait faire des bêtises, mais je pensais pas que ça pouvait aller si loin que ça!

Elzire voulut apporter des éclaircissements, mais son père lui coupa la parole:

— Sais-tu, ma fille, que cet homme-là a quasiment deux fois ton âge?

— Oui, je sais...

— Tu dois savoir aussi qu'y est père de onze enfants?

— Mais oui...

— Puis si tu le sais pas, tu devrais savoir qu'à ton âge, y va s'en ajouter d'autres!

— Probablement...

Elzire répondait d'une voix douce, évitant le regard foudroyant de son père, non par crainte, mais pour ne pas attiser sa colère. Elle le connaissait bien et savait qu'après avoir épuisé sa révolte, il se calmerait et accepterait d'entendre ses explications.

Alexandre Janelle se tourna ensuite vers Patrick:

— Puis toé, dis-moé pas que tu trouves ça raisonnable, à ton âge, de vouloir nous enlever not' fille de vingt-quatre ans, une maîtresse d'école dépareillée, pour l'obliger à élever les enfants de ta première femme, puis ceux que tu vas lui faire en plus!

— Monsieur Janelle, vous avez ben raison, c'est pas raisonnable, dit doucement Patrick.

— Tu vois, t'es d'accord avec moé.

— C'est pour ça, continua Patrick, que je laisse à Elzire tout le temps qu'y faut pour réfléchir.

— Voir si ça a du bon sens... voir si ça a du bon sens, répéta le père d'Elzire en allant s'asseoir dans sa berceuse, le dos courbé.

Quelques minutes plus tard, Alexandre Janelle, tirant nerveusement de grandes bouffées de sa pipe de plâtre, écoutait sa fille et Patrick Lavelle lui exposer leur projet de s'épouser, l'été suivant, après la fin des classes.

— Voir si ça a du bon sens... marmonna-t-il encore à plusieurs reprises. Mais ça se passera pas de même! Moé aussi, dit-il, je vais aller voir le curé.

18

La nouvelle des amours d'Elzire et de Patrick se répandit dans la paroisse en même temps que les premières poudreries de l'hiver. À la boutique de forge, au magasin général, au bureau de poste, au moulin à scie, partout la même question fut cent fois posée : « As-tu su ça pour la fille à Janelle ? » On restait sidéré d'apprendre qu'une jeune femme de vingt-quatre ans, maîtresse d'école en plus, après avoir refusé un aussi beau parti que le docteur Dumouchel, envisageât d'unir sa vie à celle d'un père de famille nombreuse, de vingt et un ans son aîné. Certains ne se gênaient pas pour ajouter : « En plus de ça qu'y est irlandais ! »

Alexandre Janelle n'attendit pas au dimanche suivant pour voir le curé. Dès le lendemain, malgré la froidure qu'accentuait un vent du nord, il attela, se rendit au village et alla frapper à la porte du presbytère. La servante voulut le faire passer au salon, mais il préféra attendre le curé dans son bureau.

— Bonjour, monsieur Janelle ! s'exclama le prêtre avec bonhomie. Quel bon vent vous amène ?

— Ça serait plutôt un vent à écorner les bœufs, gémit le vieil habitant. D'ailleurs, vous devez ben vous douter pourquoi je viens vous voir?

— C'est au sujet de votre fille, n'est-ce pas?

— Ben oui, c'est à propos d'Elzire puis de...

— Mais prenez donc le temps de vous asseoir, dit le curé en désignant une chaise à son paroissien.

— Je sais pas si je devrais...

— Mais oui, mais oui, dit le prêtre. Nous pourrons causer plus calmement.

— C'est ben difficile pour moé d'être calme quand je pense à une affaire qui a ni queue ni tête!

— À première vue, oui, approuva le curé.

— J'ai quasiment pas dormi la nuit passée, fit remarquer le paysan.

— Pourtant, monsieur Janelle, si vous voulez mon avis, j'ai l'impression que vous dramatisez un peu trop la situation.

— Ah! vous trouvez! s'exclama Alexandre en se levant, comme mû par un ressort d'indignation.

— Je comprends votre désarroi et je ne vous cacherai pas que j'ai été, moi aussi, on ne peut plus surpris en apprenant les projets d'Elzire et de monsieur Lavelle.

— Tiens, vous voyez, vous aussi vous pensez que c'est une histoire qui a pas de bon sens!

— Aux yeux des hommes, peut-être. Aux yeux d'un père, sûrement.

—Ça a pas d'allure, certain! répéta Alexandre Janelle.

— Mais je vous rappellerai que Dieu seul peut sonder les reins et les cœurs. Qui sait, ajouta le curé, si le Seigneur n'a pas réservé à Elzire, de toute éternité, cette sublime vocation : devenir la mère adoptive des petits enfants de sa meilleure amie !

— Ouais... marmonna le père Janelle, y me semble qu'y aurait pu lui trouver autre chose.

— Ah ! les voies de Dieu sont insondables, déclara le prêtre.

— Ça a ben l'air, dit Alexandre en se dirigeant vers la sortie du bureau. Comme ça, vous accepteriez de les marier ?

— De quel droit m'y opposerais-je ? Ils ont la sagesse d'attendre jusqu'à l'été prochain. Laissons le temps et la Providence s'occuper des choses qui nous dépassent, suggéra l'abbé Baillargeon.

— Ouais, ben c'est ça, conclut le père Janelle, qui rentra au huitième rang déçu de n'avoir pas trouvé en monsieur le curé l'allié indispensable pour empêcher le mariage de sa fille au fils de l'Irlandais.

* * *

Les mauvaises langues n'empêchèrent pas les amoureux du huitième rang de se fiancer à Noël. Les petits Lavelle furent tout heureux d'apprendre, ce jour-là, qu'ils auraient bientôt Elzire comme deuxième mère. La veille, elle avait aidé à dresser le sapin dans le salon, émerveillant les enfants avec des décorations en papier de sa fabrication. Elle avait apporté aussi des friandises et des bonbons clairs, mais elle avait obligé les petits à attendre au lendemain, « après la naissance du p'tit Jésus », avant d'y goûter.

En apprenant la nouvelle des amours de Patrick et d'Elzire Janelle, Amélie Neiderer subit un choc tel qu'il ébranla son esprit. Le jour de Noël, personne ne l'ayant vue à la messe de minuit, le fils de Jos Caya, Lindor, qui avait hérité de la terre de son père, voisine de celle d'Amélie, vint frapper chez elle.

Il n'obtint pas de réponse. La porte n'étant pas verrouillée, il entra. Il n'y avait personne dans la maison. Il trouva sur la table de la cuisine une enveloppe cachetée, adressée à Patrick Lavelle. Il se précipita chez ce dernier où il arriva dans tous ses états. Le fils de l'Irlandais blêmit en lisant la courte lettre suivante :

Mon cher Patrick,

J'ai survécu péniblement à la première fois où je t'ai perdu, à quoi bon survivre à la deuxième. Je ne veux plus te perdre. Tu me trouveras pendue dans la grange. Si tu n'as pas pu m'aimer dans la vie, aie au moins pitié de moi dans la mort. Je veux être enterrée près de mes vieux parents. Je t'embrasse comme autrefois, comme la seule fois, tu te souviens ?

Amélie

«Viens, suis-moi !», dit Patrick à Lindor. Les deux hommes allèrent décrocher le corps d'Amélie. Patrick se rendit au village pour commander un cercueil à Arsène Labbé. Il vit ensuite le curé et lui fit valoir qu'Amélie ayant perdu la raison, on ne devait pas lui refuser un service funèbre. Le curé se dit du même avis. Patrick s'occupa de tout. Il aida même le fossoyeur, Pierre Vanasse, à creuser la tombe à l'aide d'un pic et d'une barre de fer, car la terre était à moitié gelée. Le surlendemain, la paroisse entière assistait aux funérailles de la pauvre Amélie, qu'on enterra auprès de ses parents, ainsi qu'elle l'avait souhaité. Personne ne sut les sentiments qui habitèrent Patrick Lavelle durant ces jours. Il ne prononça jamais plus le nom d'Amélie.

* * *

Durant l'hiver, Elzire travailla à compléter son trous-
seau. Quand elle le pouvait, le samedi ou le dimanche,
elle allait donner un coup de main à Hélène. Elle apprit
ainsi à s'occuper des plus jeunes enfants et s'attacha à
eux davantage. À l'école, des petits espiègles commencèrent à appeler leur maîtresse «madame Lavelle».
Elzire ne s'en offusquait pas trop, se contentant de sourire aux jeunes facétieux. Mais Patrick avait un tempérament fougueux et ne l'entendait pas ainsi. Il remit à
leur place quelques colons qui s'étaient permis des propos malveillants au sujet de son éventuel mariage.

Un samedi du mois de janvier qu'Elzire et sa mère
faisaient des achats au magasin général, Euclide
Robidas s'amusa à ridiculiser, devant d'autres clients,
les amours de la maîtresse d'école. Mal lui en prit : il
n'avait pas vu Patrick, accroupi derrière un comptoir,
en train de remplir un sac de gros sel. Le fils de l'Irlandais bondit vers l'impudent :

— Qu'est-ce que tu viens de dire ? demanda-t-il
d'une voix autoritaire.

Pris au dépourvu, Robidas ne sut que bafouiller :

— Euh... voyons donc, Patrick, tu sais ben que je fai-
sais des farces...

— Ben y étaient pas drôles tes farces, Robidas !

— Ouais, peut-être...

— Y étaient tellement pas drôles, continua Patrick,
que tu vas être obligé de demander pardon à Elzire.

Madame Janelle s'étonna d'une telle audace chez
son futur gendre. Son mari n'était pas homme à relever

aussi promptement les injures. Elle fut renversée d'entendre Patrick ajouter :

— Tu vas lui demander pardon à genoux à part de ça !

— Hé ! hé ! protesta Robidas, penses-tu que je vais me mettre à genoux devant une femme ?

Elzire voulut intervenir en faveur du persifleur, mais Patrick se fit plus menaçant et Robidas, qui était un pleutre, finit par s'agenouiller devant elle.

— Je te demande ben pardon, marmonna-t-il rapidement.

Le plaisantin se releva plus vite encore et s'enfuit vers la sortie du magasin.

Plus personne dans le canton de Grantham n'osa faire, dans les lieux publics, des commentaires désobligeants sur les étranges amoureux du huitième rang, de crainte qu'ils ne parvinssent aux oreilles de Patrick. Il faut dire que les habitants de Saint-Germain avaient de l'estime pour le fils de l'Irlandais. N'avait-il pas été arraché à son pays et n'était-il pas venu défricher, avec ses parents, les forêts du canton ? N'avait-il pas montré une ardeur exemplaire au travail et réussi à se faire une belle terre à côté de celle de son père ? N'élevait-il pas dignement les nombreux enfants que le bon Dieu lui avait donnés et ne témoignait-il pas à sa mère un amour filial irréprochable ? Et, surtout, n'avait-il pas adopté la langue et les coutumes canadiennes-françaises et ne détestait-il pas, lui aussi, les «maudits Anglais» ? Elzire, en tous cas, voyait en lui, magnifiées par l'amour, toutes ces qualités. Aussi fut-elle heureuse d'entendre enfin, le samedi suivant la fin des classes, monsieur le curé proclamer solennellement, devant la balustrade où elle était agenouillée à côté de Patrick : «Vous voilà mariés, mon cher frère et ma chère sœur, vous voilà unis pour la vie. Le sacrement que vous venez de recevoir est un grand sacrement...»

De nombreux paroissiens avaient vu la maîtresse d'école s'avancer fièrement dans l'allée centrale au bras de son père, résigné aux singulières épousailles de sa fille. Dennis O'Sullivan, vieillissant, servit de témoin à son neveu. Les dix enfants de Patrick Lavelle et leur grand-mère, Honora Moynohan, occupaient le premier banc.

Quelques jours auparavant, Patrick avait reçu une lettre de la Pennsylvanie. Sa fille Mary-Jane lui souhaitait beaucoup de bonheur et remerciait Elzire de remplacer sa mère auprès de ses jeunes frères et sœurs. En guise de cadeau de noce, elle avait glissé dans l'enveloppe une photo de son fils Andrew, prise chez un photographe de Pittsburg, où son mari travaillait dans une entreprise sidérurgique. Seul le frère aîné d'Elzire, Damase, qui n'accepta jamais son mariage avec celui qu'il appela toujours «l'Irlandais», n'assista pas à la cérémonie, qui ne fut suivie d'aucune célébration.

Les nouveaux époux regagnèrent le huitième rang dans un boghei, tandis que les enfants et Honora revinrent à la maison dans la grande voiture familiale, conduite par William-James. La grand-mère resta à dîner chez Patrick et rentra ensuite chez elle, heureuse que son fils ne fût plus seul pour élever sa famille.

Vers neuf heures du soir, après avoir aidé Hélène à coucher les petits, les nouveaux mariés allèrent se promener bras dessus bras dessous. On était à la fin du mois de juin. Une lumière crépusculaire déclinait, à l'ouest, dans un ciel sans nuages.

Patrick emmena sa jeune femme dans le sentier longeant les champs qu'il avait ensemencés avec ses fils, jusqu'à l'orée du bois où il avait bûché tout l'hiver. Cette balade à la brunante fut pour ainsi dire leur voyage de noces. Quand les dernières lueurs pourprées se furent éteintes à l'horizon, l'obscurité progressivement les environna. Elzire s'accrochait au bras de Patrick, pour ne pas trébucher sur une motte de terre ou une pierre. Lui connaissait par cœur ce champ qui vingt ans plus tôt n'était que forêt. Il se souvenait de chaque arbre abattu, de chaque souche arrachée et il revoyait dans la nuit naissante les flammes des abattis, dont la forte odeur de bois calciné lui revenait en mémoire. Il songea aussi à la lointaine Irlande, à son enracinement dans ce coin de terre isolé à la limite des *townships*, loin du fleuve, loin de tout, dans la solitude qu'il avait peuplée, avec sa première épouse, de rires et de pleurs d'enfants. Ce soir, une autre jeune femme, comme Ellen autrefois, accordait son pas au sien en sautant les rigoles.

L'âme d'Elzire s'harmonisait parfaitement avec le profond silence du huitième rang. La maîtresse d'école portait en elle mille bonheurs indicibles, inviolés, rassemblés dans son cœur et prêts à se répandre comme une coulée de miel. Tout ce qu'elle avait retenu, conservé au creux de son être, elle allait le rendre, décuplé par l'amour ; le feu qui l'habitait se diffuserait partout comme l'or du soleil couvre les champs et les forêts au déclin d'une journée lumineuse de juillet. Elle ne rêvait pas à d'autres lieux. Pour elle, les terres lointaines étaient intérieures. Elle y aborda, ce soir-là, fiévreuse, en compagnie de l'homme qu'elle aimait. Quand ils furent près du bois, elle s'abandonna à une première étreinte passionnée. Levant la tête pour offrir sa bouche à celle de son mari, elle aperçut la voûte céleste constellée d'étoiles. L'instant d'après, elle sentit la lourde main de Patrick sur ses petits seins fermes. Frémissante, elle ferma les yeux :

— Je veux me donner à vous ce soir, dit-elle d'une voix tremblante.

— Chère Elzire, tu m'as déjà tout donné en acceptant de partager ma vie et celle de mes enfants.

Les nouveaux mariés se dirigèrent vers la maison, là-bas, qu'une lune orangée inondait d'une pâle et vibrante lumière. Avant de monter se coucher, Hélène avait mis quelques fleurs sur la table de la cuisine, et elle avait allumé une chandelle. S'adressait-elle gentiment à son ancienne maîtresse d'école ou était-ce déjà complicité féminine, elle avait glissé parmi les fleurs un billet sur lequel elle avait écrit les mots suivants : « Je vous souhaite une bonne nuit. »

Patrick fut comme l'avait souhaité Elzire. Il prit lentement l'offrande qu'elle lui faisait de tout son être et, après s'être répandu en elle, il reconnut avoir reçu bien plus qu'il n'avait donné. Elzire ne montra pas dans l'intimité la désinvolture ardente d'Ellen, mais parce que Patrick l'aimait profondément, il éprouva une joie infinie à l'apprivoiser aux gestes de l'amour ; il redécouvrit le plaisir de l'attente et de la lenteur en ce domaine, cependant qu'elle accordait l'intensité de ses désirs au trop-plein de son cœur et à la candeur de son âme. Enveloppée d'amour comme dans un cocon, elle se métamorphosa lentement jusqu'à l'ultime étreinte et connut enfin les joies de l'ineffable fusion. On peut croire que son être fut parfaitement accompli, cette nuit-là, non à cause de l'amour d'un homme, mais parce qu'elle dépassa dans l'abandon les régions polaires de l'âme, celles où l'on s'égare à jamais dans une nuit froide si l'on n'y complète pas le voyage qui nous ramène à tous les commencements.

Tout se déroula sans une parole. Patrick et Elzire imitèrent dans leur union le silence de la nuit, comme s'ils avaient su l'un et l'autre que l'essentiel et le miraculeux survenaient au plus profond d'eux-mêmes, indicibles et incommunicables. À peine Elzire murmura-t-elle un faible «Je vous aime» avant de sombrer dans un bienfaisant sommeil.

* * *

Dès le lendemain de son mariage, la vie d'Elzire Janelle fut emportée dans un tourbillon incessant de tâches quotidiennes. Devenue épouse la veille et femme durant la nuit, elle se retrouva mère de famille nombreuse le lendemain. Heureusement, Patrick avait inculqué à ses enfants une discipline rigoureuse, et elle n'éprouva aucune difficulté avec eux. D'ailleurs, l'été fut d'une beauté exceptionnelle et les petits le passèrent à courir pieds nus autour de la maison et des bâtiments. Mais bientôt vint l'automne, et il fallut préparer le retour en classe. Une nouvelle maîtresse accueillit les enfants du huitième rang. Les commissaires l'avaient recrutée à Saint-François-du-Lac, sur les recommandations du curé, dont elle était la nièce. Elzire lui facilita les choses en l'initiant, les premiers jours, à son nouveau métier. Brigitte, Nazaire-Augustin, John et Patsy reprirent le chemin de l'école, emmenant avec eux la petite Lysie, qui entrait en première année.

À la fin du mois de septembre, les récoltes étant terminées, William-James décida de partir avec son frère aîné aux États-Unis.

Terence avait écrit à son oncle, Edward Watkins, contremaître à l'usine de textile *Stark Mill*, à Manchester, dans le New Hampshire. Le frère de sa défunte mère lui avait répondu qu'il l'embaucherait dès son arrivée. Le jour même où il reçut la lettre des États, Terence commença à préparer son voyage. Il alla recueillir, au *Town Hall* à Drummond, les renseignements nécessaires, s'informa de la route à suivre et du temps qu'on mettait à faire le trajet jusqu'à Manchester. Une semaine plus tard, les deux frères étaient prêts à prendre la route.

Patrick donna une charrette et un cheval à ses fils. Elzire fournit des sous qu'elle avait économisés durant ses années d'enseignement. Elle prépara aussi des victuailles. Les garçons firent leurs adieux à leurs jeunes frères et sœurs la veille du départ, car ils devaient partir à l'aube. Seuls le père, Elzire et Hélène, qui s'étaient levés à quatre heures du matin, les virent s'éloigner, une heure plus tard, dans la lumière frémissante de l'aurore. Après sa fille aînée, l'année précédente, Patrick Lavelle voyait partir «ses deux plus vieux» pour les U.S.A. «Veux-tu ben me dire qu'est-ce qui les attire tant aux *States*?», demanda-t-il à Elzire en rentrant à la maison.

Terence et William-James se dirigèrent vers Drummond, puis ils bifurquèrent vers le sud en direction de L'Avenir. Ils s'arrêtèrent dans ce village pour laisser reposer leur cheval et l'abreuver. Tandis qu'ils parlaient ensemble des États, à l'auberge où ils étaient entrés, un jeune homme les aborda :

— Vous en allez-vous aux États ? demanda l'inconnu.

— Oui, se contenta de répondre Terence, avant de boire la dernière gorgée de son verre de bière.

— D'où c'est que vous venez ?

— De Grantham.

— Voyagez-vous à pied?

— Non, on a un cheval puis une voiture.

— Nous emmèneriez-vous, ma sœur pis moé?

Arthur Lambert avait vingt ans. Ses vêtements usés et troués témoignaient de sa pauvreté. Il expliqua aux jeunes Lavelle que sa sœur et lui voulaient aller travailler aux États, pour aider à la subsistance de leur famille.

— On est dix enfants à la maison, dit-il, puis le père est malade. À nos deux, ma sœur pis moé, on pourrait leur envoyer pas mal d'argent.

Le jeune homme, plutôt maigrichon, avait l'air franc et honnête.

— Je sais pas lire ni écrire, dit-il, mais j'ai pas peur de l'ouvrage!

Après s'être consultés, Terence et William-James tombèrent d'accord pour emmener le frère et la sœur.

Les Lambert survivaient de peine et de misère sur une terre à moitié déboisée, non loin du village de L'Avenir, à une trentaine de kilomètres au sud de Drummond. Il était deux heures de l'après-midi quand l'attelage des frères Lavelle s'arrêta derrière une masure grise, bâtie pièce sur pièce. Il fallait emprunter pour se rendre à la fermette, éloignée de la route, un chemin sablonneux. «Attendez-moé, ça sera pas long», dit Arthur Lambert en sautant en bas de la voiture.

Le spectacle que virent les frères Lavelle était désolant. Des enfants débraillés pourchassaient poules et cochons autour d'une baraque servant d'étable, tandis que d'autres, plus petits, la morve au nez, s'amusaient avec un chien aux flancs creux.

— Ouais, c'est pas riche icitte! dit William-James.

— La misère noère, ajouta Terence.

Au bout de quelques minutes, les deux bons Samaritains eurent la surprise de voir leur passager sortir de la maison en compagnie d'une jeune fille d'une beauté saisissante.

À dix-sept ans, Angélique Lambert montrait en effet, dans sa robe de coton rapiécée, des attraits que lui eussent enviés bien des princesses : sa démarche onduleuse faisait valser des hanches dont les jeunes rondeurs s'harmonisaient avec celle d'un buste aux formes capiteuses ; ses longs cheveux d'ébène encadraient un visage d'une pâleur émouvante qui accentuait le vert profond de ses yeux.

Angélique sauta en bas du perron avec la souplesse d'un félin. Elle avait pour tout bagage un sac de toile jaunie. Ses petits frères et sœurs accoururent vers elle. Elle moucha les plus jeunes, qui s'accrochaient à sa robe en pleurnichant, les embrassa tour à tour, puis elle recommanda aux autres d'être gentils, promettant de leur envoyer à chacun un cadeau des États. Elle monta ensuite dans la charrette. « Partons vite », dit-elle. Quand la voiture eut disparu au loin, la mère, sur les marches du perron, essuya une larme avec son tablier graisseux et le père se dirigea d'un pas lent vers l'étable.

Depuis le village de L'Avenir, en allant vers le sud, la plaine se soulève en vagues successives, des affleurements rocheux apparaissent, des dunes de sable s'allongent parmi les buttes et les collines qui mènent au pays des vieilles Appalaches, dont les silhouettes se font plus précises dans le lointain. La voiture cahotait dans les ornières inégales du chemin et secouait ses quatre passagers. Après quelques heures de route, les frères Lavelle s'arrêtèrent au bord d'un ruisseau.

William-James alla puiser de l'eau pour le cheval. Terence prit sous le siège les victuailles qu'avaient préparées Elzire, et une cruche d'eau dans laquelle elle avait mis du gingembre.

— En voulez-vous? demanda-t-il à Arthur et à sa sœur, en leur montrant des tranches de pain beurrées, des morceaux de lard salé, du fromage, des tomates et des radis enrobés dans des feuilles de laitue.

Arthur ne se fit pas prier. Sa sœur hésita un peu, mais elle mangea finalement avec l'appétit de quelqu'un que la faim tenaille. Au moment de repartir, Terence offrit à Arthur Lambert de prendre sa place sur le siège de la charrette à côté de William-James. Ce dernier comprit que son frère avait un penchant pour Angélique.

— On est quasiment mieux icitte, dit le jeune Lavelle en s'assoyant au fond de la voiture.

Terence Lavelle avait une belle tête romantique, propre à séduire une jeune fille sentimentale. De haute taille comme son père, il tenait de sa mère, Ellen, des traits fins et un corps délié. Angélique, recroquevillée contre une botte de foin, lui répondit par un sourire engageant. Elle se savait jolie et elle connaissait la puissance de ses appas. Depuis quelques années déjà, les garçons de L'Avenir convoitaient ses charmes envoûtants. Certains jeunes hommes étaient même venus de Drummond pour la courtiser, et elle avait dû se défendre âprement contre les plus entreprenants. Il faut dire que la jeune Vénus ne les décourageait qu'au dernier moment. En effet, si Angélique avait su préserver sa virginité, elle s'était souvent amusée dans la tasserie de l'étable à des jeux audacieux, car elle cachait sous son air mélancolique une hardiesse aventureuse. Terence fut vite subjugué, non seulement par les charmes d'Angélique, mais par quelque chose de mystérieux qui semblait chanter en elle.

Vers sept heures du soir, l'équipage s'arrêta à Ulverton. Ce village, construit sur des hauteurs le long de la rivière Saint-François, était alors peuplé presque exclusivement de loyalistes, mais comme Terence et William-James parlaient l'anglais, ils purent trouver un abri chez un habitant qui les autorisa à passer la nuit dans sa grange-étable.

Le lendemain, le quatuor prit la direction de Sherbrooke. Parvenus le surlendemain à la frontière américaine, les voyageurs, pour éviter les hautes montagnes du New Hampshire, longèrent la rivière Connecticut, jusqu'à Lebanon. Ils descendirent ensuite vers l'est. Le dernier soir, ils couchèrent à Concord. Enfin, après dix jours de voyage, alors qu'ils se trouvaient sur une hauteur, ils aperçurent au loin au fond d'une vallée, le long de la rivière Merrimack, les hautes bâtisses rougeâtres des usines de textile de Manchester. Terence arrêta son cheval. Debout dans la charrette, il leva les bras au ciel et lança un grand cri: «William-James, regarde là-bas! On est rendus!»

Angélique sourit en voyant le jeune homme montrer ainsi son enthousiasme juvénile. Son frère, Arthur, avait peine à croire au spectacle qui s'offrait à sa vue. Il ne savait que répéter: «Vois-tu ça, Angélique? Vois-tu ça?»

À défaut de champagne pour célébrer l'événement, William-James et Terence partagèrent, avec Angélique et son frère, une bouteille de bière qu'ils avaient gardée pour l'occasion et qu'ils avaient fait refroidir dans l'eau d'un ruisseau voisin. Ils amorcèrent ensuite la descente vers la ville. La charrette se fraya un chemin dans la circulation de la rue principale, dont la largeur et la longueur parurent invraisemblables aux nouveaux arrivants. Les édifices aux façades ouvragées de la *Main Street* — certains avaient cinq étages — leur semblèrent d'une hauteur prodigieuse. Ah! comme on était loin du huitième rang de Saint-Germain-de-Grantham ou de l'arrière-pays de L'Avenir!

Le quatuor traversa la rivière Merrimack et se trouva dans ce qui devenait déjà le *French Quarter*, au sommet d'une côte dominant l'alignement des usines en brique le long du cours d'eau. Les jeunes gens restèrent là longtemps, ébahis devant le paysage urbain qui s'étalait sous leurs yeux, hypnotisés par le bourdonnement métallique des innombrables métiers à tisser montant des manufactures.

Une semaine plus tard, les frères Lavelle entraient, à six heures du matin, à l'usine *Amoskeag* de la *Stark Mill*, à l'époque l'une des plus grandes filatures du monde. D'abord désorientés par l'étendue des bâtisses et le grand nombre de travailleurs qui s'y croisaient, ils se familiarisèrent bien vite avec leur nouvel environnement. William-James présenta Arthur Lambert à son oncle, qui lui offrit une *job* de journalier. Terence s'occupa de trouver un emploi à Angélique.

Contrairement à la plupart des émigrés canadiens-français, Terence, né d'une mère anglaise et d'un père irlandais, mit peu de temps à devenir américain. Il aima tout de suite le drapeau étoilé, la familiarité des gens, le vacarme et la trépidation des usines, le va-et-vient dans la *Main Street* et la paye hebdomadaire. Non seulement eut-il bientôt le sentiment d'appartenir à une nation puissante et dynamique, il fut vite convaincu que ce pays était le sien et qu'il pouvait lui aussi proclamer : *I am an American.*

L'année suivante, Terence Lavelle épousait Angélique Lambert, en l'église de la paroisse Sainte-Marie, dans le *French Quarter*. Il avait vingt et un ans, elle en avait dix-huit. Ils se firent photographier dans un studio de Manchester, près d'une colonne gréco-romaine, devant une toile de fond montrant la baie de Naples, lui assis, les mains posées sur les genoux et elle, debout à sa droite, la main gauche posée sur l'épaule de son époux. Le nouveau marié envoya à Saint-Germain une copie de la photographie, dans son carton gris perle enluminé d'argent, et sur lequel on pouvait lire :

McDougall Studios,
Manchester, New Hampshire

Le jour où Patrick Lavelle reçut la photo de noces de son fils aîné fut d'autant plus mémorable pour lui qu'il avait appris, le matin même, une grande nouvelle : sa jeune femme était enceinte. Sept mois plus tard, le 4 février 1876, alors qu'une tempête de neige enveloppait le paysage autour de Saint-Germain-de-Grantham, Elzire mettait au monde un garçon auquel elle donna le prénom de son père, Alexandre. Patrick fondait une nouvelle famille, qui serait presque aussi nombreuse que la première.

En septembre de l'année suivante naissait une fille, Marie-Léona ; en 1879, un autre fils voyait le jour, Hermann ; en 1881, Cora ajoutait son nom à la liste des enfants qui s'allongerait de ceux d'Olympe, en 1883, de Bernadette, deux ans plus tard, d'Aldéric, en 1887, d'Armand, en 1889, et d'Alice-Nancy, en 1892.

Enfin, miracle ou excès de la nature, le 21 février

1896, à l'âge de 69 ans, Patrick Lavelle, quarante-deux ans après la naissance de son premier enfant, devenait père pour la vingt et unième et dernière fois, alors qu'Elzire donnait naissance à une fille. Patrick insista pour qu'elle portât le nom de l'arrière-grand-mère Lavelle, Etheldrede.

19

Vingt fois l'automne était venu, durant ces années où naquirent les dix enfants du deuxième lit de Patrick, vingt fois l'hiver avait passé et vingt fois le printemps s'était frayé un chemin sous la neige, avait fait monter la sève dans les arbres, et les bourgeons vingt fois avaient donné leurs feuilles, leurs fruits et leurs fleurs. Qu'était-il arrivé d'autre que les saisons durant ce temps chez les Lavelle du canton de Grantham?

Repliés sur eux-mêmes, comme presque tous les Canadiens français d'alors, les habitants de Saint-Germain vivaient dans une passivité dont ils avaient fait une vertu cardinale. Cette inertie durait depuis la Conquête anglaise. L'occupant y vit d'abord une manifestation de la soumission exemplaire de ces paysans, et il s'en félicita. Le feu pourtant jamais ne cessa de couver sous la cendre. Estropiés de l'Histoire et conquis contents, héritiers claudicants d'une culture dont ils ignoraient les lointains et grands chefs-d'œuvre — mais imprégnés de son essence —, empêtrés dans leur ignorance, emmurés dans leur silence, le verbe leur ayant été ôté, les habitants canadiens-français, recroquevillés sur leurs âmes, étaient devenus aussi impénétrables qu'une forteresse moyenâgeuse. Ayant grandi parmi eux, Patrick Lavelle s'était progressivement imprégné de leur quiétude et avait épousé leur immobilisme.

Malgré tout, dans la vie de ces gens tranquilles, il se passait des choses...

* * *

Un an après avoir émigré à Manchester, William-James était rentré au pays. Une histoire d'amour. Avant de partir aux U.S.A., le jeune homme voyait en secret Mary Plasse. Elle était la fille d'un colon du huitième rang de descendance allemande, Ernest Plasse, dit Frederick, petit-fils d'un mercenaire ayant combattu aux côtés des Anglais durant la guerre d'Indépendance américaine. Ernest gardait en évidence, dans le salon de sa maison, une gravure montrant un soldat du régiment de son grand-père, celui des Dragons du Prinz Ludwig, jeune frère du duc de Brunswick. D'allégeance conservatrice obtuse, Ernest Plasse montrait une raideur et une gravité germaniques; il avait eu avec Patrick Lavelle, un ardent libéral, de violentes altercations. Aussi refusait-il à sa fille le droit de fréquenter le fils de celui à qui il ne pardonna jamais de lui avoir cloué le bec à quelques reprises en public.

Cet interdit avait incité William-James à suivre son frère Terence aux États-Unis, mais les séductions de la ville de Manchester n'avaient pas réussi à lui faire oublier la jeune Mary. Il lui avait écrit à quelques reprises, adressant les lettres à sa sœur Hélène, qui les remettait clandestinement à leur véritable destinataire, car les deux jeunes filles étaient amies, malgré l'hostilité du père Plasse.

Mary avait dix-huit ans. Elle aimait follement le jeune Lavelle et se disait prête à le suivre au bout du monde. Aussitôt de retour des États-Unis, William-James la revit en cachette. Elle voulut s'enfuir avec lui. Le père ayant eu vent du projet de sa fille, il lui interdit de sortir de la maison. La nouvelle fit vite le tour du huitième rang, se répandit dans les parages et aboutit au moulin à scie alors qu'Ernest Plasse et Patrick Lavelle s'y trouvaient. On assista alors à une empoignade au cours de laquelle l'humour du fils de l'Irlandais, son amour des mots et sa virtuosité verbale eurent tôt fait de confondre le père Plasse. Ce dernier quitta les lieux en rage.

Une semaine plus tard, par une nuit douce du mois de septembre, William-James vint enlever sa bien-aimée chez elle. Il profita de la complicité d'un des frères de Mary, Albert, qui était amoureux de sa sœur Hélène. Pendant que le jeune Plasse tenait l'échelle qu'il avait dressée sous la fenêtre, William-James aidait Mary à sortir son baluchon et à descendre les barreaux dans l'obscurité. Les Roméo et Juliette du huitième rang trouvèrent refuge pour la nuit chez un parent du chemin de Maska.

Quelques jours plus tard, ébranlé par la détermination bien arrêtée de sa fille, Ernest Plasse céda à ses désirs. Elle épousa le jeune Lavelle le mois suivant, après quoi les nouveaux mariés partirent pour Montréal. Albert Plasse les conduisit à Drummond, où ils prirent le petit train à lisses de bois qui se rendait alors à Sorel. Le lendemain matin, les nouveaux mariés montèrent à bord d'une goélette qui les débarqua dans le port de la métropole. Ayant connu la vie trépidante dans les usines de Manchester, William-James ne s'effraya pas de l'animation qui régnait sur les quais. Il entraîna Mary dans la cohue grouillante de la place Jacques-Cartier. Après avoir frayé passage à sa femme entre les voitures des paysans venus vendre leurs produits au marché Bonsecours, le jeune Lavelle loua une chambre à l'hôtel Nelson.

Le couple alla ensuite se mêler aux promeneurs, sur les trottoirs de la rue Saint-Paul. La jeune paysanne, éblouie par la devanture des magasins, ne cessa de s'exclamer devant la beauté des vitrines et la profusion de marchandises qu'on y étalait. Parvenus à la place d'Armes, les nouveaux citadins levèrent la tête pour admirer les tours de la basilique Notre-Dame. Mary voulut voir l'intérieur de l'église. Ils y entrèrent.

Le lendemain, William-James se mit en quête d'un emploi. Comme il était bilingue et avait l'habitude des chevaux, il trouva un poste de charretier à la brasserie Molson.

* * *

Ces événements se passaient en 1876, l'année de l'invention du téléphone par Alexander Graham Bell. Il faudra attendre longtemps avant que la découverte du savant n'arrive dans le canton de Grantham.

En ce temps-là, Patrick Lavelle semait encore à la volée. Il était beau à voir dans les petits matins du mois de mai, avec son semoir de toile écrue en bandoulière et son feutre gris à larges bords, cabossé. Chaussé de souliers de bœuf, il parcourait son champ en plongeant régulièrement la main droite dans le sac. Marchant d'abord d'ouest en est, il jetait à la ronde, d'un geste large, la semence dans les sillons. Depuis la cuisine d'été, qu'on venait d'ouvrir, Elzire, tout en préparant ses plants de tomates, voyait la silhouette de son homme s'éloigner puis s'évanouir dans la toile de fond de la forêt, au bout du champ. Parvenu à l'orée du bois, Patrick s'arrêtait un moment avant d'entreprendre le trajet à rebours. Il soulevait son chapeau et regardait au loin les maisons dispersées le long du rang, les bâtiments de ferme et, au-delà, la forêt encore, omniprésente, qui ceinturait le paysage. Par beau temps, le ciel faisait au-dessus de tout cela un dôme infiniment bleu et doux.

Après avoir semé toute la matinée, Patrick attelait deux chevaux à la herse et allait retourner la terre pour y enfouir la précieuse semence. Puis, ayant dételé les bêtes et jeté un coup d'œil à l'étable, il se dirigeait vers la maison. Il enlevait dans le vestibule ses bottes alourdies de terre noire et mettait ses bottines de feutre, accrochait son chapeau, allait charger la pompe au-dessus de l'évier, se lavait les mains avec le gros savon du pays et soulevait ensuite l'un après l'autre les enfants qui se cramponnaient à ses jambes. Enfin, il s'approchait du berceau, près de la fenêtre. Elzire souriait en le voyant se pencher avec attendrissement sur le bébé Alexandre, son premier enfant à elle, leur premier enfant à eux. Étaient-ils heureux ? Qu'est-ce, le bonheur ?

Elzire et Patrick, comme tous les colons et paysans d'autrefois, n'eurent jamais le loisir de se complaire dans des plaisirs narcissiques. Ils aimaient tout simplement la vie qui bruissait en eux, frémissante et familière, éternelle aussi. Les joies esthétiques, ils les trouvaient dans la contemplation quotidienne du spectacle sans cesse renouvelé de la nature au fil des saisons, dans les rires d'enfants et le chant des oiseaux, dans les levers du jour et les nuits étoilées. Quant à leur vie sociale, elle se résumait aux rencontres avec les voisins, qui faisaient pour ainsi dire partie de la famille. D'ailleurs, la paroisse entière n'était qu'une grande tribu, une vaste parenté.

Patrick s'intéressait à la politique. Il avait l'occasion d'en discuter au magasin général, au bureau de poste, à la forge, au moulin à farine et à la fromagerie qu'on venait d'ouvrir au village.

En 1878, il se réjouit de l'élection, à Québec, d'un premier ministre libéral, Henry-Gustave de Lotbinière. L'année suivante, ce fut au tour d'Ernest Plasse de pavoiser quand lui succéda le conservateur Joseph-Adolphe Chapleau. Est-ce pour cela qu'au mois de septembre, il accepta d'assister à la noce qui suivit le mariage de son fils Albert avec Hélène Lavelle? Les nouveaux époux s'installèrent dans le dixième rang, sur une terre abandonnée qu'ils eurent pour une bouchée de pain.

Au mois de novembre de cette année-là, la mère de Patrick, Honora Moynohan, mourut après une courte maladie. Quelques semaines plus tard, ce fut au tour de la tante Mary Lavelle, veuve de Dennis O'Sullivan, décédé l'année précédente, de rendre l'âme.

* * *

La première génération des Lavelle venus s'établir au Canada français avait disparu, laissant derrière elle des enfants et petits-enfants sachant bien peu de choses de l'Irlande. Seul Patrick se souvenait. Quand il recevait chez lui ses sœurs Mary et Brigit, il leur parlait des oncles, des tantes, des cousins et cousines restés là-bas, sur leurs lopins de terre pierreuse, dans le *County Limerick*. Ces souvenirs étaient chez lui d'autant plus vifs qu'ils précédaient cette brisure de l'émigration; avec l'âge, ils lui devenaient plus chers et il ne se gênait pas pour les embellir. S'il avait bu, des mots de la vieille langue celtique se mêlaient à l'anglais qu'il employait pour décrire les paysages de sa campagne natale. Sa voix s'enflait alors et il devenait lyrique en évoquant les brumes du matin dans les collines et les couchers de soleil sur la rivière Shannon. Les mots fusaient, sonores, et les prosopopées se succédaient, faisant renaître les ombres d'un monde fantomatique. Patrick chantait son Irlande perdue en des termes que n'auraient pas renié Yeats, Joyce ou Sean O'Casey. Il rappelait à ses sœurs ce qu'il avait retenu d'une conversation entre son père et un voisin. «*Too bad there isn't a market for stone*», avait dit le père en parlant des pierres qui encombraient leurs champs. Ce à quoi le voisin avait répondu: «*Ah! if it was worth anything at all, the British would have carted it away a long time ago.*» Patrick éclatait ensuite de ce rire sonore et clair qu'Elzire aimait entendre. Debout au milieu de la cuisine, le fils de l'Irlandais s'animait. Son ombre, agrandie par la lueur de lampe à l'huile, s'allongeait jusqu'au plafond.

Assis sur les marches de l'escalier qui menait à l'étage, les plus jeunes enfants écoutaient avec ravissement le discours enflammé de leur père. L'évocation du pays mythique qu'il racontait les enchantait plus encore qu'un conte de fées. L'autre langue qu'il parlait et les refrains qu'il entonnait les transportaient dans un monde mystérieux. Des mots, des noms s'imprimaient dans leur esprit, qui ne ressemblaient en rien au petit univers du huitième rang: *Ireland... Limerick... Tipperary... Corcaigh...*

Patrick terminait invariablement son monologue par cette phrase: «*We lived at the crossroads from nowhere to nowhere!*» Patsy, maintenant âgé de dix-neuf ans, et John, qui en avait quinze, souriaient d'entendre leur père répéter, chaque fois qu'il prenait un verre, la même narration. Le pays qu'il décrivait leur était totalement étranger. À vrai dire, ils ne connaissaient pas davantage le Canada, et l'idée même de pays ne débordait pas en eux ce coin de terre où ils étaient nés: le huitième rang du canton de Grantham et le village qui grandissait tout près.

* * *

Le lendemain de ces soirées exceptionnelles, la vie ordinaire reprenait son cours, ruisseau tranquille dont les méandres réservaient bien peu de surprises. Patsy et John vaquaient aux travaux des champs et de la ferme avec leur père, n'enviant aucunement le sort de Terence, aux États-Unis, ou celui de William-James, à Montréal. Nazaire, qui venait d'avoir treize ans, travaillait déjà lui aussi comme un homme. L'adolescence ne s'éternisait pas, en ce temps-là, et les jeunes garçons et filles se voyaient tôt embarqués dans une vie de labeur. Mais les trois frères aimaient la terre et les animaux. Même le temps des foins et des récoltes, pourtant exigeant, ne les rebutait pas; ils s'y préparaient avec soin, aiguisaient les faux, vérifiaient le bon état des fourches et des râteaux et graissaient les roues des charrettes. Cet été-là, ils apprirent le maniement d'une moissonneuse McCormick, instrument révolutionnaire inventé en 1831 aux États-Unis, et que Patrick rêvait de se procurer depuis longtemps. Il fallut renforcer les ponceaux des fossés, élargir les portes du hangar et, surtout, habituer les chevaux au bruit de la mécanique et les dresser en conséquence. Cette machine agricole allait accélérer la transformation du paysage environnant. En effet, désormais capables de cultiver et de moissonner de plus grandes surfaces, les paysans poursuivirent le défrichement de leurs terres, dévoilant davantage la plaine autour d'eux.

Bientôt, en certains endroits, on put voir depuis le huitième rang jusqu'au chemin de Maska. Les vieux habitants s'étonnèrent de vivre en un si plat pays.

Le village aussi se transformait. De nouvelles maisons bordaient la rue principale. Le commerce du bois et de l'écorce de pruche prenait de l'ampleur. Un moulin à carde s'ajouta au moulin à scie et l'on n'eut plus besoin de se rendre à Drummond pour faire peigner la laine. On pouvait acheter désormais, au magasin général d'Armand Lafond, des nouveautés venues des États-Unis ou d'Angleterre. Les chevaux avaient remplacé partout les bœufs qu'utilisaient autrefois les colons. Le forgeron, en plus de jouer le rôle de maréchal-ferrant, dut apprendre à réparer les nouvelles machines agricoles. Mais l'organisation de l'existence restait encore primaire et l'exode vers les États-Unis se poursuivait à un rythme inquiétant. L'exhortation du clergé et le lyrisme des poètes patriotiques n'eurent aucune influence sur les dizaines de milliers d'habitants qui, rêvant d'échapper à une vie de misère, prirent le chemin des *States*.

* * *

Tandis que naissaient les enfants de la deuxième famille de Patrick Lavelle, ceux de la première avançaient en âge. En 1884, Patsy épousa Rose-de-Lima, fille d'Ernest Plasse. C'était le troisième mariage entre des enfants de pères ennemis. L'abbé Alphonse Robidas leur donna la bénédiction nuptiale. Il venait d'être nommé curé à Saint-Germain par l'évêque de Trois-Rivières. Mais le bruit courait que le trop vaste diocèse serait bientôt divisé en deux.

L'année suivante, malgré les récriminations de Sa Grandeur monseigneur Laflèche et les protestations de ses amis notables, Nicolet devint ville épiscopale. Le prélat trifluvien n'aurait plus à traverser le fleuve...

Dès lors, le Petit Séminaire de Nicolet, fondé en 1803, élargit son rôle de phare intellectuel et spirituel d'une vaste région au cœur du Québec, où se trouvaient les paroisses du canton de Grantham. C'est de là que rayonna l'esprit de religiosité qui domina longtemps la vie des fidèles. Est-ce en récompense de sa vision apostolique qu'un an plus tard l'archevêque de Québec, monseigneur Taschereau — il avait piloté le dossier du nouveau diocèse à Rome —, fut revêtu de la pourpre cardinalice? Un descendant des colons abandonnés par la France après la défaite des plaines d'Abraham, un frère des Patriotes écrasés en 1837, devint Prince de l'Église catholique romaine.

Mais le canton de Grantham était bien loin de Rome... et les États étaient tout proches...

Après avoir tenté de s'établir sur une terre en friche à l'extrémité du huitième rang, Patsy abandonna tout et partit rejoindre son frère Terence à Manchester. Ce dernier, devenu *foreman* dans une *weaving room* de la *Stark Mill*, lui trouva aussitôt un emploi. Le père Plasse fit une colère noire, accusant son gendre de trahison. Il tenta de faire valoir au nouveau curé que le fils de Patrick avait épousé sa fille en abusant de sa confiance, et qu'elle n'était pas tenue de le suivre aux États. Le prêtre, après avoir déploré lui aussi la fuite du jeune habitant, rappela à Ernest Plasse que la femme devait obéissance à son époux.

Beaucoup de femmes se réjouirent alors d'obéir au dicton «Qui prend mari, prend pays», et se retrouvèrent avec joie dans les villes florissantes de la Nouvelle-Angleterre.

Chez les Lavelle, l'exode prit les proportions d'une véritable hémorragie.

20

Vers la fin du XIXe siècle, plus de la moitié des enfants de Patrick Lavelle avaient émigré aux États-Unis. Peut-être continuaient-ils tout simplement le trajet entrepris par leur père et leur grand-père, en 1840, sur le brigantin qui les avait amenés en Amérique. On faisait pourtant l'impossible, en haut lieu, pour arrêter la débâcle. Les hommes politiques y allaient de couplets patriotiques et les curés évoquaient de plus en plus, à propos des U.S.A., le spectre de la perdition. Depuis que les paroisses étaient bien structurées dans le nouveau diocèse de Nicolet, les prêtres imposaient leurs vues sur toutes choses, aussi bien temporelles que spirituelles, et leurs prédications envahissaient le champ entier de l'existence humaine.

Tout comme en politique, c'est de la ville de Québec que venaient les directives ecclésiastiques. Promise autrefois à régner sur tout un continent, l'Église primatiale de Québec, archi-épiscopale et désormais cardinalice, réduite à guider un troupeau d'où s'échappaient chaque année des dizaines de milliers de brebis, régentait depuis le cap Diamant la vie de celles qui restaient et donnait le ton à chacune de leurs actions. Dans les salons feutrés de leurs évêchés, du haut de leurs chaires sculptées ou depuis les allées ombragées de leurs grands ou petits séminaires, les prélats et les clercs régnaient absolument sur des fidèles d'autant plus soumis qu'on les gardait dans l'ignorance.

Le magistère de l'Église convenait parfaitement au curé Robidas. Homme autoritaire et intransigeant, il avait appris ses leçons de morale et de théologie au Grand Séminaire de Québec. Aussi ne doutait-il de rien. Pourtant, dès sa première année à Saint-Germain-de-Grantham, il dut affronter quelques paroissiens coriaces. L'un d'eux, Pit Granger, l'obligea à chanter un service funèbre à son père, décédé subitement au milieu du mois de février, alors qu'il était à prendre un coup à l'auberge du village. Le malheureux n'avait pas fait ses Pâques, l'année précédente, et le curé refusa carrément l'absoute que le fils réclamait pour son père défunt. L'incident prit des proportions que le prêtre n'avait pas prévues et donna lieu à des scènes que n'eût pas reniées le cinéaste Fellini. Granger, révolté par le refus obstiné du curé, alla chercher la dépouille paternelle et, par une journée ensoleillée mais glaciale, fit les cent pas sur le parvis de l'église en portant sur son dos le cadavre endimanché de son père. Malgré le froid sibérien, une petite foule s'attroupa sur la place. Alerté, l'abbé Robidas s'amena à son tour, ahuri. À la fin, pour éviter un plus grand scandale, il dut plier l'échine. L'après-midi même, l'impie eut droit à des funérailles religieuses.

Cet épisode pathétique et grotesque n'empêcha pas

le nouveau curé de donner à sa paroisse l'impulsion qu'en attendait l'évêque du nouveau diocèse, monseigneur Elphège Gravel. On imagine difficilement aujourd'hui ce que représentait un prélat de l'Église catholique romaine pour les paysans québécois de l'époque. Lors de la première visite pastorale de Son Excellence, en 1887, les fidèles de Saint-Germain furent ébahis par la pompe entourant le personnage.

La paroisse entière se rendit accueillir l'éminent visiteur à la gare ferroviaire qu'on venait d'achever de construire, à deux kilomètres au sud du village. En effet, un pont ayant été jeté sur la rivière Saint-François, on avait prolongé la voie ferrée du *Drummond County Railway* jusqu'à Nicolet.

C'est donc par le train qu'arrivèrent le dignitaire et sa suite. C'était un samedi du mois de septembre. Un air de fête régnait aux alentours de la petite gare, qu'on avait décorée pour l'occasion de banderoles multicolores. Le curé ayant donné congé aux écoliers, les enfants agitaient des drapeaux aux couleurs de la Cité vaticane, le long de l'embarcadère où ils formaient une haie d'honneur. La plupart des petits n'avaient jamais vu un train. Quand la locomotive entra en gare en lançant son cri strident, accompagné de jets de vapeur, la rangée d'enfants s'effrita rapidement ; seuls quelques braves restèrent en place. Tandis que les mères inquiètes accouraient au-devant de leurs rejetons en pleurs, des chevaux effrayés à la vue de l'engin prirent l'épouvante et semèrent la confusion dans la foule. Des hommes réussirent à rattraper les bêtes et, au bout de quelques minutes de panique, tout rentra dans l'ordre.

Le train s'étant immobilisé, l'évêque descendit majestueusement du wagon de tête, précédé de son secrétaire et du vicaire général du diocèse. La chorale paroissiale entonna alors un *Te Deum* hésitant que le hennissement des chevaux et les pleurs des enfants rendirent plus cacophonique encore. Tous les Lavelle étaient là, Patrick en tête, paysan parmi les paysans, agenouillés sur le passage de leur évêque. L'Église triomphante et princière venait jusqu'à eux, ennoblissait de sa présence leurs vies simples, bénissait leurs forêts, sanctifiait leurs terres à moitié déboisées et honorait de son éclat leur humble village. Mais l'évêque venait surtout s'assurer de leur soumission inconditionnelle à sa souveraine autorité.

Les habitants de Saint-Germain voyaient pour la première fois un prélat ganté de violet, coiffé d'un camail de même couleur et enveloppé dans une longue cape qu'un large ruban retenait sur ses épaules. Quand ils se prosternèrent pour baiser l'anneau de Son Excellence, ils aperçurent les boucles métalliques des souliers de Monseigneur, sous la soutane noire lisérée de mauve, et ils entendirent, dans le froissement du tissu de soie moiré, le tintement de la croix épiscopale heurtant la chaîne qui la maintenait sur la poitrine de leur chef spirituel. Un cortège précéda l'évêque jusqu'au presbytère, où il entra sous les vivats de la foule.

Le lendemain, monseigneur Gravel chanta une messe pontificale. Sa mitre brodée de fil d'or et sa crosse d'argent, recourbée en volute, impressionnèrent au plus haut point les paroissiens. Ceux-ci purent de nouveau baiser l'anneau du dignitaire, quand il passa dans leurs rangs.

Dans son homélie, l'évêque invita ses ouailles à obéir fidèlement aux commandements de Dieu et de l'Église. Il rappela aux paysans le privilège qu'ils avaient de vivre sur des terres bénies. «Votre pays, déclama-t-il d'une voix émue, c'est ici, sur le sol où vous êtes nés, fils et filles de valeureux défricheurs. Ne trahissez pas vos pères, ne délaissez jamais pour des villes lointaines les sillons où germe le fruit de vos labeurs.»

Les paroles du prélat laissèrent Patrick Lavelle perplexe. Ces mots, «Votre pays c'est ici, sur le sol où vous êtes nés», ne pouvaient s'appliquer à lui, qui était né en Irlande. Et puis, il n'arrivait pas à croire que le départ de ses enfants pût être considéré comme une trahison.

Eussent-ils voulu rester qu'il n'y aurait pas eu suffisamment d'espace cultivable, ni dans le huitième rang ni dans les alentours, ni même plus loin dans cette étroite vallée du Saint-Laurent dont les poètes magnifiaient les beautés dans des alexandrins grandiloquents et pathétiques. D'ailleurs, ces chantres du terroir, s'ils s'extasiaient aisément devant la hache du bûcheron, la charrue du laboureur ou le geste noble du semeur, pratiquaient presque tous des professions libérales et ne s'interrogeaient nullement sur les petites et grandes misères du colon ou du paysan. Plusieurs d'entre eux devinrent des hommes politiques influents et se contentèrent de défendre leurs petits intérêts, car ils craignaient eux aussi, autant que les hommes d'Église, l'esprit de liberté.

* * *

Les habitants du canton de Grantham n'étaient pas tous convaincus de vivre «sur des terres bénies»; le lendemain même de la visite de l'évêque, deux d'entre eux «prenaient le bord des États». Ceux qui restèrent prolongèrent le moyen-âge québécois. Un Canadien français sur quatre était alors analphabète. Les autres éaient incultes. À Québec, le Conseil législatif rejeta le projet de loi créant un ministère de l'Éducation. Les Canadiens anglais, maîtres des affaires, se réjouirent en constatant que le peuple croupirait encore longtemps dans l'ignorance et dans la peur qu'elle engendre.

Le XXe siècle allait bientôt commencer.

21

Premier jour de l'année 1900. Cinq heures du matin. Patrick Lavelle fait une attisée avant de se rendre aux bâtiments. Sa femme s'est levée en l'entendant bardasser et s'apprête à le rejoindre. Avant de descendre, elle est allée à la fenêtre. Le clair de lune a dessiné sa silhouette dans le rectangle blanc qu'il découpe sur le plancher de la chambre. Au moment où elle s'engage dans l'escalier qui mène à la cuisine, son mari soulève un rond du poêle pour y ajouter d'un morceau de hêtre. Elzire s'arrête sur une marche. La lueur du feu dansant dans la pièce lui rappelle un lointain souvenir : elle revoit Patrick dans la classe de l'école du rang, en cette fin d'après-midi du mois de novembre 1873, quand ils s'étaient déclaré leur amour. Après avoir allumé la petite fournaise au milieu de la place, il était allé corder le bois dans le hangar, à l'arrière de l'école. En l'y accompagnant, elle avait trébuché sur le pas de la porte. Il l'avait retenue entre ses bras un instant. Quand il était revenu dans la classe, tout s'était précipité en un enchevêtrement dont elle n'a jamais réussi à démêler les fils. Les lueurs des flammes de la fournaise dansaient sur les murs, comme celles du poêle en ce moment.

Patrick avait quarante-cinq ans alors, il était droit et robuste. À soixante-douze ans, l'usure du temps et une vie de labeur l'ont courbé légèrement. S'il a encore le geste sûr, il fait toutes choses avec plus de lenteur. En ce premier matin du XXe siècle, il songe à ses enfants. Défilent-ils dans l'ordre chronologique de leur naissance? Miracle de la nature en ce temps-là, aucun des enfants qu'il a engendrés n'est mort. Les onze qu'il a eus avec Ellen Watkins: Terence, William-James, Mary-Jane, Hélène, Patsy, John, Nazaire, Brigitte, Lysie, Annie et Frank. Et les dix autres qui sont nés de son union avec Elzire Janelle: Alexandre, Marie-Léona, Hermann, Cora, Olympe, Bernadette, Aldéric, Armand, Nancy et Etheldrede. Litanie de prénoms, cantique des cantiques des jours, des semaines, des mois et des années, psaumes et versets des amours quotidiennes, hymne à la vie même.

Terence vit toujours à Manchester, dans le New Hampshire. *William-James* travaille encore à la brasserie Molson, à Montréal. *Mary-Jane* a élevé une famille de quatre garçons, à Pittsburg, en Pennsylvanie. *Hélène* et son mari, Albert Plasse, se tirent d'affaire avec leurs trois enfants, sur leur terre du dixième rang. *Patsy* et sa femme, Rose-de-Lima Plasse, travaillent dans les usines de textile de Manchester. *John* est bien installé sur une terre voisine, où il passera sa vie à copier celle de Patrick: lui et sa femme, Philomène Coderre, auront dix-sept enfants. *Nazaire* a trente-trois ans. Il restera célibataire. C'est lui qui cultive la terre de son père, avec qui il vit encore. *Brigitte* est mariée à Maurice Rajotte, qui exerce le métier de menuisier au village. *Lysie* vit à Moosup, au Connecticut. Elle y a émigré à vingt ans avec son mari, Donatien Labelle, mais ce dernier l'a quittée pour une Américaine dont il est tombé amoureux, peu de temps après leur arrivée là-bas. *Annie*, qui a vingt-huit ans, vit à Lowell, dans le Massachusetts, avec Aristide Bélair, qu'elle a épousé une fois rendue aux États. *Frank*, le dernier-né du premier lit, est allé faire sa vie, lui, dans les usines de Holyoke.

Alexandre, le premier enfant d'Elzire et de Patrick, a rejoint à vingt ans sa demi-sœur, Lysie, à Moosup. Il y a épousé une Canadienne française, Exélia Dalbec. Il a vingt-cinq ans maintenant. *Marie-Léona* est servante au presbytère de la paroisse catholique du village de Champlain, dans l'État de New York. C'est le curé de Saint-Germain qui l'a recrutée pour son confrère franco-américain. *Hermann* — on l'appela toujours Armène — a vingt et un ans. Il travaille sur la ferme paternelle avec Nazaire. *Cora* ira retrouver bientôt Annie à Lowell. *Olympe* a dix-sept ans. Elle aide sa mère aux travaux ménagers. *Bernadette* fait de même. Elle a quinze ans. *Aldéric* est un adolescent de treize ans. Il est en septième année à l'école du rang. *Armand*, un petit garçon de onze ans, va lui aussi à l'école. *Nancy* est en deuxième année. Elle a huit ans. *Etheldrede*, la petite dernière, celle qui porte le prénom de son arrière-grand-mère irlandaise, est une toute petite fille de quatre ans, dont le père a soixante-douze ans. Quand les enfants de John viennent à la maison et qu'ils appellent Patrick «pépère», elle les imite, pour partager leur enfance. «Pépère, pépère, dit-elle à son père, prends-moi dans tes bras!» Il la fait alors sauter sur ses genoux comme ses petits-enfants, avec lesquels elle se confond.

En ce premier matin de l'an 1900, depuis l'aîné Terence jusqu'à la petite Etheldrede, s'emmêlent dans le souvenir du vieux Patrick tous les enfants nés de son désir.

— Bonne et heureuse année, dit doucement Elzire en s'approchant du poêle.

— Comment, t'es déjà debout?

— Ah! l'avenir appartient à ceux qui se lèvent tôt!

— Ouais, marmonna Patrick, j'ai beau me lever à l'heure des poules, mon avenir est derrière moé.

— Mais moi, je suis juste devant toi, dit sa femme sur un ton enjoué, puis j'attends mon bec du jour de l'An! Oublie pas, mon vieux, qu'on change de siècle aujourd'hui.

— C'est justement à ça que je pensais en mettant du bois dans le poêle, à ça puis à d'autres choses aussi...

— À quoi donc?

— Je pensais à toé.

— Ça doit être ça qui m'a réveillée, dit Elzire en esquissant un sourire moqueur.

Elle se blottit ensuite dans les bras de Patrick. Il posa sur le front de sa femme un baiser, refaisant le geste d'autrefois dans la salle de classe. Ainsi commença le XXe siècle chez Patrick Lavelle.

Les plus jeunes enfants se levèrent alors que Nazaire et Armène arrivaient de l'étable, où ils étaient allés faire le train. Après le déjeuner, toute la famille monta dans la grande voiture pour se rendre à la messe du jour de l'An. Dans son homélie, le curé fit allusion au siècle qui venait de se terminer et à celui qui commençait. «Mais, précisa-t-il dans une envolée oratoire, si les siècles doivent passer, la parole de Dieu ne passera point!»

La messe finie, les enfants attendirent longtemps dans la longue *sleigh*, emmitouflés dans des peaux de carriole, tandis que leurs parents échangeaient des vœux de «Bonne et heureuse année» avec les paroissiens sur le perron de l'église.

Au milieu de l'après-midi, Nazaire attela Noiraud, un cheval trotteur au pelage noir et lustré. Il devait aller chercher William-James et sa femme, qui arriveraient de Montréal par le train. L'hiver, on mettait une bonne demi-heure à faire le trajet depuis le huitième rang jusqu'au chemin de fer. Une dizaine de carrioles étaient déjà rangées derrière la gare quand Nazaire y arriva. Malgré le froid et le vent mordant, des gens arpentaient le quai en devisant joyeusement. De temps à autre, un homme sortait de la poche intérieure de son manteau un flasque de whisky. Après en avoir pris une lampée, il l'offrait à la ronde en lançant des «Bonne et heureuse année, pis le paradis à la fin de vos jours!» Ti-Gris Laflamme avait déjà commencé à fêter. Il attendait l'arrivée de sa sœur, Béatrice, une jeune femme qu'on soupçonnait de mener une vie douteuse, à Montréal, où elle travaillait dans une manufacture de chaussures.

Le train arriva à quatre heures. Nazaire entendit le cri de la locomotive, puis il vit l'engin paraître dans un nuage de poudrerie au sortir d'une courbe, entre le double talus du ravin, non loin de la station. William-James et sa femme descendirent de leur wagon en même temps que Béatrice Laflamme et d'autres voyageurs qui venaient, eux aussi, visiter leur famille à l'occasion du jour de l'An. Le couple, qui n'eut jamais d'enfant, apportait des étrennes et des gâteries pour les petits. Nazaire s'empressa auprès d'eux et se chargea des colis de Mary. Bientôt la carriole glissait dans la rue principale en direction du huitième rang.

* * *

À la maison paternelle, les réjouissances ont déjà commencé. On a réchauffé la cuisine d'été depuis le matin, pour y faire manger les enfants. Ceux-ci forment déjà une tablée autour de laquelle s'affairent Elzire et Philomène, la femme de John, aidées de Cora et d'Olympe. Les petits, tout en reluquant les tartes à la farlouche qu'on leur servira au dessert, mangent avec appétit, dans des assiettes de fer-blanc, les tourtières et le ragoût de boulettes d'Elzire. Dans la cuisine principale, les adultes bavardent autour d'une table où ils s'assoiront tout à l'heure devant de la vaisselle de proceláine anglaise, cadeau qu'Elzire a reçu de ses enfants, et qu'elle n'utilise que dans les grandes occasions. Des cartes de Noël venues des États-Unis ornent le buffet, taches multicolores fascinantes dans ce décor grisâtre, presque sombre. Il y en a huit, toutes plus belles les unes que les autres. Elles évoquent ces lieux lointains où fuient encore tant de Canadiens français. La plupart n'y trouvent pourtant qu'une bien petite vie, travaillant douze heures par jour dans des usines insalubres et bruyantes pour des salaires minables.

Il y a donc sur le buffet huit cartes de Noël enluminées d'or ou saupoudrées d'argent, montrant de belles dames et de beaux messieurs autour de carosses rutilants, des églises aux vitraux flamboyants de lumière, de douces collines enneigées que des enfants dévalent comme en un rêve, foulards au vent sur leurs traîneaux, et sur lesquelles on peut lire:

Merry Christmas! Happy New Year!

En sortant de table, les enfants se précipiteront vers ces cartes aux décors oniriques. À la fin, pour leur faire plaisir, on les leur donnera. Ils iront les examiner, ravis, dans un coin du salon, avec plus d'avidité encore que les enfants regardent de nos jours la télévision, car ils auront tout leur temps pour entrer dans ces images et y laisser vagabonder leur imagination, alors que celles du petit écran se bousculent et fuient sans cesse.

La carriole de Nazaire s'engagea dans le huitième rang. La lune se glissait de temps à autre entre les nuages et inondait les champs d'une clarté bleue, comme dans les dessins d'Edmond-J. Massicotte. William-James s'étonnait de voir s'agrandir les étendues de neige. Certes, il restait encore beaucoup de forêt, mais elle fermait partout un horizon devenu chaque année plus lointain. En ce premier jour de l'an 1900, les lampes à l'huile et les bougies, plus nombreuses qu'à l'accoutumée, teintaient d'un jaune vibrant les fenêtres des maisons.

— Ouais, ça change dans le huit!

— Ah! y a pas de soin, répondit laconiquement Nazaire, qui n'était pas bavard.

— Le petit bois des Gingras a disparu, fit remarquer William-James.

— Tout le monde continue à bûcher, oui...

— Je te dis que ça change à Montréal aussi, ça grossit tout le temps pis y s'en passe des affaires!

Nazaire n'ajouta rien à cette allusion à la vie grouillante de la métropole. Il y était allé une fois, à vingt ans;

il en était revenu abasourdi, ne comprenant pas que des gens puissent vivre ainsi «cordés les uns sur les autres». Son frère, au contraire, aimait la vie trépidante et les distractions de la ville, que son travail de livreur chez Molson lui faisait sillonner chaque jour.

Sa femme, Mary, allait parfois au théâtre ou encore à des représentations de music-hall. William-James, lui, préférait les événements sportifs. Il avait assisté, à l'automne, au parc Sohmer, au combat qui avait opposé Louis Cyr, le *Castor canadien*, à Ludwig von Hendorff, surnommé l'*Aigle allemand*. Le héros des Canadiens français l'avait emporté haut la main, semant la frénésie dans le stade.

William-James Lavelle menait, somme toute, à Montréal une vie comparable à celle des Franco-Américains. Comme ses frères et sœurs dans leur *French Quarter* ou leur «p'tit Canada» des villes de la Nouvelle-Angleterre, il rentrait après le travail dans son quartier populaire, sorte de «faubourg à m'lasse» où s'entassait le prolétariat canadien-français. À la brasserie Molson, il était devenu «p'tit boss»; il parlait l'anglais avec ses patrons et le français avec les ouvriers. Le commerce, dominé par les anglophones, restait concentré dans l'ouest de la ville. William-James y accompagnait parfois sa femme dans les grands magasins, car elle n'était pas bilingue et il était difficile, sinon impossible, de s'y faire servir en français.

— Mary, regarde là-bas! s'écria William-James.

— Ben oui, je vois, lui dit sa femme sur un ton agacé.

Chaque fois qu'il revoyait la maison paternelle, William-James s'agitait. Le moindre coup de vent soulevant la neige autour de la carriole le réjouissait. Une fibre chantait en lui, emmêlant le majeur et le mineur, quelque chose s'éveillait dans l'abracadabrant de l'être, là où s'enchevêtrent l'indicible et l'inachevé.

— Laisse-moé conduire un peu, demanda-t-il à Nazaire.

— On est presque rendus...

— Justement, je veux arriver à la maison les guides dans les mains.

— Si tu veux...

— Un vrai enfant, fit remarquer Mary, quand son mari prit place à côté d'elle sur le siège avant de la carriole.

Les visiteurs étaient attendus impatiemment. Les petits surtout guettaient leur arrivée, car ils allaient recevoir des jouets, objets merveilleux importés d'Angleterre ou des États-Unis: petits chevaux de bois polychromes, poupées de porcelaine, soldats de plomb, toupies multicolores.

Ce fut un des enfants de John, Ludovic, qui donna l'alerte. Le front collé à une vitre givrée d'arabesques, il reconnut dans le clair de lune l'attelage de son oncle Nazaire approchant sur la route. «Y s'en viennent! Y s'en viennent!», s'exclama-t-il en sautillant de joie. Les autres enfants se précipitèrent aux fenêtres, suivis de quelques adultes. «C'est ben eux autres», dit Armène, qui tenait dans ses bras sa petite sœur, Etheldrede. La fillette battit des mains en voyant arriver la carriole, dont on percevait le son mélodieux et grêle des clochettes. «Bonne et heureuse année tout le monde!», s'écria William-James en entrant, les bras chargés de colis. Mary avait déjà commencé sa tournée d'embrassades. Son nouveau chapeau et ses gants neufs soulevèrent l'admiration et l'envie des femmes. Les enfants, eux, n'avaient d'yeux que pour les emballages colorés que l'oncle avait déposés sur le sofa. «Attendez, attendez!», ordonna Philomène, la femme de John, en voyant les petits s'attrouper autour des paquets. Elle leur demanda ensuite de s'agenouiller autour d'elle. Il se fit alors un demi-silence. Avant même d'enlever son paletot, William-James se dirigea vers son père, assis à côté du poêle. Nazaire, qui était allé dételer, venait d'entrer, portant à la main la caisse de bière Molson que son frère avait apportée de Montréal. Il resta près de la porte. Hélène et Albert Plasse s'agenouillèrent au milieu de la pièce avec leurs trois enfants. Brigitte et son mari, Maurice Rajotte, firent de même avec leurs deux petits. Armène, Cora, Olympe, Bernadette, Aldéric et Armand firent un cercle autour de leur vieux père. William-James mit un genou par terre et il demanda, d'une voix émue: «Popa, voulez-vous nous donner la bénédiction du jour de l'An?» Elzire, qui restait en retrait, s'agenouilla à son tour avec John, sa femme et leurs enfants. Deux lampes à l'huile fumeuses éclairaient la pièce d'une lumière jaunâtre. Patrick se leva, il étendit les bras au-dessus de ses enfants et petits-enfants et prononça gravement les paroles suivantes:

Je demande au bon Dieu de vous bénir tous, vous autres, ceux qui sont aux États, vos enfants pis les enfants de vos enfants. Au nom du Père, du Fils et du Saint-Esprit. Amen.

Tout le monde fit le signe de la croix, même les tout-petits. Alors, l'influence subtile des êtres et des choses se répandit dans la pièce en ondes mystérieuses, révélant à chacune des personnes présentes, en commençant par les plus jeunes, une connaissance cachée du genre de celle qui n'est révélée qu'à des initiés. Un être fabuleux et mythique qu'ils appelaient *popa* ou *pépère* les imprégnait de sa légende en les bénissant. Le souvenir de cette minute les habiterait leur vie durant aussi parfaitement qu'un liquide épouse la forme de son contenant.

Cette scène hiératique se reproduisait aussi bien dans les villes que dans les campagnes, point culminant de la vie des Canadiens français de ce temps, collés les uns contre les autres dans leurs maisons surchauffées, comme si tous, de l'aïeul au petit enfant, cherchaient à recréer le bien-être du sein maternel.

22

Le train que devaient prendre William-James et sa femme pour rentrer à Montréal partait très tôt le matin de Nicolet; il s'arrêtait à tous les villages et même à certains rangs importants pour y prendre des passagers, des produits agricoles et le courrier postal. Il passait à Drummondville et à Saint-Hyacinthe avant de se diriger vers la gare Bonaventure, où il arrivait à midi. Premier lien véritable entre la métropole et les campagnes, sur la rive sud du fleuve, ce train devint légendaire dans la région avant l'avènement de l'*Océan Limitée*, qui circula plus tard entre Montréal et Halifax; distraction fascinante pour les enfants, il leur apportait l'arôme des ailleurs. L'été, les paysans s'arrêtaient dans leurs champs pour voir passer «les gros chars», mais aussi pour retenir leurs chevaux effrayés. Des biens de consommation autrefois inconnus aux villageois firent leur apparition au magasin général. Le catalogue annuel du grand magasin Eaton se répandit progressivement dans les campagnes, offrant à la plus humble fermière des produits dont elle ignorait jusqu'alors l'existence et faisant naître dans les coins les plus reculés un sentiment nouveau : le désir.

Le désir, ce n'est pas le catalogue de chez Eaton qui le planta dans le cœur d'un autre enfant de Patrick, Cora, mais une lettre qu'elle avait reçue à Noël.

Dans la missive accompagnant leur carte de souhaits, Annie et son mari l'invitaient à venir les rejoindre à Lowell. «On s'est trouvé de la bonne ouvrage à la *Wannalancit Textile*», disait la lettre. Tu pourrais facilement t'en trouver toi aussi. Tu resterais avec nous autres, puis on te chargerait rien de pension au début. Si t'as besoin d'argent pour prendre le train, écris puis on t'en enverra.»

Cora a relu plusieurs fois ce passage, tout en rêvant devant la photo de la rue principale de Lowell, qu'Annie avait glissée dans la carte de Noël. La lettre disait aussi : «Icitte, on fait bien des heures à la *shop*, puis à nous deux ça nous fait une bonne paye. La ville est pas trop grande. Y a tellement de monde qui parlent français qu'on se penserait chez nous. Y a des magasins en masse, puis les rues sont éclairées avec des lumières électriques.»

Des lumières électriques, la jeune fille en avait vu à Drummond, où elle était allée, à l'automne, avec Nazaire. Mais la vie restait encore rudimentaire pour les deux mille habitants de la ville naissante. Ce n'est que beaucoup plus tard qu'au lieu d'émigrer aux États-Unis, les paysans des environs viendront peiner dans les usines que des capitalistes américains y auront installées.

Cora n'attendit pas que l'Amérique vînt à elle. Elle alla retrouver Annie avec d'autant plus de joie que la lettre de sa demi-sœur précisait : « Icitte, y fait pas mal moins froid qu'à Saint-Germain. C'est juste si y tombe un peu de neige l'hiver. »

Le froid, la neige, l'isolement, l'obscurité qui tombait tôt sur le huitième rang durant les longs mois d'hiver, c'est à tout cela que Cora voulut échapper quand elle monta dans le train qui l'amena d'abord à Montréal. Elle passa une nuit chez William-James et, le lendemain, elle prit la direction du Massachusetts. Elle avait vingt ans. Elle était jolie et avait un caractère affable. Comme elle parlait l'anglais et le français, plutôt que de travailler dans une usine, elle trouva un emploi de vendeuse dans un magasin à rayons. Mais surtout, elle devint une sorte d'écrivain public. La plupart des Canadiens français qui émigrèrent aux U.S.A., avant la fin du XIXe siècle, étaient illettrés. À Lowell, on ne se gêna pas pour mettre à contribution les connaissances de Cora. Ceux qui avaient les moyens la payaient pour écrire à leurs familles, mais elle le fit souvent gratuitement et elle fut vite connue comme « la fille qui écrit des lettres ».

Durant les années suivantes, d'autres enfants de Patrick allèrent grossir les rangs des travailleurs franco-américains. Ceux-ci formaient, au début du XXe siècle, près de la moitié du personnel dans les usines de textile de la Nouvelle-Angleterre. Les esclaves noirs avaient récolté le coton en chantant leurs complaintes, dans les États du Sud ; les émigrés canadiens-français le tissaient depuis un demi-siècle en chantant *Alouette*. Ils formaient une minorité d'un genre unique, s'accrochant obstinément à leur folklore, à leurs coutumes, à leur langue et à leur religion, et l'on disait d'eux qu'ils n'étaient bons qu'à travailler comme des bêtes de somme.

Mais il n'y aurait plus de vagues d'émigration comparables à celles des cinquante dernières années. Dans la province de Québec, on sortait lentement de la misère. L'instruction primaire se répandait partout. À Saint-Germain-de-Grantham, on entreprit au village la construction d'une école modèle et d'un couvent. L'arrivée des Sœurs de l'Assomption, en 1906, fut l'occasion de grandes réjouissances.

Chez les Lavelle, Bernadette et Aldéric quittèrent pourtant à leur tour la maison ; elle partit rejoindre ses sœurs à Moosup et il alla s'installer à Holyoke, au Massachusetts, où se trouvait déjà son frère Frank. Seuls demeuraient avec Elzire et Patrick, en 1907, Nazaire, Armand, Nancy et Etheldrede.

Si lentement que le temps s'écoulât au fin fond du canton de Grantham, il emportait chaque jour la vie de plus en plus ténue de Patrick. Un jour du mois d'avril 1908, ayant atteint ses quatre-vingts ans, son cœur flancha. On alla chercher en toute hâte, en même temps que monsieur le curé, le docteur qui venait de s'installer au village. Ils arrivèrent trop tard. Comme les vœux de Terence autrefois, ceux de Patrick furent exaucés, car ils avaient souhaité l'un et l'autre « partir vite ».

Avec la mort de Patrick s'estompaient les derniers souvenirs de l'Irlande dans le huitième rang. On n'entendrait plus jamais les mots de gaélique qu'il mêlait à l'anglais et au français, quand il festoyait, un verre à la main. Ayant quitté un pays martyrisé par les Britanniques, il s'était retrouvé dans cette partie de l'Amérique où un petit peuple, conquis lui aussi par l'Angleterre, se frayait péniblement un chemin, fût-ce un sentier, dans l'Histoire. Il s'était taillé un domaine dans les forêts du *township* de Grantham, avait abattu des arbres aux ramures inextricables, brûlé des abattis, essouché et épierré les champs, les avait labourés, avait semé et fauché le blé, l'avoine, l'orge et le sarrasin. Il avait aimé deux femmes passionnément, l'une dans sa jeunesse et l'autre dans l'âge mûr, avait engendré onze enfants avec la première et dix autres avec la deuxième.

Il avait vu naître et se développer un village, aidé à construire d'abord une chapelle et ensuite l'église dans laquelle on chanta ses funérailles. Mais c'est à l'Amérique qu'il laissait sa nombreuse descendance.

Nancy écrivit à ses frères et sœurs aux États-Unis, pour leur annoncer la nouvelle de la mort de leur père. Aucun d'entre eux ne put venir le voir sur les planches, mais son fils John se mit dans la tête de réunir la famille entière, si possible, pour honorer sa mémoire. On fixa la réunion au 24 juin et l'on pria chacun des enfants émigrés aux U.S.A. de faire l'impossible pour venir à Saint-Germain.

* * *

Ils vinrent tous! Même Mary-Jane et son mari, James West, de Pittsburg. C'est John qui alla chercher ces derniers à la gare.

Contrairement aux Lavelle de la Nouvelle-Angleterre, Mary-Jane n'avait plus parlé le français en Pennsylvanie, et il ne lui restait que des bribes de cette langue. Aussi est-ce en anglais que tout le long du trajet elle interrogea son frère au sujet du temps passé. Elle s'informa surtout de ses dix demi-frères et demi-sœurs, qu'elle ne connaissait pas. Quant à Elzire Janelle, elle se souvenait de l'avoir eue comme maîtresse d'école, oui, « *but I was so young then* », dit-elle.

Mary-Jane eut du mal à reconnaître le village et la campagne environnante. Malgré tout, quand la voiture s'engagea dans le huitième rang, des effluves de son enfance et de son adolescence l'envahirent soudain, des mots français lui revinrent en mémoire, qu'elle prononça machinalement à mi-voix.

Elle se souvint aussi, en passant devant leurs maisons, qu'ici vivaient les Lafleur et là, les Gingras, et plus loin encore les Caya, les Plasse, les Duff et les Neiderer. Enfin, elle aperçut, au détour du chemin, la maison qu'elle avait quittée autrefois. Elle demanda à John de s'arrêter un moment, se leva dans la voiture et jeta un regard aux alentours. «*I was born here*», murmura-t-elle, comme pour s'en convaincre. Le lien avec le paysage qu'elle avait quitté à seize ans n'existait plus. Mary-Jane revoyait les choses à la manière d'un voyageur revenant dans un pays étranger qu'il aurait visité dans sa jeunesse. Si elle reconnut avec plaisir les lieux où elle avait chevauché autrefois, elle eut pourtant le sentiment d'avoir échappé à un isolement et à une sorte de séquestration dont elle sentit le poids s'alourdir au fur et à mesure que la voiture avançait sur l'étroit chemin de terre.

Des enfants de John, voyant venir leur père, accoururent au-devant de lui; sachant qu'il amenait leur tante Mary-Jane, ils se mirent à crier joyeusement son nom en escortant la voiture. La tante s'émut d'entendre les petits scander ainsi son prénom. À la maison paternelle, on l'attendait avec une impatience pleine de curiosité et de déférence, car elle était l'aînée des filles; et elle venait de si loin. Ses jeunes frères et sœurs du premier lit n'avaient d'elle qu'un vague souvenir. Comme il faisait un temps magnifique, tout le monde était dehors pour accueillir les derniers arrivants. Qui étaient ces gens qui entourèrent bien vite la voiture? Mary-Jane ne reconnut d'abord personne. Terence et William-James s'approchèrent les premiers. Elle murmura leurs noms, craignant de se tromper. Sûre enfin de les avoir reconnus, elle s'écria: «Terence! William-James!» Alors fusèrent des cris de joie et tout ne fut plus qu'embrassades. Hélène, Patsy, Nazaire, Brigitte, Lysie, Annie et Frank — ce dernier était né, on s'en souvient, le même jour que le premier enfant de Mary-Jane —, l'étreignirent l'un après l'autre. Ensuite, ce fut au tour de ses dix demi-frères et demi-sœurs de se présenter à elle.

C'est ainsi que le 24 juin 1908, les vingt et un enfants de Patrick Lavelle se trouvèrent réunis pour la seule et unique fois de leur vie. Leurs femmes et leurs maris restèrent un moment à l'écart, pour leur permettre de se reconnaître ou de faire connaissance, étonnés que la famille de leur beau-père fût si nombreuse.

Elzire, toute vêtue de noir, les cheveux noués en chignon, resta debout sur le perron et observa la scène d'un œil attendri, elle-même entourée de petits-enfants qui cherchaient à l'entraîner en insistant: «Mémère, mémère, venez voir ma tante Mary-Jane!» Tous s'écartèrent sur son passage et elle se trouva face à face avec la fille aînée de son défunt mari et d'Ellen Watkins.

— *Do you remember me?* demanda Mary-Jane.

Bien sûr qu'elle se souvenait de cette fillette qui avait dix ans l'année où elle devint maîtresse d'école, alors qu'elle n'en avait elle-même que dix-sept. Elle l'avait souvent raccompagnée chez elle, avec ses frères et sœurs. Elle n'avait pas oublié non plus ce grand jeune homme blond, arrivé par un beau jour d'été dans le huitième rang, en compagnie d'un géant noir. L'année suivante, l'Américain faisait les cent pas dans la cuisine avec Patrick, durant l'accouchement de Mary-Jane. Elzire avait assisté sa mère dans le rôle de sage-femme, le matin pour le dernier enfant d'Ellen et le soir, pour celui de sa fille.

Des enfants, il n'y avait eu que cela dans la vie d'Elzire. Ils étaient tous là aujourd'hui, ceux qu'elle avait adoptés comme les siens, en épousant Patrick Lavelle, et ceux qu'elle lui avait donnés, ainsi qu'on disait autrefois.

Après les retrouvailles, ce fut la fête. Les voisins et amis d'enfance du huitième rang vinrent saluer les visiteurs des États, surtout Mary-Jane qu'ils n'avaient pas vue depuis plus de trente ans. Tous furent impressionnés par sa prestance désinvolte et sa grande beauté. Elle portait une longue jupe noire à volants et un chemisier blanc à col cravate qui lui donnaient fière allure. Avec les années, le caractère irlandais de ses traits anguleux s'était accentué. Ses amis d'autrefois s'attristèrent qu'elle eût tant de mal à parler le français, même si elle le comprenait encore asez bien. Ils en furent d'autant plus désolés qu'ils avaient mille questions à lui poser sur la lointaine Pennsylvanie. Ils apprirent tout de même qu'elle avait quatre garçons, ouvriers comme leur père dans la métallurgie. Mais surtout, de la voir aussi resplendissante, ils crurent qu'au loin la vie transformait les êtres et les grandissait démesurément, tandis qu'eux, dans leur tranquille campagne, restaient bien petits. Ils essayèrent d'imaginer à quoi pouvait bien ressembler ce pays d'où on revenait ainsi transformé. Certains regrettèrent secrètement de n'être pas partis.

On dansa toute la soirée au son du violon d'Ernest

Allard, qui avait offert ses services pour l'occasion. Il faut dire que le violoneux aimait immodérément la Molson et que William-James, toujours au service de la grande brasserie montréalaise, en avait apporté plusieurs caisses. Philomène, la femme de John, sortit un accordéon qu'elle avait reçu en cadeau, enfant, et dont elle jouait rarement. On avait préparé une telle quantité de nourriture qu'on se serait cru au jour de l'An. Les histoires et les chansons à répondre se succédèrent de façon ininterrompue jusque bien après minuit. Mary-Jane, qui avait une fort belle voix, chanta une chanson américaine qui commençait ainsi: *Long ago and far away...*

Durant la soirée, il fut abondamment question de la vie aux *States*. Sans se glorifier indûment de l'existence qu'ils y menaient, les visiteurs des États se félicitèrent tous d'y avoir trouvé «une bonne job» et d'y gagner honorablement leur vie. «Ah! c'est pas le Klondike, déclara Terence, mais au moins on a de l'ouvrage pis une paye à la fin de la semaine.» Les émigrés n'employèrent pas de grands mots pour parler de leur pays d'adoption. Ils avouèrent honnêtement que le rythme de travail était soutenu dans les usines, mais ils louèrent l'animation qui régnait dans les villes américaines et le bienfait des inventions dont on y jouissait. «Non, moé je pense que je pourrais plus vivre à la campagne», avait conclu Annie.

Les parents et amis de Saint-Germain écoutèrent sans mot dire, comme s'ils n'eussent eu aucun argument à opposer aux émigrés, ni rien non plus à magnifier pour leur part.

Après la soirée, Nazaire et John attelèrent chacun une voiture pour aller conduire au village ceux qui avaient réservé des chambres à l'auberge, car on ne pouvait coucher tout ce beau monde dans le huit. Du reste, les visiteurs des États tenaient à montrer qu'ils avaient les moyens de loger à l'hôtel. Arthur Laberge, l'aubergiste, tout heureux d'avoir des clients aussi prestigieux, leur avait répété de ne pas se gêner pour rentrer tard. «Vous pourrez arriver au p'tit jour, si vous voulez, ma porte est toujours débarrée», avait-il précisé.

Le lendemain, tous se retrouvèrent à la maison paternelle. Avant de se quitter, les enfants et petits-enfants de Patrick se groupèrent autour d'Elzire, devant la maison ancestrale. Un photographe, venu de Drummondville, fixa le souvenir de cette réunion mémorable. Ensuite, ce furent les adieux. John, Nazaire et Aldéric approchèrent devant la maison des voitures pour ramener les visiteurs à la gare. On s'embrassa une dernière fois. On promit de s'écrire. Puis les bogheis s'éloignèrent. Des voisins et amis se tenaient sur leurs perrons pour saluer au passage «les gens des États».

Dans une des voitures se trouvait l'un des fils de John, Ludovic, âgé de quatorze ans. Sa tante Marie-Léona, servante du curé de Champlain, le ramenait avec elle. En échange du gîte et du couvert, il servirait de sacristain et le curé franco-américain compléterait son instruction.

Ainsi donc, alors qu'on venait de célébrer la mémoire de Patrick Lavelle, un de ses petits-fils partait pour les U.S.A.

Le même jour, à Québec, une foule enthousiaste assistait, sur les plaines d'Abraham, au défilé du troisième centenaire de la ville. La flotte anglaise de l'Atlantique Nord mouillait au pied du cap Diamant, avec quelques navires américains et trois bâtiments français. La présence du voilier *Don de Dieu* rappelait l'arrivée à Québec, trois siècles plus tôt, de Samuel de Champlain. Mais en ce jour de l'année 1908, c'est le prince de Galles, voyageant à bord du navire de guerre l'*Indomptable* et représentant le roi d'Angleterre, qui débarquait dans la capitale.

Le soir, lors d'un grand bal à *Spencer Wood*, résidence du lieutenant-gouverneur, de belles dames et de beaux messieurs de la haute société québécoise et canadienne se pressaient autour du noble personnage, dans les salons flamboyants de lumière et tendus d'étoffes ramagées, célébrant la liturgie de la richesse et du pouvoir. Les notables de la ville de Québec, autorités religieuses et civiles, approchaient l'envoyé de la cour d'Angleterre avec autant de curiosité que les Indiens entourèrent Jacques Cartier, à son arrivée à Gaspé en 1534. Parmi eux se trouvaient sûrement des conseillers législatifs qui s'étaient opposés, dix ans plus tôt, à la création d'un ministère de l'Éducation.

Étrange coïncidence, en fin de soirée, à l'heure où l'orchestre jouait le *God save the King* dans la salle de bal de *Spencer Wood*, un adolescent canadien-français, Ludovic Lavelle, petit-fils d'émigré irlandais, entrait avec sa tante dans le presbytère du village de Champlain — nom du fondateur de Québec —, dans l'État de New York, communément appelé l'*Empire State*.

ÉPILOGUE

Holyoke, Massachusetts, U.S.A.
Automne, 1992

Thomas Lavelle, petit-fils de Patrick, l'un des onze fils de John, né avec le siècle dans le huitième rang du canton de Grantham, repose dans son cercueil au salon funéraire *Brunelle Funeral Home*. Sur le satin du couvercle ouvert, il y a une petite couronne de fleurs sur laquelle on peut lire l'inscription :

ADIEU PÉPÈRE

Sans doute Thomas se faisait-il appeler ainsi par ses petits-enfants ; si aucun d'eux ne parle plus ni ne comprend un mot de français, ils ont retenu ce mot, *pépère*, ultime lien avec les origines de ce vieillard qu'ils vont mettre en terre, demain. James, leur père, accueille les visiteurs au salon funéraire. Il attend aujourd'hui l'arrivée d'un cousin *from Canada*, Patrice Lavelle. C'est avec lui qu'il fraternisait quand sa famille venait en vacances à Saint-Germain-de-Grantham, dans les années quarante. L'oncle Thomas stationnait fièrement sa Chevrolet devant la maison du huitième rang. Son fils James parlait de Boston, de Springfield, de Holyoke et de Chicopee Falls avec son cousin Patrice. Ces noms enchantaient le petit paysan. Comme les parents et amis du début du siècle devant la tante Mary-Jane, venue de la Pennsylvanie, il avait le sentiment d'être bien peu de chose à côté de ces gens-là. Il lui semblait que la parenté des États vivait dans une sorte de paradis. Pourtant, que verra-t-il en arrivant à Holyoke? Des usines désaffectées aux carreaux cassés, aux murs de briques noircis par la suie et couverts de graffitis en espagnol s'alignent le long d'un canal aménagé sur des kilomètres, au cœur de la ville. Aux alentours, des quartiers entiers, livrés au pillage, montrent des maisons aux façades meurtries, inhabitées ou envahies par des squatters. De nouveaux émigrés, venus pour la plupart du Mexique ou de l'Amérique centrale, errent dans les rues et ruelles, en quête de l'*American dream*. Tribus entières déguenillées, hommes désœuvrés, femmes désillusionnées, enfants aux grands yeux vagues, ces Latino-Américains semblent condamnés à languir là, à l'ombre d'usines délabrées où travaillèrent autrefois les oncles et les grands-oncles de Patrice. D'anciennes églises anglicanes, abandonnées par les *White Anglo-Saxon Protestants*, accueillent désormais ces nouveaux venus : *Iglesia de Dios Pentecostal.... Ciudad Celeste... Iglesia Sagrados Corazon... Iglesia de Jesu-Christo...* Dans les usines de la Nouvelle-Angleterre, «l'autre» langue n'est plus le français, mais l'espagnol.

Patrice Lavelle est un retraité du journal *La Presse*. Il y était entré après avoir quitté le grand séminaire, en 1954. Il a vécu avec enthousiasme la Révolution tranquille des années soixante. Ardent Québécois, il arbore dans la lunette arrière de sa voiture un autocollant du drapeau de la province, dont il a longemps rêvé qu'elle devînt son pays. Tout le long du voyage depuis Montréal, il a repassé en sa mémoire le temps d'autrefois.

Mais les souvenirs s'ourdissent et se tissent souvent en une toile d'araignée où s'empêtrent les évocations illusoires. Enfance aux alouettes, enfance aux corneilles, jeunesse fiévreuse, la vie est un brouillon couvert de tant de ratures que la lecture en devient parfois illisible, le texte, indéchiffrable.

Après avoir traversé la banlieue cossue de Holyoke, Patrice se dirigea vers le centre-ville. Il trouva le contraste frappant, choquant même, entre le *suburb* et la cité industrielle. Entrait-il bien dans une de ces villes des U.S.A. qui le faisaient rêver, jadis, quand arrivait la visite des États? Devant un café où il s'arrêta pour se restaurer, deux clochards à moitié soûls lui quémandèrent une cigarette. Apprenant qu'il était québécois et *Frenchie*, l'un des deux hommes fit un effort de concentration pour chasser les vapeurs de l'ivresse. Une petite lueur éclaira soudain ses yeux hébétés. Des restes de la langue que parlaient ses père et mère lui montèrent dans l'âme et il se mit à baragouiner: «*Ya, man...* moé tou... *I am French... My name is Cossette... I remember...* Je vous salue *Mary... wait a minute...* pleine de grâces... *wait a minute...* vous êtes bénie toutes les femmes... *wait a minute...* Sainte *Mary*, mère de Dieu... *See, I remember!*», s'écria triomphalement le vagabond.

Patrice ne put s'empêcher de penser à la devise du Québec, *Je me souviens.* Les deux mendiants se plaignirent de la concurrence des hispanophones. Cossette précisa: «Avant, *it was not too bad, but these days*, avec eux autres, y a trop de quêteux!» L'autre itinérant de renchérir : «Y nous ont volé not' place.»

Ainsi donc, pensa Patrice en les quittant, les descendants des émigrés canadiens-français ne jouissaient même plus du privilège d'occuper, en Nouvelle-Angleterre, le dernier rang.

* * *

Le lendemain eurent lieu les funérailles, en l'église de l'Immaculée-Conception, *The Immaculate Conception Church, staffed by the missionaries of La Salette.*

On pouvait lire dans le feuillet paroissial : «*This week's bulletin is dedicated in loving memory of Irene and Eugene Mathieu.*» On précisait aussi que les messes de la semaine seraient célébrées «*for the deceased parents of Helene Hebert*».

Dans le bulletin paroissial de *The Immaculate Conception Church*, il n'y a pas d'accents, ni graves ni aigus, sur les noms de ces *Frenchies.*

Les funérailles se déroulèrent dans la langue américaine. D'où l'étonnement de Patrice Lavelle, à la fin du service funèbre, d'entendre, depuis le jubé de l'orgue, une voix de femme chanter en français, mais avec un fort accent américain, les couplets du célèbre cantique à la Vierge entonné autrefois dans toutes les paroisses du Québec :

J'irai la voir un jour
Au ciel dans ma patrie
Oui, j'irai voir Marie
Ma joie et mon amour
Au ciel, au ciel, au ciel, j'irai la voir un jour...

Abasourdi, Patrice resta paralysé à la fois d'incrédulité et d'émotion. Était-il bien aux U.S.A.? Ces gens étaient-ils vraiment des Américains? Il retrouvait dans cette église des États-Unis ce que les Québécois avaient rejeté de leur passé au début des années soixante, croyant naïvement accéder ainsi à la modernité. Comment ce chant à la Vierge avait-il pu survivre dans ces *United States of America* où naissent et meurent toutes les modes occidentales? Le Québec ancien émergeait de ce cantique que les religieuses lui faisaient chanter, à la petite école de Saint-Germain-de-Grantham, durant le mois de Marie. *J'irai la voir un jour...* Était-ce vraiment cela qu'il entendait, en 1992, dans une église du Massachusetts? Ce qu'il y avait de plus lointain en lui, conscient ou subconscient, le rejoignait et l'enveloppait, dans une ville des États-Unis d'Amérique, *the biggest in the world.* Les U.S.A. s'infiltraient jusque dans les replis de son être, avalaient jusqu'à son âme dans leur *melting pot,* comme autrefois les frères et sœurs de ses grands-parents et ceux de son père. L'assistance reprenait en chœur le refrain du cantique: *Au ciel, au ciel, au ciel, j'irai la voir un jour...* Patrice croyait rêver. Mille images de sa vie se bousculèrent aux portes de la mémoire: les vitraux ensoleillés de l'église paroissiale, le curé montant en chaire, les couventines dans leurs robes noires à col blanc, l'enfance, magma de l'être, sa mère pleine de religiosité, *j'irai la voir un jour,* la rue principale, le soir descendant sur le huitième rang, pépère et mémère Lavelle, les fraises et les framboises, l'école du village et les Sœurs de l'Assomption, *oui, j'irai voir Marie,* les roses et les ronces et les lilas en fleurs, les corneilles du printemps, les fleurs et les papillons de l'été, les feuilles mortes de l'automne, les poudreries de l'hiver, les grands ormes dans la plaine, la jeunesse, ah! la jeunesse... le collège classique, depuis *rosa* jusqu'à *rosam, ma joie et mon amour*, l'arrivée à Montréal, au début des années cinquante, l'Ange de l'avenue du Parc, la poésie, ah! la poésie en toutes choses, la musique aussi, son entrée au journal *La Presse*, le mariage avec la femme qu'il aimait et qu'il aime encore, *j'irai la voir un jour*, la naissance de leur premier enfant, la Révolution aussi tranquille que pépère Lavelle, les discussions interminables avec les collègues, le pays à faire et à refaire sans le défaire, *oui, j'irai voir Marie...*

Le Québec et les U.S.A. étaient si intiment liés dans ce cantique qu'il eut le sentiment d'être, à ce moment-là, lui aussi, américain...

Au cimetière catholique de Holyoke, les pierres tombales affichent presque toutes des noms de *Frenchies*. Durant la cérémonie d'inhumation, Patrice Lavelle eut envie de crier à la parenté: «Levez-vous tous! C'est fini maintenant, rentrez à la maison!»

Mais, sous terre, il n'y a ni frontières ni Amérique.

Avant de quitter les lieux, un petit-fils de Thomas Lavelle jeta dans la fosse la couronne avec l'inscription:

ADIEU PÉPÈRE

DU MÊME AUTEUR

Éternelles saisons, poèmes, Trois-Rivières, chez l'auteur, 1955

La mémoire innocente, poèmes, Québec, Éditions de l'Aube, 1957

Portes closes, poèmes, Montréal, Éditions de l'Aube, 1959

Chante-pleure, poèmes, Montréal, Éditions Atys, 1961

Poèmes et chansons I, Montréal, l'Hexagone, 1968 ; Montréal, Leméac et l'Hexagone, 1970

Je chante-pleure encore, poèmes, Longueuil, Éditions Emmanuel, 1969

Poèmes et chansons II, Montréal, Leméac et l'Hexagone, 1971

Poèmes et chansons III, Montréal, Leméac et l'Hexagone, 1972

D'aussi loin que l'amour nous vienne, roman, Montréal, Leméac, 1974

Après l'enfance, roman, Leméac, 1975

Le Québec aux Québecquois et le paradis à la fin de vos jours, poèmes, Montréal, Leméac et l'Hexagone, 1976

Si tu savais..., essai autobiographique sur la chanson, suivi des textes et partitions de 19 chansons, Montréal, Éditions de l'Homme, 1977

Poèmes et chansons IV, Montréal, Leméac et l'Hexagone, 1980

Cinq saisons dans la vie d'un peintre, texte de présentation des œuvres du peintre Claude Le Sauteur, Montréal, Art Global, 1981

Du sang bleu dans les veines, théâtre, Montréal, Leméac, 1981

Les Moineau chez les Pinson, théâtre, Montréal, Leméac, 1982

Pays de villages, légendes accompagnant les dessins du peintre Pierre Henry, Montréal, Éditions du Trécarré, 1986

Je vous salue, Marcel-Marie, roman, Montréal, Québec/Amérique, 1989

Il neige, amour…, roman, Montréal, Québec/Amérique, 1990

Poèmes et chansons d'amour et d'autre chose, Montréal, Bibliothèque québécoise, 1991

Dolorès, roman, Montréal, Québec/Amérique, 1992

Le fils de l'Irlandais, roman, Montréal, Québec/Amérique, 1995

Anna braillé ène shot (Elle a beaucoup pleuré). Essai sur le langage parlé des Québécois, Montréal, Lanctôt Éditeur, 1996

Ta mé tu là? (Ta mère est-elle là?). Un autre essai sur le langage parlé des Québécois, Montréal, Lanctôt Éditeur, 1997

Les qui qui et les que que ou le français torturé à la télé. Troisième et dernier essai sur le langage parlé des Québécois, Montréal, Lanctôt Éditeur, 1998

Jean-Pierre April
Chocs baroques

Hubert Aquin
L'antiphonaire
Journal 1948-1971
Mélanges littéraires I.
  Profession : écrivain
Mélanges littéraires II.
  Comprendre dangereusement
Neige noire
Point de fuite
Prochain épisode
Récits et nouvelles.
  Tout est miroir
Trou de mémoire

Bernard Assiniwi
Faites votre vin vous-même

Philippe Aubert de Gaspé
Les anciens Canadiens

**Philippe Aubert
de Gaspé fils**
L'influence d'un livre

Noël Audet
Quand la voile faseille

François Barcelo
La tribu
Ville-Dieu

Honoré Beaugrand
La chasse-galerie

Arsène Bessette
Le débutant

Marie-Claire Blais
L'exilé *suivi de*
  Les voyageurs sacrés

Jean de Brébeuf
Écrits en Huronie

Jacques Brossard
Le métamorfaux

Nicole Brossard
À tout regard

Gaëtan Brulotte
Le surveillant

Arthur Buies
Anthologie

André Carpentier
L'aigle volera à travers le soleil
Rue Saint-Denis

Denys Chabot
L'Eldorado dans les glaces

Robert Charbonneau
La France et nous. Journal
  d'une querelle

Adrienne Choquette
Laure Clouet

Robert Choquette
Le sorcier d'Anticosti

Michel Tremblay
C't'à ton tour, Laura Cadieux
La cité dans l'œuf
Contes pour buveurs attardés
La duchesse et le roturier

Pierre Turgeon
Faire sa mort comme
    faire l'amour
La première personne
Un, deux, trois

Pierre Vadeboncoeur
La ligne du risque

Gilles Vigneault
Entre musique et poésie.
    40 ans de chansons

Paul Wyczynski
Émile Nelligan. Biographie